buzz BOOKS

Cărțile despre care toată lumea vorbește!

O colecție cosmopolită, locul de întâlnire a celor mai noi opere de ficțiune contemporană – romane aflate în topurile internaționale, premiate, ecranizate sau în curs de ecranizare, traduse în zeci de limbi – cărți provocatoare, pe care abia aștepți să le citești

Agatha Christie este cunoscută în întreaga lume drept „Regina crimei". A scris 80 de romane polițiste și volume de povestiri, 19 piese de teatru (dintre care *Cursa de șoareci* este cea mai longevivă din istorie) și șase romane publicate sub pseudonimul Mary Westmacott.

Celebrul Hercule Poirot – cel mai cunoscut detectiv de la Sherlock Holmes – apare încă din primul roman al Agathei Christie, *Misterioasa afacere de la Styles*. Poirot și Miss Marple, bine-cunoscutul personaj imaginat de scriitoare, au devenit faimoși la nivel mondial și au făcut subiectul multor filme realizate pentru marele și micul ecran.

Agatha Christie a mai scris volume de nonficțiune, o autobiografie, dar și povestiri amuzante despre numeroasele expediții în care a participat alături de soțul ei, arheologul sir Max Mallowan.

A murit în 1976.

Agatha Christie

VINOVAT FĂRĂ VINĂ

LITERA
București
2020

Editura Litera
O.P. 53; C.P. 212, sector 4, București, România
tel.: 021 319 6390; 031 425 1619; 0752 548 372
e-mail: comenzi@litera.ro

Ne puteți vizita pe
www.litera.ro

Vinovat fără vină
Agatha Christie

Editor: Vidrașcu și fiii
Corector: Carmen Bîtlan
Copertă: Flori Zahiu
Tehnoredactare și prepress: Dorel Melinte

Descrierea CIP a Bibliotecii Naționale a României
CHRISTIE, AGATHA
Vinovat fără vină / Agatha Christie;
trad.: Lingua Connexion. - București: Litera, 2018
ISBN 978-606-33-3103-9

I. Lingua Connexion (trad.)

821.111

Lui Bill Collins, cu gratitudine şi afecţiune

Oricâtă dreptate aş avea, gura mea mă va osândi
şi dacă sunt fără prihană, ea mă scoate vinovat.
Cartea lui Iov 9:20

CAPITOLUL I

I

Ajunse la bac pe înserate.

Ar fi putut ajunge mult mai devreme. Adevărul e că amânase până în ultimul moment.

Întâi luase prânzul cu prietenii din Redquay; conversația haotică, bârfele despre prietenii comuni – toate astea dovedeau faptul că se ferea să facă ceea ce știa că urmează să facă. Prietenii îl invitaseră să rămână la ceai, iar el acceptase. Însă în cele din urmă veni și momentul în care își dădu seama că nu putea să mai amâne lucrurile.

Mașina închiriată îl aștepta. Își luă rămas-bun și plecă. După zece kilometri de-a lungul coastei, o luară pe aleea străjuită de copaci, care se termina la cheiul râului.

Șoferul bătu clopotul mare care se afla acolo, pentru a chema bacul de pe celălalt mal.

– Nu doriți să rămân să aștept și eu, domnule?

– Nu, răspunse Arthur Calgary. Am comandat o maşină care mă aşteaptă într-o oră de cealaltă parte, ca să mă ducă la Drymouth.

Şoferul primi contravaloarea cursei şi bacşişul.

– Bacul ajunge imediat, zise el scrutând cu privirea râul cufundat în întuneric.

Îi ură călduros noapte bună, întoarse maşina şi o luă uşor în sus pe deal. Arthur Calgary rămase să aştepte singur pe chei. Doar cu gândurile lui şi conştient de ceea ce-l aştepta. Se gândea la sălbăticia peisajului. Ai fi zis că se află pe marginea unui fiord scoțian, departe de orice. Și totuși, la doar câțiva kilometri se aflau hoteluri, magazine, baruri şi mulțimea de pe Redquay. Se gândi pentru a nu ştiu câta oară la contrastul extraordinar al peisajelor englezeşti.

Auzi pleoscăitul uşor al vâslelor care se apropia de marginea micului chei. Arthur Calgary coborî pe rampă şi urcă în barca pe care vâslaşul o ținea pe loc cu ajutorul unei căngi. Era un bătrân ce îi lăsă lui Calgary impresia că el și barca lui erau unul și același, indivizibili.

O briză rece începu să bată dinspre mare pe măsură ce bacul înainta.

– Cam răcoare în seara asta, zise barcagiul.

Calgary îi răspunse cuviincios.

Fu de acord că era mai frig decât cu o seară în urmă.

Observă sau cel puțin i se păru că observă o curiozitate ascunsă în ochii barcagiului. Era străin. Mai mult, un străin venit după închiderea sezonului estival. Și, pe deasupra, traversa râul la o oră atât de neobișnuită - prea târziu pentru a lua ceaiul la cafeneaua de lângă dig. Nu avea bagaje, așa că nu plănuia să rămână prea mult. (De ce, se gândea Calgary, alesese să vină atât de târziu? Era oare din cauză că, inconștient, amânase acest moment cât mai mult posibil.) Traversa Rubiconul - râul... râul... Mintea îi zbură la celălalt râu - Tamisa.

Privise în gol Tamisa, fără s-o vadă cu adevărat (era ieri, nu-i așa?) după care se întorsese să se uite la bărbatul care-l privea din cealaltă parte a mesei. Acei ochi gânditori care aveau ceva ce nu putea să înțeleagă pe deplin. O rezervă, ceva ce era gândit, dar nu împărtășit...

„Cred, își spuse el, că au învățat să nu spună nimic din ceea ce gândesc."

Întreaga tevatură era destul de înfiorătoare dacă te gândeai. Trebuia să facă ceea ce trebuia făcut, și după aceea, să uite!

Se încruntă când își aminti conversația de ieri. Vocea calmă, plăcută și dezinteresată care spunea:

– Sunteți hotărât să faceți asta, doctore Calgary?

– Ce altceva aș putea să fac? răspunsese el cu ardoare. Cu siguranță înțelegeți. Nu sunteți de acord? E un lucru inevitabil.

Dar nu înțelesese privirea acelor ochi cenușii, iar răspunsul îl lăsase perplex.

– Trebuie să judecați problema din toate punctele de vedere – trebuie s-o studiați din toate unghiurile.

– Din punct de vedere legal, cu siguranță nu există decât o singură soluție.

Vorbise cu înfocare, gândindu-se că aceasta ar putea fi o aluzie rușinoasă de „a tăinui" problema.

– Într-un fel, da. Dar știi că nu e atât de simplu. E mai mult decât – să zicem – dreptate.

– Nu sunt de acord. Trebuie luată în considerare și familia.

Celălalt răspunsese repede:

– Exact... oh, da... chiar așa. M-am gândit la ei.

Ceea ce i se păruse lui Calgary a fi o minciună! Pentru că dacă s-ar fi gândit cineva la ei...

Dar imediat celălalt adăugase cu aceeași voce plăcută:

– Depinde numai de dumneavoastră, domnule doctor Calgary. Trebuie să faceți, bineînțeles, exact așa cum simțiți că e bine.

Barca ajunse pe plajă. Traversase Rubiconul.

– Vă costă patru pence, domnule, sau doriți să vă întoarceți? întrebă barcagiul cu vorba domoală a omului de la țară.

– Nu, răspunse Calgary. Nu mă întorc. (Cât de fatidic sunau cuvintele!) Plăti, după care întrebă: Știți unde găsesc o casă cu numele Sunny Point?

Instantaneu, curiozitatea omului deveni vădită. Interesul din ochii bătrânului crescu intens.

– Da' cum să nu? Colea în sus, pe drumul din dreapta. Puteți s-o vedeți printre copacii ăia. Urcați dealul și pe drum la dreapta și apoi o luați pe cărarea ce duce la proprietate. E ultima casă din capăt.

– Mulțumesc.

– Ați spus Sunny Point, domnule? Unde doamna Argyle...

– Da, da. Calgary îi tăie vorba. Nu voia să discute problema. Sunny Point.

Pe buzele barcagiului apăru un zâmbet strâmb și ciudat. Arăta ca un faun șiret.

– Ea a botezat casa așa, în timpul războiului. Era o casă nouă, bineînțeles, doar ce fusese construită – n-avea nume. Dar pământul pe care e construită – acel loc împădurit – Viper's Point, așa-i zice! Dar Viper's Point nu era bun pentru ea – nu ca nume la casă. I-a zis Sunny Point, așa a făcut. Dar noi toți îi zicem Viper's Point.

Calgary îi mulțumi, îi ură noapte bună și o luă în sus pe deal. Toți păreau a fi în casele lor, dar avea impresia că ochi nevăzuți îl urmăreau de la ferestre; toți se uitau la el știind exact unde mergea, spunându-și unul altuia: „Merge la Viper's Point..." Cât de relevant părea a fi numele acela...

Mai înșelător decât limba unui șarpe...

Brusc își cercetă gândurile. Trebuia să se adune și să se hotărască exact ce avea de gând să spună...

II

Calgary ajunse la capătul drumului nou, cu case noi și drăguțe de o parte și de alta, fiecare cu câte o grădină de cinci ari; flori-de-piatră, crizanteme, trandafiri, salvie, mușcate, fiecare proprietar etalându-și gustul în materie de grădinărit. La capătul drumului se vedea o poartă pe care era scris „Sunny Point" cu litere gotice. Deschise poarta, intră și merse de-a lungul unei alei scurte. Casa era chiar în fața lui, o construcție modernă care nu ieșea cu nimic în evidență, cu frontoane și verandă. Putea fi considerată potrivită pentru o așezare suburbană a clasei mijlocii sau pentru un cartier nou în general. Însă, în opinia lui Calgary, nu era demnă de priveliștea din jurul ei. Pentru că peisajul era minunat. Râul făcea aici un cot brusc, încât aproape că forma un cerc. Dealuri împădurite se zăreau în partea opusă; pe cursul râului în sus, mai era un cot lângă care se întindeau, în depărtare, lunci și livezi.

Calgary se uită dincolo de râu.

Cineva ar fi trebuit să construiască un castel aici, gândi el, un castel de basm, incredibil și ridicol! Un castel din turtă dulce sau din zahăr glazurat.

În schimb, aici găsi bun-gust, sobrietate, moderație, o grămadă de bani și nici un pic de imaginație.

Pentru acest lucru, bineînțeles, nu-i condamna nimeni pe cei din familia Argyle. Ei doar cumpăraseră casa, nu o construiseră. Totuși, ei sau unul dintre ei (doamna Argyle?) o alesese...

„Nu mai poți amâna", își zise el și sună la soneria electrică de lângă ușă.

Stătea și aștepta. După un interval cuviincios de timp, apăsă din nou pe sonerie.

Nu auzi nici un pas înăuntru, dar, pe neașteptate, ușa se deschise.

Se trase speriat înapoi. În imaginația lui suprasolicitată, i se părea că Tragedia în persoană îi apăruse în față, blocându-i drumul. Era vorba despre o persoană tânără; într-adevăr, tragedia își avea rădăcinile în emoția intensă a tinereții. Masca tragică, reflectă el, ar trebui să fie întotdeauna o mască a tinereții neputincioase, predestinate, al cărei sfârșit se apropie... vine din viitor...

Își reveni și se gândi: „Obârșie irlandeză".

Albastrul profund al ochilor, cu umbra întunecată din jurul lor, părul negru ondulat, frumusețea sumbră a craniului și a pomeților. Fata stătea acolo, tânără, vigilentă și ostilă.

– Da? Ce doriți? întrebă ea.

El îi răspunse pe un ton convențional.

– Domnul Argyle este acasă?

– Da. Dar nu vrea să vadă pe nimeni. Adică pe nimeni necunoscut. Și pe dumneavoastră nu vă cunoaște, nu-i așa?

– Nu. Nu mă cunoaște, dar...

Ea dădu să închidă ușa.

– Atunci mai bine i-ați scrie...

– Mă scuzați, dar vreau să-l întâlnesc neapărat. Sunteți domnișoara Argyle?

Aprobă în silă.

– Da, sunt Hester Argyle. Dar tatăl meu nu primește pe nimeni – decât dacă are programare. Mai bine i-ați scrie.

– Am venit de departe...

Nu era impresionată.

– Toți spun asta. Dar am crezut că lucrurile astea au încetat, în sfârșit. Bănuiesc că sunteți reporter? continuă ea pe ton acuzator.

– Nu. Nici vorbă.

Se uită la el suspicioasă, ca și cum nu l-ar crede.

– Și atunci, ce doriți?

În spatele ei, la o oarecare distanță pe hol, observă un alt chip. Un chip turtit și urât. Dacă ar fi trebuit să-l descrie, ar fi zis că avea fața ca o clătită, fața unei femei de vârstă mijlocie, cu părul gri-gălbui, prins în vârful capului. Părea că dă târcoale, așteptând ca un dragon pregătit de atac.

– Este în legătură cu fratele dumneavoastră, domnișoară Argyle.

Hester Argyle trase repede aer în piept. Continuă fără convingere:

– Michael?

– Nu, fratele dumneavoastră, Jack.

– Am știut eu, izbucni ea, am știut că ați venit pentru Jacko! De ce nu ne lăsați în pace? S-a terminat totul. De ce tot continuați?

– Nu puteți spune niciodată că s-a terminat cu adevărat ceva.

– Dar asta s-a terminat! Jacko e mort. De ce nu-l lăsați în pace? S-a terminat totul. Dacă nu sunteți ziarist, bănuiesc că sunteți doctor, sau psiholog, sau ceva în genul acesta. Vă rog să plecați. Tata nu poate fi deranjat. E ocupat.

Dădu să închidă ușa. În grabă, Calgary făcu ceea ce trebuia să fi făcut de la bun început, scoase scrisoarea din buzunar și i-o întinse.

– Am o scrisoare... de la domnul Marshall.

Fu surprinsă. Luă cu îndoială scrisoarea în mână. Și continuă nesigură:

– De la domnul Marshall din Londra?

Acum se apropie și femeia de vârstă mijlocie care stătea la pândă în hol.

Se uită suspicios la Calgary, imaginea ei amintindu-i acestuia de mănăstirile de maici din alte țări. Cu siguranță, aceasta trebuia să fie fața unei călugărițe. Fața ei cerea parcă să fie încadrată de gluga, sau cum i s-o fi zicând, albă și scrobită a călugărițelor, cu robă neagră și cu văl. Nu era fața unei persoane contemplative, ci a uneia care te urmărește suspicios prin ferestruica din ușa solidă, înainte de a te invita reticentă înăuntru și de a te conduce la vorbitor sau la maica stareță.

– Ați fost trimis de domnul Marshall? întrebă ea pe un ton aproape acuzator.

Hester se uita la plicul din mâna ei. Apoi, fără să zică nimic, se întoarse și o luă la fugă pe scări în sus.

Calgary rămase la intrare să îndure privirea acuzatoare și plină de suspiciuni a femeii. Încerca să găsească ceva de zis, dar nu-i venea nimic. Așa că, prudent, rămase tăcut.

Vocea lui Hester se auzi numaidecât, calmă și distantă:

– Tata spune că poate să urce.

Oarecum împotriva voinței ei, câinele de pază se dădu la o parte. Expresia de suspiciune nu dispăru de pe fața ei. El trecu pe lângă ea, își puse pălăria pe un scaun și urcă pe scări, spre Hester, care-l aștepta.

Fu surprins de curățenia din casă. Aproape că ar fi putut fi un azil foarte scump, gândi el.

Hester îl conduse de-a lungul unui coridor și coborâră trei trepte. Apoi deschise o ușă și îi făcu semn să intre. Ea îl urmă, închizând ușa în urma lor.

Camera era o bibliotecă și Calgary își ridică încântat privirea. Atmosfera din această încăpere era total diferită de cea din restul casei. Era o cameră în care locuia un bărbat, unde muncea și se relaxa în același timp. Pereții erau acoperiți cu cărți, scaunele erau mari, cam șubrede, dar confortabile. Era o dezordine încântătoare de hârtii pe birou, de cărți pe diferite măsuțe. Pentru un moment, zări o femeie tânără care ieși pe o ușă din capătul îndepărtat al camerei, o tânără destul de atrăgătoare. Apoi, atenția îi fu captată de bărbatul care se ridică să-l întâmpine și care avea în mână scrisoarea deschisă.

Prima impresie a lui Calgary despre Leo Argyle fu aceea că e atât de slab, atât de străveziu, încât îi venea greu să creadă că era cu adevărat acolo. Fantoma unei persoane! Vocea îi era plăcută, însă lipsită de rezonanță.

– Doctorul Calgary? începu el. Luați loc, vă rog.

Calgary se conformă. Acceptă o țigară. Gazda se așeză în fața lui. Făcea totul fără grabă, ca și cum ar fi trăit într-o lume în care timpul nu avea nici o valoare. În timp ce vorbea, Leo Argyle afișa un zâmbet vag și blând și lovea ușor scrisoarea cu un deget parcă golit de sânge.

– Domnul Marshall scrie că aveți să ne transmiteți ceva foarte important, cu toate că nu menționează ce anume. Zâmbetul lui se lărgi când adăugă: Avocații sunt atât de atenți să nu se compromită, nu-i așa?

Calgary fu surprins să observe că bărbatul din fața lui era un tip fericit. Nu era o fericire exuberantă sau plină de zel, așa cum se întâmplă de obicei – era fericit în sensul unei retrageri discrete, dar mulțumitoare. Era tipul de om asupra căruia lumea din afară nu avea nici un impact și care era mulțumit că trebuia să fie astfel. Nu știa de ce trebuia să fie surprins de acest lucru, și totuși era.

– Sunteți foarte amabil să mă primiți, zise Calgary. Cuvintele nu erau altceva decât o introducere mecanică. M-am gândit că ar fi mai bine să vin personal decât să vă scriu. Făcu o pauză, după care adăugă grăbit, cu înflăcărare bruscă: E dificil – foarte dificil...

– Nu vă grăbiți.

Leo Argyle continua să fie politicos și rezervat. Se înclină în față. În modul lui blajin, încerca să-l ajute.

– Din moment ce veniți cu această scrisoare de la Marshall, bănuiesc că vizita dumneavoastră are legătură cu nefericitul meu fiu, Jacko... adică Jack, Jacko îi ziceam noi în familie.

Calgary uită toate cuvintele și frazele pregătite dinainte. Stătea acolo, față în față cu realitatea zdrobitoare a veștilor pe care le avea de dat. Se bâlbâi încă o dată.

– Este îngrozitor de greu...

Se făcu liniște pentru o clipă, după care Leo zise cu grijă:

– Dacă vă ajută cu ceva – suntem conștienți că Jacko avea... o personalitate aparte. Nimic din ce ne veți spune nu cred că ne va surprinde. Oricât de îngrozitoare a fost tragedia, sunt pe deplin convins că Jacko nu a fost cu adevărat responsabil de propriile acțiuni.

– Bineînțeles că nu a fost, interveni Hester, iar Calgary tresări la auzul vocii ei.

Uitase complet de ea. Se așezase pe brațul unui scaun, chiar în spatele umărului lui stâng. Când își întoarse capul, ea se aplecă nerăbdătoare înspre el.

– Jacko a fost întotdeauna groaznic, adăugă ea ca și când i-ar fi făcut o confidență. Era exact ca un băiețel – când își pierdea cumpătul, vreau să zic. Punea mâna pe ce-i ieșea în cale și sărea la tine...

– Hester, Hester, draga mea. Vocea lui Argyle era plină de durere.

Fata își duse speriată mâna la gură. Se îmbujora și rosti brusc cu stângăcia caracteristică tinereții:

– Îmi pare rău. Nu am vrut... Am uitat... Nu trebuia să spun așa ceva – nu acum când este aici – adică s-a terminat totul și... și...

– Să terminăm odată, zise Argyle. Totul e istorie acum. Încerc... toți încercăm... să ne convingem ca băiatul ar trebui tratat ca un infirm. Un inadaptat al naturii. Asta, cred eu, exprimă cel mai bine situația. Se uită la Calgary. Sunteți de acord?

– Nu, zise Calgary.

Urmă un moment de tăcere. Negația tăioasă îi surprinse pe ambii interlocutori. O spuse cu o forță aproape explozivă. Încercând să-i atenueze impactul, el continuă stângaci:

– Îmi... îmi pare rău. Vedeți, dumneavoastră nu ați înțeles încă.

– Oh, zise Argyle gânditor. Apoi întoarse capul spre fiica sa. Hester, cred că ar fi mai bine să ne lași....

– Nu plec nicăieri! Trebuie să aud – să aflu despre ce e vorba.

– Ar putea fi neplăcut....

– La ce bun să aflăm ce alte lucruri îngrozitoare a mai făcut Jacko? S-a terminat totul! țipă ea nerăbdătoare.

Calgary se grăbi să răspundă.

– Vă rog să mă credeți... nu este vorba despre ceva ce a făcut fratele dumneavoastră. Dimpotrivă.

– Nu înțeleg...

Ușa din colțul îndepărtat al camerei se deschise și femeia tânără pe care Calgary o zărise mai devreme intră în cameră. Purta o pelerină și avea o servietă diplomat.

I se adresă lui Argyle:

– Plec. Vă mai pot ajuta cu altceva?

Argyle ezită un moment (ezită întotdeauna, constată Calgary), după care îi puse o mână pe braţ și o trase deoparte.

– Ia loc, Gwenda, îi zise el. Acesta este… ăăă… domnul doctor Calgary. V-o prezint pe domnișoara Vaughan, care este… care este. Făcu o nouă pauză ca și cum ar fi fost nesigur. Care a fost secretara mea timp de câțiva ani. Și adăugă:

– Doctorul Calgary a venit să ne spună ceva – sau să ne întrebe ceva – despre Jacko.

– Să vă spun ceva, îl întrerupse Calgary. Și chiar dacă nu vă dați seama, faceți să-mi fie tot mai greu să vă vorbesc.

Toți se uitară surprinși la el, dar în ochii Gwendei Vaughan observă o licărire a ceva ce părea să fie înțelegere. Era ca și cum el și ea erau momentan aliați, ca și cum ea ar fi spus: „Da, știu cât de dificili pot fi cei din familia Argyle“.

Era o femeie tânără și atrăgătoare, observă el, chiar dacă nu foarte tânără – în jur de treizeci și șapte sau treizeci și opt de ani. Era bine făcută, brunetă cu ochii negri și emana un aer de sănătate şi vitalitate. Dădea impresia că ar fi în aceeaşi măsură competentă şi inteligentă.

Argyle continuă cu răceala-i caracteristică:

– Nu sunt pe deplin conştient că vă îngreunez situaţia, doctore Calgary. Nu intenţionam acest lucru. Dacă binevoiţi, să treceţi la subiect.

– Da, ştiu. Îmi cer scuze pentru ce am spus. Dar este insistenţa cu care dumneavoastră – şi fiica dumneavoastră – subliniaţi constant faptul că situaţia e rezolvată... terminată... încheiată. Nu este. Cine a spus: „Nimic nu este complet rezolvat până...

– Până nu e rezolvat corect“, termină domnişoara Vaughan în locul lui Kipling.

Ea îl aprobă încurajator, iar el se simţi îndatorat.

– Dar să trec la subiect, continuă Calgary. Când veţi auzi ce am de spus, veţi înţelege şovăiala mea. Ba chiar mai mult, nefericirea mea. Pentru început trebuie să menţionez câteva lucruri despre mine. Sunt geofizician şi am luat parte de curând la o expediţie în Antarctica. M-am întors în Anglia doar în urmă cu câteva săptămâni.

– Expediţia Hayes-Bentley? întrebă Gwenda.

Se întoarse recunoscător spre ea.

– Da. Expediţia Hayes-Bentley. Vă spun asta ca să ştiţi câte ceva despre mine şi, de asemenea, pentru a înțelege că am fost rupt timp de doi ani de... de evenimentele recente.

Ea continuă să-l ajute:

– Vă referiți la lucruri cum ar fi procese sau acuzații de crimă.

– Da, domnișoară Vaughan, exact la asta mă refer. Se întoarse spre Argyle. Vă rog să mă iertați dacă este dureros, dar trebuie să verific câteva date și momente. Pe 9 noiembrie, acum doi ani, în jurul orei șase seara, fiul dumneavoastră, Jack Argyle (Jacko pentru familie), a trecut pe acasă și a avut o întrevedere cu mama sa, doamna Argyle.

– Soția mea, da.

– I-a spus că are probleme și i-a cerut bani. Acest lucru se mai întâmplase și altă dată.

– De multe ori, consimți Leo cu un oftat.

– Doamna Argyle a refuzat. El a început să o insulte și să o amenințe. În cele din urmă, a îmbrâncit-o și a plecat, urlând că se va întoarce și „va plăti după faptă și răsplată". A mai spus: „Nu vrei să merg la închisoare, nu?", iar ea a răspuns: „Încep să cred că asta ar fi cel mai potrivit pentru tine".

Leo Argyle se mișcă incomod.

– Eu și soția mea am discutat despre asta, împreună. Eram... foarte nefericiți din cauza băiatului. De fiecare dată i-am sărit în ajutor, am încercat să îl ajutăm să o ia de la capăt. Am crezut că poate șocul unei condamnări la închisoare - instrucția... vocea i se tăie. Dar, vă rog, continuați.

– Mai târziu, în acea seară, soția dumneavoastră a fost ucisă. Atacată cu un vătrai și doborâtă. Amprentele fiului dumneavoastră au fost găsite pe vătrai, și o mare sumă de bani a dispărut din sertarul biroului în care soția dumneavoastră îi pusese în prealabil. Poliția l-a ridicat pe fiul dumneavoastră din Drymouth. Banii au fost găsiți asupra lui, majoritatea în bancnote de cinci lire, dintre care una avea notat pe ea un nume și o adresă, ceea ce a făcut posibilă identificarea banilor de către bancă – aceiași pe care îi ridicase doamna Argyle în dimineața respectivă. A fost acuzat și trimis în judecată. Calgary făcu o pauză. Verdictul a fost crimă cu premeditare.

Fusese pronunțat cuvântul fatidic. *Crimă*... Nu era un cuvânt cu rezonanță; un cuvânt înăbușit, un cuvânt absorbit de tablouri, de cărți, de covor... Cuvântul putea fi fără rezonanță... dar nu și actul în sine...

– Domnul Marshall, avocatul apărării, m-a lăsat să înțeleg că fiul dumneavoastră și-a susținut nevinovăția într-un mod sfidător, dacă nu chiar arogant, atunci când a fost arestat. A insistat că are un alibi perfect pentru intervalul în care poliția susține că s-a comis crima, adică între șapte și șapte și jumătate. În acel moment, după spusele lui Jack Argyle, făcea autostopul înspre Drymouth, fiind luat de o mașină pe drumul principal dintre Redmyn și Drymouth, cam la un kilometru și jumătate depărtare de aici, chiar înainte de ora șapte. Nu știa modelul mașinii (era deja întuneric), dar fusese un Sedan negru sau albastru-închis, condus de un bărbat de vârstă mijlocie. S-au făcut toate demersurile pentru descoperirea mașinii și a bărbatului care o conducea, dar nu s-a putut obține nici o confirmare a poveștii sale, iar avocații au fost aproape convinși că era doar o poveste inventată în grabă de către băiat și încă una nu prea convingătoare. La proces, principala linie a apărării a fost mărturia psihologilor care încercau să dovedească faptul că Jack Argyle a fost întotdeauna instabil mintal. Judecătorul a fost mai degrabă sarcastic în comentariile sale cu privire la această dovadă, pronunțând sentința împotriva inculpatului. Jack Argyle a fost condamnat la închisoare pe viață. A murit de pneumonie în închisoare, la șase luni după încarcerare.

Calgary se opri. Trei perechi de ochi se holbau la el. Se puteau citi interesul și atenția în ochii Gwendei Vaughan, suspiciune în ai lui Hester. Însă ochii lui Leo Argyle nu exprimau nimic.

– Confirmați că am prezentat corect faptele? continuă Calgary.

– Totul e perfect adevărat, zise Leo, cu toate că nu înțeleg de ce e necesar să rememorăm lucruri pe care încercăm să le uităm.

– Vă rog să mă iertați. Trebuie să fac asta. Să înțeleg că dumneavoastră nu dezaprobați verdictul?

– Recunosc că faptele sunt așa cum le-ați menționat dumneavoastră și dacă ne rezumăm la ele, a fost într-adevăr o crimă nemiloasă. Dar dacă ne uităm dincolo de fapte, sunt multe de spus în apărarea lui. Băiatul era instabil mintal, dar, din păcate, nu în sensul juridic al termenului. Reglementările McNaughten sunt obtuze și nesatisfăcătoare. Vă asigur, doctore Calgary, că însăși Rachel, adică răposata mea soție, ar fi fost prima care l-ar fi iertat și scuzat pe sărmanul băiat pentru actul său necugetat. Era o fire extrem de sufletistă și avea o profundă cunoaștere a factorilor psihologici. Ea nu l-ar fi condamnat.

– Știa exact cât de violent putea deveni Jacko, adăugă Hester. Întotdeauna a fost... pur și simplu nu se putea abține.

– Deci, voi toți, interveni încet Calgary, nu ați avut nici o îndoială? nici o îndoială că a fost vinovat, vreau să spun.

Hester se holbă la el.

– Cum am fi putut? Bineînțeles că era vinovat.

– Nu cu adevărat vinovat, ripostă Leo. Nu-mi place cuvântul acesta.

– Nu e cuvântul corect. Calgary respiră profund. Jack Argyle a fost nevinovat.

CAPITOLUL 2

Ar fi trebuit să fie un anunț senzațional.

În schimb, nu stârni nici o reacție. Calgary se aștepta la șoc, la o bucurie uluitoare vecină cu neînțelegerea, la întrebări înflăcărate... Nu se întâmplă nimic din toate astea. Crease doar neîncredere și suspiciuni. Gwenda Vaughan se încruntă. Hester îl privi cu ochii larg deschiși. Ei bine, poate așa era și normal – un astfel de anunț era greu de asimilat așa subit.

– Vreți să spuneți, zise șovăind Leo Argyle, că sunteți de acord cu mine, doctore Calgary? Că nu credeți că era responsabil pentru faptele lui?

– Vreau să zic că nu el a făcut-o! Nu puteți accepta asta, domnule? Nu ar fi putut să o facă. Dacă nu ar fi apărut una dintre cele mai interesante și nefericite conjuncturi, el putea să-și dovedească nevinovăția. Eu însumi puteam să dovedesc acest lucru.

– Dumneavoastră?

– Eu eram bărbatul din mașină.

O spusese atât de simplu, încât, pentru un moment, nimeni nu reacționă. Înainte ca ei să apuce să se dezmeticească, fuseseră întrerupți. Ușa se deschise și femeia urâțică la față intră.

– Am auzit în timp ce treceam pe lângă ușă, spuse ea direct. Acest bărbat susține că nu Jacko a ucis-o pe doamna Argyle. De ce spune asta? De unde știe?

Fața ei agresivă și fioroasă păru să se umple dintr-odată de riduri.

– Trebuie să aud și eu, zise ea lamentabil. Nu pot să stau afară și să nu știu despre ce e vorba.

– Bineînțeles că nu, Kirsty. Faci parte din familie. Leo Argyle o prezentă. Domnișoară Lindstrom, doctorul Calgary. Doctorul afirmă lucruri dintre cele mai incredibile.

Calgary fu derutat de numele scoțian al lui Kirsty. Engleza ei era impecabilă, dar se simțea o vagă intonație străină, îi vorbi pe un ton acuzator.

– Nu ar fi trebuit să veniți aici și să afirmați astfel de lucruri, să supărați oamenii. Ei s-au împăcat cu gândul și acum îi supărați prin ceea ce spuneți. Ceea ce s-a întâmplat a fost voia lui Dumnezeu.

Îl dezgustă superficialitatea afirmațiilor ei. Își spuse că era posibil ca ea să fie una dintre acele persoane macabre care întâmpină cu bucurie dezastrele. Ei bine, nu avea să-i dea satisfacție.

Răspunse repede, cu o voce reținută.

– În seara, aceea, cu cinci minute înainte de ora șapte, am luat un tânăr care făcea autostopul pe drumul principal care duce de la Redmyn spre Drymouth. Am discutat. Mi s-a părut un tânăr interesant și simpatic.

– Jacko era șarmant, zise Gwenda. Toată lumea îl considera atrăgător. Temperamentul îl strica. Și, bineînțeles, era un nemernic, adăugă ea îngândurată. Dar lumea nu observa asta la început.

Domnișoara Lindstrom se întoarse spre ea.

– Nu ar trebui să vorbești așa despre el acum că e mort.

Leo Argyle interveni cu ușoară asprime în voce:

– Vă rog să continuați, doctore Calgary. De ce nu ați spus toate astea la momentul respectiv?

– Chiar așa, spuse Hester cu voce sugrumată. De ce v-ați ținut departe de toată povestea? Erau anunțuri peste tot în ziare. Cum ați putut fi atât de egoist, de rău?

– Hester, Hester! o tempera tatăl ei. Doctorul Calgary încă mai are de povestit...

Calgary i se adresă direct fetei.

– Știu prea bine cum vă simțiți. Știu ce simt eu, ce voi simți întotdeauna. Își recapătă stăpânirea de sine și continuă: Ca să îmi continui povestea... În seara aceea traficul era aglomerat. Era trecut bine de șapte și jumătate când l-am lăsat pe tânărul, al cărui nume nu îl știam, să coboare în centrul orașului Drymouth. Prin asta înțeleg că este absolvit de orice suspiciune, din moment ce poliția susține că, de fapt, crima a avut loc între orele șapte și șapte și jumătate.

– Da, zise Hester. Dar dumneavoastră...

– Aveți răbdare, vă rog. Pentru a înțelege, trebuie să priviți în urmă puțin. Stăteam în Drymouth de câteva zile, în apartamentul unui prieten. Prietenul meu, un marinar, era plecat pe mare. De asemenea, îmi împrumutase și mașina, pe care o ținea într-un garaj privat. În ziua aceea, pe 9 noiembrie, trebuia să mă întorc în Londra. Am decis să pornesc cu trenul de seară și să îmi petrec după-amiaza la o bonă în vârstă, de care familia mea era foarte atașată și care locuiește în Polgarth, la vreo 65 de kilometri spre vest de Drymouth. Și mi-am urmat planul. Deși este foarte bătrână și tinde să trăiască într-o lume a ei, ea m-a recunoscut și a fost foarte încântată să mă vadă, cu atât mai mult cu cât citise în ziar despre „plecarea mea la poli“, după cum s-a exprimat ea. Am stat puțin acolo, ca să n-o obosesc. La plecare, am decis să nu mă întorc la Drymouth pe ruta pe care am venit, drum ce se întinde de-a lungul coastei. În schimb, m-am hotărât să o iau prin nord, pe la Redmyn, pentru a-l vizita pe bătrânul Canon Peasmarsh, care are în bibliotecă niște cărți foarte rare, inclusiv un tratat vechi de navigație din care doream cu nerăbdare să copiez un fragment. Având în vedere că bătrânul nu are telefon, pe care îl consideră o unealtă a diavolului, ca de altfel și radioul, televizorul, cinematograful și avioanele cu reacție, trebuia să îmi încerc norocul și să-l caut acasă. Am avut ghinion. Casa lui era închisă și, în mod evident, el era plecat. Am petrecut puțin timp în catedrală, apoi am pornit înapoi spre Drymouth pe șoseaua principală, parcurgând astfel cea de-a treia latură a triunghiului. M-am asigurat că aveam timp berechet să îmi iau bagajele din apartament, să duc mașina înapoi la garaj și să prind trenul.

Pe drum, așa cum v-am spus, am luat un autostopist și după ce l-am lăsat în oraș, mi-am continuat călătoria. După ce am ajuns la gară, am realizat că încă mai aveam timp, așa că am ieșit pe bulevard să-mi cumpăr țigări. În timp ce traversam strada, un camion a apărut în viteză de după colț și m-a izbit.

Din ceea ce mi-au relatat trecătorii, m-am ridicat, aparent teafăr, și am reacționat normal. Le-am spus că sunt în regulă și că mă grăbesc să prind un tren, îndreptându-mă înapoi spre gară. Când trenul a ajuns în Paddington, eram inconștient și am fost dus cu ambulanța la spital, unde s-a descoperit că suferisem o comoție. Se pare că efectul întârziat în astfel de cazuri nu e ceva neobișnuit.

Câteva zile mai târziu, când mi-am recăpătat cunoștința, nu îmi aminteam nimic despre accident sau despre modul în care am ajuns în Londra. Ultimul lucru pe care mi-l aminteam era legat de începutul vizitei mele la casa fostei mele bone din Polgarth. După acel moment, mi s-a rupt filmul. Am fost asigurat că astfel de cazuri sunt cât se poate de normale. Se părea că orele lipsă din viața mea nu constituiau un lucru atât de important. Nici eu însumi, nici altcineva nu aveam nici cea mai mică idee că am parcurs drumul Redmyn–Drymouth cu mașina în seara respectivă.

Îmi mai rămăsese foarte puțin timp până când ar fi trebuit să părăsesc Anglia. Am fost ținut în spital într-o liniște desăvârșită, fără ziare. După externare, m-am dus direct la aeroport ca să iau avionul spre Australia, cu scopul de a mă alătura expediției. Existau îndoieli că aș fi apt pentru călătorie, dar le-am infirmat din start. Eram prea prins cu pregătirile și agitat ca să fiu interesat de rapoartele legate de crime și, în orice caz, interesul pentru caz a scăzut rapid după arestare. În momentul în care cazul a ajuns să fie judecat și s-a dezbătut amănunțit, eu eram în drum spre Antarctica.

Făcu o pauză. Toți îl ascultau cu o mare atenție.

– Doar în urmă cu o lună, la puțin timp după ce m-am întors în Anglia, am aflat. Căutam niște ziare vechi ca să împachetez niște mostre. Proprietăreasa mi-a adus un teanc de ziare. În momentul în care am desfăcut unul pe masă, am dat peste fotografia unui tânăr care mi se părea cunoscut. Am încercat să îmi amintesc unde îl întâlnisem și cine era. Nu am reușit, dar mi-am adus aminte că am avut o discuție cu el – era ceva legat de țipari. El fusese intrigat și fascinat la auzul unei povești despre viața unui țipar. Dar când? Unde? Am citit pasajul care spunea că tânărul se numea Jack Argyle, acuzat de crimă, și că declarase poliției că fusese luat de pe drum de un bărbat care conducea o berlină neagră. Apoi, în mod subit, episodul uitat din viață mi-a revenit în fața ochilor. Am luat în mașină un tânăr care îi semăna leit și l-am dus la Drymouth. Am coborât acolo, m-am întors la apartament și am traversat strada pe jos ca să-mi cumpăr țigări. Mi-aduc aminte parțial episodul în care m-a lovit camionul, dar nu mai știu nimic din ce s-a întâmplat până să ajung la spital. Încă nu-mi amintesc cum am mers la gară și am luat trenul spre Londra. Am citit și răscitit paragraful. Procesul s-a desfășurat în urmă cu mai bine de un an, iar cazul aproape că a fost uitat. „Un tânăr care și-a ucis mama" era titlul pe care proprietăreasa mea și-l amintea vag. „Nu știu ce s-a întâmplat – cred că l-au spânzurat." Am citit articolele din datele respective, apoi m-am dus la Marshall & Marshall, avocații apărării. Am aflat că era prea târziu să îl salvez pe nefericitul băiat. Murise de pneumonie în închisoare. Cu toate că nu i se mai putea face dreptate, putea să îi fie reabilitat numele. Am mers cu domnul Marshall la poliție. Cazul a fost înaintat Parchetului General. Marshall are puține dubii că va fi înaintat și Ministerului de Interne. Desigur, veți primi un raport complet. Acest lucru a fost amânat doar pentru că mi-am dorit ca eu să fiu cel care vă va pune la curent cu ce s-a întâmplat de fapt. Simțeam că totul era un calvar și că era de datoria mea să îi pun capăt. Înțelegeți, sunt sigur de asta, că mă voi simți întotdeauna vinovat. Dacă aș fi fost mai atent când am trecut strada... și se opri. Înțeleg că sentimentele dumneavoastră față de mine nu se vor schimba niciodată, deși, teoretic, nu pot fi acuzat, dar dumneavoastră, toți, trebuie să mă învinovățiți.

Gwenda Vaughan spuse repede, cu o voce caldă și binevoitoare:

– Bineînțeles că nu vă acuzăm pe dumneavoastră. Este doar unul dintre acele lucruri... tragice, incredibile... care se întâmplă.

– Ei v-au crezut? întrebă Hester.

El o privi mirat.

– Polițiștii... v-au crezut? Care ar fi motivul pentru care nu ați fi inventat totul?

Calgary nu-și putu reține un zâmbet.

– Sunt un martor foarte respectabil, zise el liniștit. Nu am nici un motiv să mint, iar ei mi-au verificat povestea cu atenție: certificate medicale, detalii coroborate din Drymouth. Da. Bineînțeles că Marshall a dat dovadă de minuțiozitate, la fel ca toți avocații. N-a vrut să vă dea speranțe false până când nu era aproape sigur de succesul investigației.

Leo Argyle se agită în scaun și i se adresă pentru prima dată:

– Ce vreți să spuneți prin „succes“?

– Îmi cer scuze, răspunse Calgary repede. Nu e un cuvânt prea potrivit în această situație. Fiul dumneavoastră a fost acuzat de o crimă pe care nu a comis-o, a fost găsit vinovat, condamnat și a murit în închisoare. Și-a găsit dreptatea prea târziu. Dar dreptatea care i se mai poate face acum cu siguranță că i se va face și se vor lua măsuri în această privință. Ministrul de Interne îi va sugera reginei să-i acorde grațierea.

Hester izbucni în râs.

– Grațiere... pentru ceva ce nu a făcut?

– Știu. Terminologia pare întotdeauna nerealistă. Dar știu că există obiceiul ca întrebarea potrivită să fie pusă în parlament, iar răspunsul ei va evidenția faptul că Jack Argyle nu a comis crima pentru care a fost condamnat, iar presa va menționa acest fapt.

El se opri. Nimeni nu scoase o vorbă. Presupuse că totul venea ca un șoc pentru ei. Un șoc plăcut, până la urmă.

Se ridică în picioare.

– Mă tem, zise el cu nesiguranță în voce, că nu mai am ce să spun... Să repet cât de mult regret, cât de mâhnit sunt din cauza celor întâmplate, să vă cer iertare... Pe toate astea le știți dumneavoastră deja prea bine. Tragedia care a pus capăt vieții lui a afectat-o și pe a mea. Dar, cel puțin, faptul că știți că nu el a săvârșit crima aceea oribilă și că numele lui, numele dumneavoastră, va fi spălat în ochii lumii înseamnă ceva, nu-i așa? întrebă el stăruitor.

Dacă spera să primească un răspuns, ei bine, nu-l primi.

Leo Argyle stătea prăbușit pe scaun. Gwenda se uita la Leo. Hester privea în gol, cu ochii larg deschiși și triști. Domnișoara Lindstrom mormăi ceva în barbă și clătină din cap.

Calgary rămase în ușă neajutorat, uitându-se la ei.

Gwenda Vaughan fu prima care reacționă. Veni la el și, punându-și mâna pe brațul lui, îi spuse cu o vocea joasă:

– Mai bine ați pleca acum, doctore Calgary. Totul a fost prea șocant. Le trebuie timp să asimileze informațiile.

El dădu din cap și ieși. Pe palier, i se alătură domnișoara Lindstrom.

– Vă conduc eu, îi zise ea.

Chiar înainte de a se închide ușa după el, observase cum Gwenda Vaughan se lăsă în genunchi lângă scaunul lui Leo. Faptul îl surprinse puțin.

Pe palier, domnișoara Lindstrom stătea ca un gardian și i se adresă pe un ton aspru:

– Nu puteți să-l readuceți la viață. Atunci de ce le mai aduceți aminte de toate astea? Până acum, erau cu toții resemnați. Acum vor suferi. Întotdeauna e cel mai bine ca lucrurile să fie uitate.

Ea îi vorbea cu nemulțumire.

– Amintirea lui trebuie să rămână nepătată, zise Arthur Calgary.

– Sentimente nobile! Toate sunt foarte bune. Dar dumneavoastră nu conștientizați cu adevărat ce implică ele. Bărbații... ei nu gândesc niciodată! și bătu din picior. Eu îi iubesc pe toți. Am venit aici în 1940 ca să o ajut pe doamna Argyle când a deschis un adăpost pentru copiii ale căror case fuseseră bombardate. Nimic nu le-a fost refuzat acelor copii. Li s-a oferit totul pe tavă. Asta se întâmpla cu aproape optsprezece ani în urmă. Chiar și după ce ea a murit, stau aici și am grijă de ei să le fac curățenie în casă, să mă asigur că sunt bine hrăniți. Îi iubesc pe toți, da, îi iubesc... dar Jacko... el nu era o persoană de treabă! Of, da, l-am iubit și pe el, dar el nu era bun!

Se întoarse brusc. Se părea că uitase să îl conducă spre ieșire. Calgary coborî încet scările. În timp ce se chinuia să deschidă ușa din față, care avea o închizătoare de siguranță al cărei mecanism nu îl pricepea, auzi sunetul unor pași ușori pe scări. Hester cobora scările.

Ea deblocă ușa și o deschise. Se uitară unul la altul. El pricepu mai puțin ca niciodată de ce îl fixa cu expresia aceea tragică și plină de reproș.

Fata i se adresă abia rostind cuvintele:

– De ce ați venit? Of, de ce ați venit?

El o privi neajutorat.

– Nu vă înțeleg. Nu vreți ca fratele dumneavoastră să fie reabilitat? Nu doriți să i se facă dreptate?

– Da, dreptate! zise ea ironic.

– Nu înțeleg... repetă el.

– Tot batem câmpii cu dreptatea! La ce îi mai folosește dreptatea lui Jacko acum? E mort. Nu e vorba despre Jacko. E vorba despre ceilalți.

– Ce vreți să spuneți?

– Nu vinovăția contează. Ci doar cine e nevinovat. Ea îi apucă brațul, încleștându-și degetele în jurul lui. Noi contăm acum. Nu vedeți ce ne-ați făcut?

El se holbă la ea.

Din întunericul de afară se ivi silueta unui bărbat.

– Doctore Calgary? strigă el. Taxiul dumneavoastră e aici. Să vă ducă la Drymouth.

– A... mulțumesc.

Calgary se mai întoarse încă o dată spre Hester, dar ea dispăruse deja în casă.

Ușa de la intrare se închise cu zgomot.

CAPITOLUL 3

I

Hester urcă încet treptele dându-și peste cap părul de pe fruntea înaltă. Kirsten Lindstrom îi ieși în întâmpinare în capul scărilor.

– A plecat?

– Da, a plecat.

– Ai suferit un șoc, Hester. Kirsten Lindstrom îi puse cu blândețe mâna pe umăr. Hai cu mine. Îți voi da puțin brandy. Toate astea au fost prea mult pentru mine.

– Nu cred că vreau brandy, Kirsty.

– Poate că nu vrei, dar o să-ți facă bine.

Fără să opună rezistență, tânăra fată se lăsă condusă de-a lungul holului și apoi în salonașul lui Kirsten. Luă paharul cu brandy care i se oferi și sorbi ușor din el. Kirsten Lindstrom zise cu exasperare în voce:

– Totul a fost prea dintr-odată. Ar fi trebuit să fim avertizați. De ce nu ne-a scris domnul Marshall să ne anunțe?

– Bănuiesc că doctorul Calgary nu i-a permis. A dorit să vină şi să ne spună personal.

– Să vină să ne spună personal, într-adevăr! Ce efect crede că vor avea veştile asupra noastră?

– Bănuiesc că s-a gândit că vom fi mulţumiţi, zise Hester cu o voce ciudată, lipsită de expresie.

– Mulţumiţi sau nu, avea să fie, incontestabil, un şoc. Nu trebuia să facă asta.

– Dar, într-un fel, a dat dovadă de curaj, zise Hester, îmbujorându-se. Adică nu a fost un lucru uşor de făcut. Să vii şi să spui unei familii că fiul acuzat de crimă şi decedat în închisoare a fost, de fapt, nevinovat. Da, cred că a avut curaj, dar îmi doresc să nu fi avut.

– Asta... asta ne dorim cu toţii, răspunse tăios domnişoara Lindstrom.

Hester uită de propriile gânduri şi deveni brusc interesată.

– Deci eşti de aceeaşi părere, Kirsty? Am crezut că doar eu gândesc aşa.

– Nu sunt proastă, zise tăios domnişoara Lindstrom. Intuiesc anumite lucruri pe care acest doctor Calgary al tău se pare că nu le-a luat în considerare.

Hester se ridică.

– Trebuie să merg la tata.

Kirsten Lindstrom încuviinţă.

– Da. A avut timp să se gândească la ce ar fi mai bine de făcut.

Când Hester intră în bibliotecă, Gwenda Vaughan vorbea la telefon. Tatăl ei îi făcu semn cu mâna, iar tânăra se duse și se așeză pe brațul fotoliului.

– Încercăm să dăm de Mary și de Micky, începu el. Trebuie să afle imediat despre asta.

– Alo, zise Gwenda Vaughan. Doamna Durrant? Mary? Gwenda Vaughan la telefon. Tatăl dumneavoastră dorește să vă vorbească.

Leo se duse și luă receptorul.

– Mary? Ce faci? Ce face Philip?... Bun. S-a întâmplat ceva destul de neobișnuit... M-am gândit că trebuie să aflați imediat despre asta. Tocmai ne-a vizitat un anume doctor Calgary. A adus cu el o scrisoare de la Andrew Marshall. Are legătură cu Jacko. Se pare că – e cu adevărat un lucru nemaipomenit – se pare că povestea spusă de Jacko la proces, cum că ar fi făcut autostopul spre Drymouth în mașina cuiva, este perfect adevărată. Acest doctor Calgary este bărbatul care l-a dus cu mașina...

Se opri ca să asculte ce are de spus fiica sa la celălalt capăt al liniei.

– Păi, da, Mary. Nu voi intra acum în detalii cum ar fi de ce nu a spus nimic la momentul respectiv. A avut un accident, o comoție. Toată treaba asta pare a fi fost verificată. Am sunat să vă spun că eu cred că ar trebui să ne întâlnim aici cu toții, cât mai repede posibil. Poate îl convingem și pe Marshall să vină și să discutăm problema împreună. Cred că ar trebui să avem parte de cea mai bună asistență juridică. Puteți veni tu și Philip?... Da... Da, știu. Dar cred, draga mea, că este important... Da... Sună-mă mai târziu dacă vrei. Trebuie să încerc să dau de Micky.

Puse receptorul în furcă.

Gwenda Vaughan se îndreptă spre telefon.

– Să încerc să dau de Micky?

– Dacă o să dureze, interveni Hester, aș putea să sun eu prima, Gwenda? Aș vrea să vorbesc cu Donald.

– Bineînțeles, zise Leo. Ieși astă-seară cu el, nu-i așa?

– Așa aveam de gând.

Tatăl ei îi aruncă o privire tăioasă.

– Te-a supărat mult povestea asta, draga mea?

– Nu știu. Nu știu exact ce simt.

Gwenda îi făcu loc să poată ajunge la telefon și Hester formă numărul.

– Aș putea vorbi cu doctorul Craig, vă rog? Da. Da. Hester Argyle la telefon.

După câteva momente spuse:

– Tu ești, Donald?... Am sunat să-ți spun că nu cred că pot veni cu tine la conferință astă-seară... Nu, nu sunt bolnavă... Nu e asta, doar că... doar că noi... am primit niște vești cam ciudate.

Doctoral Craig spuse ceva.

Hester se întoarse spre tatăl ei. Puse mâna pe receptor și-l întrebă:

– Nu e un secret, nu?

– Nu, zise Leo încet. Nu e tocmai un secret, dar... ei bine, l-aș ruga pe Donald să nu mai spună nimănui deocamdată. Știi cum e cu zvonurile, sunt răstălmăcite, exagerate.

– Da, știu. Vorbi din nou în receptor. Într-un fel, ai spune că e o veste bună, dar e mai degrabă neliniștitoare. Aș prefera să nu discut despre asta la telefon... Nu, nu veni încoace... Te rog... nu. Nu astă-seară. Mâine cândva. E despre Jacko. Da... da... fratele meu... Tocmai am aflat că, în cele din urmă, nu el a ucis-o pe mama... Dar te rog să nu spui nimic. Și nu vorbi cu nimeni. O să-ți povestesc totul mâine... Nu, Donald, nu... Doar că nu mă simt în stare să văd pe nimeni astă-seară – nici măcar pe tine. Te rog. Și nu vorbi despre asta. Puse receptorul la loc și se dădu la o parte permițându-i Gwendei să-și reia locul.

Gwenda ceru un număr de Drymouth.

– De ce nu te duci la conferință cu Donald, Hester? o întrebă Leo cu blândețe. O să-ți distragă atenția de la probleme.

– Nu vreau, tată. N-aş putea.

– După cum ai vorbit... i-ai dat impresia că nu este o veste bună. Dar ştii, Hester, nu e aşa. Am fost luați prin surprindere. Dar suntem cu toții foarte fericiți, bucuroşi pentru... Cum am putea fi altfel?

– Asta vom spune, nu-i aşa? urmă Hester.

– Draga mea copilă, zise Leo prevăzător.

– Dar nu e adevărat, nu-i aşa? Nu este o veste bună, ci de-a dreptul supărătoare.

– Micky la telefon, interveni Gwenda.

Leo se duse din nou la telefon. Îi spuse fiului său aceleaşi lucruri pe care i le spusese şi fiicei sale. Dar tânărul primi vestea altfel decât Mary Durrant. Nu vocifera, nu se arătă surprins sau neîncrezător. În schimb, acceptă repede vestea.

– Ce naiba? se auzi vocea lui Micky. După atâta vreme? Martorul lipsă! Măi, măi, Jacko n-a avut deloc noroc în acea seară.

Leo continuă. Micky ascultă.

– Da, răspunse el, sunt de acord cu tine. Cel mai bine ar fi să ne întâlnim cu toții cât mai repede posibil şi să-l chemăm pe Marshall să ne sfătuiască.

Izbucni în râs, un râs care lui Leo îi amintea atât de bine de băiețelul care se juca în grădină, în fața ferestrei.

– Care-s cotele la pariuri? *Care dintre noi a făcut-o?*

Leo puse receptorul jos și plecă brusc de lângă telefon.

– Ce a spus? întrebă Gwenda.

Leo îi relată ceea ce auzise.

– Mi se pare o glumă proastă, replică Gwenda.

Leo îi aruncă o privire rapidă.

– Poate, zise el blând, nu a fost chiar o glumă.

II

Mary Durrant traversă încăperea și culese câteva petale căzute dintr-o vază cu crizanteme. Le puse cu grijă în coșul de gunoi. Era o tânără de douăzeci și șapte de ani, cu o expresie calmă, care, deși nu avea riduri, arăta mai în vârstă decât era, poate din pricina aerului matur pe care-l afișa. Arăta bine, fără nimic spectaculos. Trăsături regulate, ten frumos, ochii albaștri vii și păr blond prins într-un coc mare la baza cefei; un stil care se întâmpla să fie la modă, cu toate că nu acesta era motivul pentru care îl prefera. Era o femeie care rămânea fidelă propriului stil. Înfățișarea ei era ca şi a casei sale; îngrijită, bine întreţinută. Dezordinea şi orice fir de praf o îngrijorau.

Bărbatul din scaunul cu rotile o privi cum pune petalele în coş şi zâmbi ciudat.

– Aceeaşi persoană ordonată, începu el. Un loc pentru fiecare lucru şi fiecare lucru la locul lui. Râse oarecum răutăcios.

Dar Mary Durrant nu păru deloc tulburată.

– Chiar îmi place ordinea, confirmă ea. Ştii, Phil, nici ţie nu ţi-ar plăcea dacă ar fi un haos în toată casa.

– Oricum, eu nu am avut şansa asta, răspunse soţul ei cu o urmă de amărăciune.

La scurt timp după ce se căsătoriseră, Philip Durrant căzuse victimă poliomielitei paralitice. Pentru Mary, care-l adora, el deveni nu doar soţul, ci şi copilul ei.

El însuşi se simţea câteodată stânjenit de iubirea ei posesivă. Soţia lui nu-şi închipuia cât îl deranja plăcerea ei de a şti că depinde de ea.

– Trebuie să recunosc, zise el repede, de parcă s-ar fi temut de vreun cuvânt de compasiune sau simpatie din partea ei, că vestea tatălui tău întrece orice aşteptări! După atâta timp! Cum poţi fi atât de calmă?

– Cred că nu prea pot să accept... E extraordinar! La început, pur şi simplu nu mi-a venit să cred ce mi-a spus tata. Dacă mi-ar fi zis Hester, aş fi considerat că și-a imaginat întreaga chestiune. Știi cum e Hester.

Chipul lui Philip Durrant își pierdu puțin din amărăciune:

– O creatură aprigă și pasională, care a venit pe lume în căutare de probleme pe care, cu siguranță, le-a și găsit.

Mary făcu un semn cu mâna. Caracterul altor persoane nu o interesa.

– O fi adevărat? Nu crezi că e posibil ca acest bărbat să-și fi imaginat întreaga chestiune? zise ea cu îndoială.

– Omul de știință distrat? Ar fi frumos să gândim așa, răspunse Philip, dar se pare că Andrew Marshall a luat foarte în serios toată chestiunea. Și Marshall, Marshall & Marshall sunt o firmă foarte serioasă, crede-mă!

– Ce înseamnă toate astea, Phil? zise Mary Durrant încruntându-se.

– Înseamnă că Jacko va fi exonerat complet. Asta dacă autoritățile sunt mulțumite – și nu cred că vor fi probleme de nici un fel.

– Ei, suspină ușor Mary, bănuiesc că totul e minunat.

Philip izbucni din nou în râsul acela plin de amărăciune.

– Polly, zise el, mă bagi în mormânt!

Numai soțul ei îi spunea Polly lui Mary Durrant. Era un nume complet nepotrivit pentru înfățișarea ei sculpturală. Se uită la Philip puțin surprinsă.

– Nu înțeleg ce am spus atât de amuzant.

– Ai fost atât de binevoitoare! Ca Doamna Nu-știu-care la un târg de binefacere care ridică în slăvi obiectele de artizanat ale celor de la muzeul din sat.

Mary continuă oarecum nedumerită:

– Dar este minunat! Nu poți spune că era o mândrie să ai un criminal în familie.

– Nu chiar în familie.

– E practic același lucru. Adică totul a fost foarte neplăcut și ne-a făcut să ne simțim foarte stânjeniți. Toată lumea era atât de surescitată și de curioasă. A fost îngrozitor.

– Ai făcut față cu brio. I-ai înghețat cu privirea aceea albastră a ta. I-ai făcut să tacă și să se rușineze. E incredibil cum reușești să nu-ți arăți niciodată emoțiile.

– A fost îngrozitor, dar el a murit și totul s-a sfârșit. Totul. Iar acum... acum cred că totul va fi dezgropat. Atât de obositor!

– Da, zise Philip gânditor. Ridică ușor din umeri și o umbră de durere îi traversă chipul.

Soția lui se duse numaidecât la el.

– Ai amorțit? Stai. Lasă-mă să mut perna. Gata. Mai bine?

– Trebuia să fii asistentă medicală.

– Nu am nici cea mai mică dorință de a îngriji alți oameni. În afară de tine.

O spuse foarte simplu, dar în spatele cuvintelor goale existau sentimente profunde.

Telefonul sună. Răspunse Mary.

– Alo... da... la telefon... Oh, tu ești... E Micky, îi explică ea lui Philip. Da... da, am auzit. M-a sunat tata... Păi, desigur... Da... Da... Philip spune că, dacă procurorii sunt mulțumiți, totul trebuie să fie în regulă. Serios, Micky, nu înțeleg de ce ești atât de supărat. Nu am cunoștință că aș fi grea de cap... Serios, Micky, nu cred că tu... Alo?... Alo?... Se încruntă furioasă. Mi-a închis. Puse receptorul la loc. Pe bune, Philip, nu-l pot înțelege pe Micky.

– Ce a spus mai exact?

– Părea într-o stare ciudată. Mi-a spus că sunt grea de cap, că nu-mi dau seama de repercusiuni. O să ne ia naiba! Așa a spus. Dar de ce? Nu înțeleg.

– E îngrijorat, nu? zise Philip gânditor. Dar de ce? Să știi că are dreptate. Vor exista repercusiuni.

Mary păru nedumerită.

– Adică se va acorda din nou interes cazului? Bineînțeles că mă bucur că Jacko va fi absolvit de crimă, dar va fi mai degrabă neplăcut dacă oamenii vor începe din nou să vorbească despre asta.

– Nu e numai ce vor spune vecinii. Va fi mai mult de atât. Ea se uită curioasă la el.

– Şi poliţia va fi interesată!

– *Poliţia?* întrebă Mary tăios. Ce are de-a face poliţia?

– Draga mea, gândeşte-te.

Mary se întoarse şi se aşeză lângă el.

– E din nou o crimă nerezolvată, înţelegi? explică Philip.

– Doar nu-şi vor mai bate capul… după atâta vreme?

– O mică iluzie, dar una complet nejustificată, mă tem.

– După ce au fost atât de proşti… au greşit atât de mult cu Jacko… în mod sigur nu vor dori să răscolească totul din nou.

– Poate că nu vor dori, dar probabil vor fi nevoiţi să facă asta! Datoria e datorie.

– Oh, Philip, sigur te înşeli. Se va vorbi puţin despre asta, după care totul va fi dat uitării.

– Şi vom trăi fericiţi până la adânci bătrâneţi, zise Philip pe un ton sarcastic.

– De ce nu?

El clătină din cap.

– Nu e atât de simplu… Tatăl tău are dreptate. Trebuie să ne întâlnim cu toţii şi să avem o discuţie. Să-l chemăm şi pe Marshall, aşa cum a spus.

– Adică... să mergem la Sunny Point?

– Da.

– Oh, nu putem face asta.

– De ce nu?

– Nu e practic. Tu ești invalid și...

– Nu sunt invalid, o întrerupse Philip iritat. Sunt destul de puternic și de sănătos. Pur și simplu s-a întâmplat să-mi pierd controlul asupra picioarelor. Aș putea merge la Timbuktu dacă aș avea la dispoziție mijlocul de transport potrivit.

– Sunt sigură că ți-ar face rău să mergi la Sunny Point. Având în vedere că toată povestea a fost dezgropată...

– Nu mintea mi-e afectată.

– Și nu înțeleg cum am putea pleca de acasă. Au fost atât de multe jafuri în ultima vreme.

– Cheamă pe cineva să doarmă aici.

– E foarte simplu să spui asta – ca și cum ar fi cel mai ușor lucru din lume.

– Bătrâna doamnă Cum-o-cheamă poate veni în fiecare zi. Te rog să încetezi cu pretextele astea de gospodină casnică, Polly. Tu ești, de fapt, cea care nu vrea să plece.

– Nu, nu vreau.

– Nu vom sta mult, o asigură Philip. Dar cred că ar trebui să mergem. E un moment în care familia trebuie să fie unită în fața lumii. Trebuie să vedem exact cum stăm.

III

La hotelul din Drymouth, Calgary luă cina devreme și urcă în camera lui. Se simțea foarte afectat de evenimentele prin care trecuse la Sunny Point. Se așteptase să fie o misiune dureroasă și fusese nevoie să-și adune tot curajul ca s-o ducă la capăt. Dar întreaga chestiune fusese neplăcută și jenantă într-un mod cu totul diferit față de cel la care se așteptase. Se trânti pe pat și își aprinse o țigară în timp ce derula întruna totul în minte.

Cea mai clară imagine ce-i apărea era fața lui Hester în momentul plecării. Disprețul cu care respinsese dorința lui de a face dreptate! Oare cum se exprimase? „Nu vinovăția contează, ci doar cine e nevinovat." Și apoi: „Nu vezi ce ne-ai făcut?" Dar ce făcuse? Nu înțelegea.

Și ceilalți. Femeia pe care o numeau Kirsty. (De ce Kirsty? Era un nume scoțian. Nu era scoțiancă – poate daneză sau norvegiană?) De ce îi vorbise pe un ton atât de aspru, atât de acuzator?

Și reacția lui Leo Argyle a fost ciudată – a fost reținut, circumspect. Nimic care să sugereze „Îi mulțumesc lui Dumnezeu că fiul meu e nevinovat!" cum ar fi fost normal!

Şi fata aceea – fata care era secretara lui Leo. Ea l-a ajutat, a fost bună cu el. Dar şi ea a reacţionat ciudat. Îşi aminti modul în care ea a îngenuncheat lângă scaunul lui Argyle. Ca şi cum... ca şi cum... i-ar fi fost milă de el, îl consola. Pentru ce îl consola? Că fiul lui nu era vinovat de crimă? Cu siguranţă, sentimentele ei erau mai profunde decât cele ale unei simple secretare – chiar şi ale unei secretare care lucra pentru el de câţiva ani.

Despre ce era vorba? De ce...

Telefonul de pe masa de lângă pat sună. Ridică receptorul.

– Alo?

– Doctorul Calgary? Cineva vrea să vă vadă.

– Pe mine?

Era surprins. Din câte ştia, nimeni nu aflase că avea să petreacă noaptea în Drymouth.

– Cine e?

Urmă o pauză. Apoi recepţionerul răspunse:

– E un anume domn Argyle.

– Oh. Spuneţi-i...

Arthur Calgary se opri chiar înainte să-i spună că va coborî. Dacă dintr-un anume motiv Leo Argyle venise după el în Drymouth şi reuşise să descopere unde se cazase, ar fi fost probabil destul de jenant să discute în holul aglomerat de la parter.

– Spuneți-i să urce la mine în cameră, vă rog! spuse el.

Se ridică de pe pat și începu să se plimbe nerăbdător încoace și încolo până auzi o bătaie în ușă.

Se îndreptă spre ușă și o deschise.

– Intrați, domnule Argyle.

Se opri surprins. Nu era Leo Argyle. Era un tânăr de vreo douăzeci și ceva de ani, un tânăr a cărui față oacheșă și frumoasă era umbrită de o expresie de amărăciune. O față obraznică, supărată, nefericită.

– Nu vă așteptați să mă vedeți pe mine, zise tânărul. Credeați că e tatăl meu. Eu sunt Michael Argyle.

– Intrați.

Calgary închise ușa în urma oaspetelui.

– Cum ați aflat că sunt aici? întrebă el în timp ce-i întindea tânărului o tabacheră.

Michael Argyle luă o țigară și izbucni într-un râs scurt și neplăcut.

– Asta e ușor! Am sunat la cele mai mari hoteluri în speranța că sunteți cazat la unul dintre ele. Am nimerit din a doua încercare.

– Și de ce ați dorit să mă vedeți?

– Voiam să văd ce tip de om sunteți... zise Michael încet. Ochii lui îl studiau intens pe Calgary, observându-i umerii ușor gârboviți, părul grizonant, fața subțire și sensibilă.

– Deci, sunteți unul dintre tipii care au mers în expediția Hayes–Bentley la pol. Nu păreți foarte puternic.

Arthur Calgary zâmbi timid.

– Aparențele sunt înșelătoare uneori. Am fost suficient de puternic. Nu e nevoie doar de forță musculară. Sunt și alte calități la fel de importante: rezistență, răbdare, cunoștințe tehnice.

– Câți ani aveți, patruzeci și cinci?

– Treizeci și opt.

– Păreți mai în vârstă.

– Da, da, cred că așa e. Pentru un moment, îl copleși un sentiment de tristețe văzând tinerețea virilă a băiatului.

Îl întrebă destul de brusc:

– De ce ați dorit să mă vedeți?

Celălalt se încruntă.

– E normal, nu-i așa? Când am auzit ce vești ne aduceți. Vești despre dragul meu frate.

Calgary nu răspunse.

– Ați ajuns un pic prea târziu pentru el, nu credeți? continuă Michael Argyle.

– Da, zise Calgary cu glas scăzut, e cam târziu pentru el.

– Și atunci de ce ne mai încurcați? Ce-i cu povestea asta despre comoție?

Calgary îi povesti totul cu răbdare. În mod ciudat, se simțea încurajat de asprimea și obrăznicia băiatului. În orice caz, acesta era foarte interesat de soarta fratelui său.

– Îi oferă un alibi lui Jacko, asta e ideea, nu? Cum puteți fi sigur că intervalul orar a fost acela care spuneți că a fost?

– Sunt foarte sigur pe ore, zise Calgary cu hotărâre.

– Se poate să fi făcut o greșeală. Voi, oamenii de știință, se întâmplă să fiți distrași de lucruri și locuri mărunte câteodată.

Calgary păru amuzat.

– V-ați creat o imagine a profesorului de literatură distrat, care poartă șosete desperecheate, care nu e sigur ce zi e sau unde se află? Tinere dragă, munca tehnică necesită foarte mare precizie; cantități exacte, ore, calcule. Vă asigur că nu am cum să greșesc în privința orei. L-am luat pe fratele dumneavoastră chiar înainte de șapte și l-am lăsat în Drymouth la șapte și treizeci și cinci.

– Se poate să nu vă fi funcționat bine ceasul. Sau v-ați uitat la ceasul din mașină.

– Atât ceasul de mână cât și cel din mașină au fost perfect sincronizate.

– Jacko se poate să vă fi înșelat cumva. Știa o grămadă de trucuri.

– Nu a fost nici un fel de truc. De ce doriți atât de mult să dovediți că mă înșel? Calgary continuă înfierbântându-se puțin: Mă așteptam să-mi fie greu să conving autoritățile că au condamnat un om pe nedrept. Nu mă așteptam să-mi fie atât de greu să-i conving familia!

– Deci, toți am fost un pic cam greu de convins?

– Reacția mi s-a părut puțin... neobișnuită. Micky se uită la el cu mare atenție.

– Nu au vrut să vă creadă?

– Aproape că nu m-au crezut... Așa mi s-a părut...

– Nu doar vi s-a părut. Chiar așa a fost. Dacă ne gândim mai bine, e destul de normal.

– Dar de ce? De ce ar fi normal? Mama dumneavoastră este ucisă. Fratele dumneavoastră a fost condamnat pentru crimă. Acum se constată că a fost nevinovat. Ar trebui să fiți mulțumiți – recunoscători. Propriul dumneavoastră frate.

– Nu a fost fratele meu. Iar ea nu a fost mama mea.

– Ce?!

– Nu v-a spus nimeni? Am fost toți adoptați. Toți. Mary, „sora“ mai mare, în New York. Ceilalți în timpul războiului. „Mama“ mea, după cum îi spuneți dumneavoastră, nu a putut avea copii. Așa că și-a format o familie frumoasă înfiindu-ne.

Pe Mary, pe mine, pe Tina, pe Hester, pe Jacko. Ni s-a oferit o casă confortabilă și luxoasă și foarte multă dragoste maternă! Aș spune că a uitat că, de fapt, nu suntem copiii ei. Dar a avut ghinion când l-a ales pe dragul ei Jacko.

– Nu am avut nici cea mai mică idee.

– Așa că nu-mi spuneți lucruri ca „propria mamă“, „propriul frate“! Jacko a fost un păduche.

– Dar nu un criminal.

Vocea îi era autoritară. Micky se uită la el și încuviință din cap.

– Bine. Dacă așa spuneți – și rămâneți la varianta dumneavoastră. Jacko nu a ucis-o. Foarte bine – atunci cine a ucis-o? Nu v-ați gândit la asta, nu-i așa? Gândiți-vă acum. Gândiți-vă – și așa o să vă dați seama ce ne-ați făcut tuturor...

Se răsuci pe călcâie și ieși brusc pe ușă.

CAPITOLUL 4

– Mă bucur că m-ați primit din nou, domnule Marshall, zise Calgary pe un ton de scuză.

– Nici o problemă, zise avocatul.

– După cum știți, am fost la Sunny Point și m-am întâlnit cu familia lui Jack Argyle.

– Chiar așa.

– Și mă aștept să fi aflat deja despre vizita mea.

– Da, doctore, așa e.

– Ceea ce poate să vi se pară greu de înțeles este motivul pentru care am revenit la dumneavoastră. Vedeți, lucrurile nu au decurs exact cum mă așteptam.

– Nu, zise avocatul, se pare că nu. Vocea lui era, ca de obicei, seacă și lipsită de emoție, dar, cu toate astea, îl încuraja pe Calgary să continue.

– Am crezut, vedeți dumneavoastră, că acesta avea să fie sfârșitul poveștii, zise Calgary. Eram pregătit pentru... cum să îl numesc... un resentiment firesc din partea lor. Deși comoția pe care am suferit-o a fost un lucru independent de voința mea, i-aș putea ierta pentru resentimentele lor. Aș spune chiar că eram pregătit pentru asta. Dar în același timp speram că vor fi recunoscători că numele lui Jack Argyle va fi reabilitat. Dar lucrurile nu au ieșit cum m-am așteptat. Chiar deloc.

– Înțeleg.

– Poate dumneavoastră, domnule Marshall, v-ați așteptat la ce avea să se întâmple. Îmi amintesc că, data trecută când v-am vizitat, m-a nedumerit atitudinea dumneavoastră. Ați prevăzut cu ce aveam să mă confrunt?

– Încă nu mi-ați spus, doctore, despre ce fel de atitudine vorbim.

Arthur Calgary își trase scaunul mai în față.

– Am crezut că voi pune capăt unui lucru prin a da, să spunem așa, un final diferit unui capitol care fusese deja scris. Dar mi-a fost dat să simt, să văd că, în loc să pun capăt unui lucru, am dat naștere altuia. Ceva cu totul nou. Credeți că asta e o afirmație adevărată, având în vedere poziția în care mă aflu?

Domnul Marshall dădu ușor din cap.

– Da, zise el, am putea spune și așa. Recunosc, m-am gândit că nu conștientizați toate implicațiile. Nu mă așteptam s-o faceți, pentru că, în mod normal, nu știați nimic despre context sau despre fapte, cu excepția celor regăsite în rapoarte.

– Nu. Nu, acum îmi dau seama de asta. Foarte clar. Ridică tonul pe măsură ce îi creștea entuziasmul. Nu s-au simțit tocmai ușurați, nici recunoscători. Erau temători. Se temeau de ce se putea întâmpla mai departe. Am dreptate?

Marshall răspunse cu atenție:

– Aș fi tentat să spun că aveți dreptate. Țineți minte că nu vorbesc în cunoștință de cauză.

– Dacă e așa, continuă Calgary, atunci nu simt că mă pot întoarce la treburile mele, satisfăcut că am îndreptat ceea ce se putea îndrepta. Încă sunt implicat în poveste. Sunt responsabil de introducerea unei noi realități în viața mai multor persoane. Nu pot să fug de responsabilitate.

Avocatul își drese vocea.

– Poate acesta e un punct de vedere cam fantezist, domnule Calgary.

– Nu cred că este – nu tocmai. Fiecare trebuie să își asume răspunderea pentru faptele sale și nu numai pentru fapte, ci și pentru consecințele lor. Așa cum în urmă cu doi ani am luat un tânăr autostopist în mașină. Când am făcut acest lucru, am declanșat o serie de evenimente. Consider că nu ar trebui să mă disociez de ele.

Avocatul clătină din cap.

– Foarte bine, zise Arthur Calgary nerăbdător. Numiți-o fantezistă, dacă așa vreți. Dar sentimentele mele... conștiința... încă sunt implicate.

Singura mea dorință a fost să îndrept ceva ce era peste puterile mele să preîntâmpin. Și nu am făcut-o. În mod bizar, am înrăutățit lucrurile pentru cei care au avut deja de suferit. Și încă nu înțeleg prea bine de ce.

– Nu, zise Marshall ușor, nu aveți cum să pricepeți. Timp de aproximativ optsprezece luni nu ați fost în contact cu civilizația. Nu ați citit cotidianele, nu știați ce se scria despre această familie în ziare. Probabil că oricum nu le-ați fi citit, dar nu ați fi avut cum să nu auziți despre ele, după părerea mea. Lucrurile sunt foarte simple, doctore Calgary. Și nu sunt confidențiale. Au fost făcute publice la momentul respectiv. Totul se reduce la asta. Dacă Jack Argyle nu a comis crima (și după părerea dumneavoastră nu avea cum s-o facă), atunci cine a făcut-o? Întrebarea ne readuce la împrejurările în care a avut loc crima. S-a petrecut între orele șapte și șapte și jumătate într-o seară de noiembrie, într-o casă unde răposata era înconjurată de membrii familiei și de servitori. Casa era încuiată și obloanele erau trase, iar dacă cineva a intrat de afară, acea persoană trebuie să fi fost primită de însăși doamna Argyle sau să fi descuiat cu cheia proprie. Cu alte cuvinte, trebuie să fi fost vorba despre o persoană pe care o cunoștea. În unele privințe, seamănă cu cazul Borden din America, în care domnul Borden și soția lui au fost uciși cu lovituri de secure într-o duminică dimineața. Nimeni din casă nu a auzit nimic, nimeni nu a fost văzut apropiindu-se de casă. Înțelegeți, doctore, de ce membrii familiei erau, așa cum susțineți dumneavoastră, mai mult alarmați decât ușurați de veștile aduse de dumneavoastră?

Calgary îi răspunse încet:

– Insinuați că ar vrea să se creadă în continuare că Jack Argyle e vinovat?

– Da, răspunse Marshall. O, da, fără îndoială. Dacă e să fiu cinic, Jack Argyle era răspunsul perfect pentru crima oribilă din sânul familiei. A fost un copil-problemă, un delincvent, un bărbat cu temperament vulcanic. În familie s-a încercat și chiar s-a reușit să i se găsească scuze pentru ceea ce a făcut. Ar fi putut să-l jelească, să dea dovadă de compasiune, să declare față de oricine că nu fusese în totalitate vina lui, că psihologii ar fi avut o explicație pentru tot. Da, ar fi fost extrem de convenabil!

– Și acum... bâigui Calgary.

– Și acum, bineînțeles că lucrurile stau cu totul diferit, zise domnul Marshall. Foarte diferit. Într-un mod aproape alarmant.

– Noutățile prezentate de mine sunt neplăcute și pentru dumneavoastră, nu-i așa? întrebă Calgary subtil.

– Trebuie să recunosc că da. Da. Da, trebuie să recunosc că am fost... deranjat. Un caz care fusese clasat în mod satisfăcător – da, voi continua să folosesc termenul acesta – este acum redeschis.

– E oficial? întrebă Calgary. Vreau să spun – din punctul de vedere al poliției, va fi redeschis cazul?

– O, fără doar și poate, îi răspunse Marshall. Când Jack Argyle a fost găsit vinovat pe baza unei probe foarte elocvente – jurații au deliberat doar un sfert de ceas –, poliția s-a bucurat să închidă cazul. Dar acum, odată cu acordarea postumă a grațierii, cazul va fi redeschis.

– Și poliția va face o nouă anchetă?

– Aproape sigur, aș zice. Bineînțeles, adăugă Marshall, frecându-și bărbia îngândurat, mă îndoiesc că după atâta timp, datorită aspectelor particulare ale cazului, cercetările vor mai duce la un rezultat notabil... În ceea ce mă privește, sunt sceptic. Ar fi posibil ca poliția să știe că cineva din casă e vinovat. Ar putea ajunge atât de departe, încât să aibă o idee vagă cu privire la identitatea vinovatului. Dar nu le va fi ușor să obțină o probă concretă.

– Înțeleg, zise Calgary. Înțeleg. Da, asta voia să spună și ea.

Avocatul îl întrebă tăios:

– Despre cine vorbiți?

– Despre fată, îi răspunse Calgary. Despre Hester Argyle.

– A, da! Tânăra Hester. Ce v-a spus? întrebă el curios.

– Vorbea despre nevinovați, îi răspunse doctorul. Spunea că nu contează vinovatul, pe cât contează nevinovații. Acum înțeleg ce voia să spună prin asta...

Marshall îi aruncă o privire tăioasă.

– Poate că știți.

– Voia să spună exact ceea ce mi-ați spus și dumneavoastră, zise Arthur Calgary. Intenționa să spună că încă o dată familia va fi suspectată.

Marshall îl întrerupse.

– Impropriu spus încă o dată, zise el. Familia nu a fost nici o clipă suspectată. Jack Argyle a fost vizat de la bun început.

Calgary nu se sinchisi de întreruperea lui Marshall.

– Familia va fi suspectată, zise el, și s-ar putea să rămână așa multă vreme... poate pentru totdeauna. Dacă vreunul dintre ei este vinovat, s-ar putea ca toți ceilalți să nu știe cine anume. Se vor uita unul la altul și... se vor întreba... Da, asta va fi cel mai grav. Faptul că nici măcar nu vor ști care dintre ei...

Urmă un moment de tăcere. Marshall îl studie pe Calgary, dar nu spuse nimic.

– Știți... acesta e un lucra groaznic... zise Calgary.

Pe fața lui slabă și sensibilă se puteau citi emoțiile care-l încercau.

– Da, e groaznic... Să treacă an după an, fără să știe, uitându-se unii la alții, suspiciunea afectându-le relațiile cu ceilalți oameni. Distrugând dragostea, distrugând încrederea...

Marshall își drese vocea din nou.

– Nu credeți că... judecați lucrurile cu prea mult suflet?

– Nu, zise Calgary, nu cred. Poate, dacă îmi permiteți să spun asta, văd lucrurile mai clar decât le vedeți dumneavoastră, îmi imaginez ce poate să însemne acest lucru.

Urmă un nou moment de tăcere.

– Înseamnă, spuse Calgary, că cei nevinovați vor avea de suferit. Iar nevinovații n-ar trebui să sufere. Doar cel vinovat. De aceea... de aceea nu pot să mă spăl pe mâini de toată afacerea. Nu pot să plec și să spun „Am făcut ceea ce trebuia. Am îndreptat ce mai puteam îndrepta, am servit cauza justiției“, pentru că ceea ce am făcut nu a servit deloc adevărul și dreptatea. Nu i-a adus vinovatului condamnarea, nu l-a scăpat pe nevinovat de umbra vinovăției.

– Cred că vă consumați prea tare, doctore Calgary. Ceea ce spuneți are un sâmbure de adevăr, fără îndoială, dar nu văd ce ați putea să mai faceți în această privință.

– Nu. Nici eu nu văd, zise Calgary sincer. Dar asta înseamnă că trebuie să încerc. Din aceste motive am venit la dumneavoastră, domnule Marshall. Vreau și cred că am dreptul să aflu totul despre contextul crimei.

– Ei bine, zise domnul Marshall, pe un ton mai vioi. Nu există secrete, doar fapte. Mai mult de atât nu pot. Nu am avut niciodată relații prea apropiate cu familia. Firma noastră a lucrat foarte mulți ani pentru doamna Argyle. Am colaborat la înființarea unor societăți și i-am acordat consultanță juridică. Pe doamna Argyle am cunoscut-o destul de bine și, de asemenea, l-am cunoscut și pe soțul dumneaei. Informațiile pe care le am în legătură cu atmosfera de la Sunny Point, cu temperamentul și caracterul diferiților oameni care locuiesc acolo ar putea fi considerate la mâna a doua, provenind doar de la doamna Argyle.

– Înțeleg ce vreți să spuneți, zise Calgary, dar trebuie să încep de undeva. Am înțeles că nu erau copiii ei biologici. Erau adoptați?

– Da, așa e. Doamna Argyle, născută Rachel Konstam, era unica fiică a lui Rudolph Konstam, un om foarte bogat. Mama ei era americancă, la rândul ei foarte bogată. Rudolph Konstam era implicat în numeroase acțiuni filantropice și și-a crescut fiica în respect față de actele de binefacere. Atât tatăl, cât și mama ei au murit într-un accident de avion, iar Rachel și-a dedicat întreaga avere moștenită de la părinți unor așa-zise proiecte caritabile. S-a implicat personal în aceste acte de binefacere și ea însăși a pus bazele proiectului. În acest context l-a întâlnit pe Leo Argyle, pe atunci membru în conducerea Universității din Oxford, interesat de reforme economice și sociale majore. Pentru a o înțelege pe doamna Argyle, trebuie să realizați că marea tragedie a vieții sale era că nu putea avea copii. Așa cum se întâmplă în cazul multor femei, această neputință i-a umbrit întreaga viață. După ce a consultat tot felul de specialiști, i-a fost clar că nu va putea fi mamă niciodată și a încercat să își găsească o alinare. A adoptat primul copil dintr-un cartier sărac de la periferia New Yorkului, actuala doamnă Durrant. Doamna Argyle s-a dedicat aproape în întregime acțiunilor de caritate care-i aveau pe copii ca beneficiari. La izbucnirea războiului, în 1939, a stabilit sub egida Ministerului Sănătății un fel de orfelinat pe timp de război, cumpărând casa pe care ați vizitat-o, Sunny Point.

– Loc cunoscut pe atunci ca Viper's Point, zise Calgary.

– Da. Cred că acela era numele inițial. Ah, da, poate că până la urmă acesta e un nume mai potrivit decât cel găsit de ea – Sunny Point. În 1940, ea avea între doisprezece și șaisprezece copii, majoritatea având tutori neglijenți sau nu putuseră să fie evacuați împreună cu familiile lor. S-a făcut totul pentru acei copii. Li s-a oferit o casă luxoasă. Am avut tot felul de discuții contradictorii, explicându-i că după război acestor copii le va fi greu să plece din mediul acesta și să se întoarcă în căminele în care au crescut. Nu m-a ascultat. Era profund atașată de acei copii și, în cele din urmă, s-a hotărât să înfieze pe câțiva dintre ei, pe cei din familii cu probleme sau orfani. E vorba de cinci copii. Mary, acum căsătorită cu Phillip Durant, Michael, care muncește în Drymouth, Tina, o metisă, Hester și, bineînțeles, Jacko. Toți au crescut socotindu-i pe soții Argyle drept părinți. Li s-a oferit cea mai bună educație pe care și-o puteau permite. Dacă mediul ar influența viața unei persoane, ar fi trebuit ca ei să ajungă departe. Cu siguranță, au avut parte de toate avantajele. Jack, sau Jacko, așa cum îi ziceau ei, le făcea numai probleme. La școală a furat bani și a trebuit să fie retras. A intrat în bucluc și în primul an de facultate. De două ori a fost cât pe ce să intre la pușcărie. Întotdeauna a avut un temperament incontrolabil. Totuși, probabil că aceste informații le-ați adunat deja. În două rânduri, a delapidat niște bani, iar paguba a fost acoperită de familia Argyle. De două ori i s-au dat bani ca să deschidă o afacere. De fiecare dată încercarea a dat greş. După moartea sa, i-au plătit şi încă îi mai plătesc o alocaţie văduvei sale.

Calgary se aplecă în faţă mirat.

– Văduvei sale? Nu mi-a spus niciodată nimeni că ar fi fost căsătorit.

– Măi să fie! Avocatul îşi trosni degetul mare iritat. Am fost neglijent. Bineînţeles că am uitat că dumneavoastră nu aţi citit ziarele. Pot să spun că nimeni din familia Argyle nu ştia că era căsătorit. Imediat după arestarea lui, soţia sa şi-a făcut apariţia la Sunny Point teribil de îndurerată. Domnul Argyle s-a purtat foarte frumos cu ea. Era o femeie tânără care lucrase ca dansatoare la Drymouth Palais de Dance. Probabil că am uitat să spun de ea, pentru că s-a recăsătorit la câteva săptămâni după moartea lui Jack. Soţul ei este electrician în Drymouth, parcă.

– Trebuie să îi fac o vizită, zise Calgary. Ea e prima persoană pe care ar fi trebuit să o caut, adăugă el pe un ton de reproş.

– Bineînţeles, bineînţeles. O să vă dau adresa. Chiar nu-mi dau seama de ce nu v-am pomenit nimic despre ea prima dată când aţi venit aici.

Calgary nu răspunse.

– Constituia un factor atât de... neglijabil, se scuză avocatul. Nici măcar ziarele nu i-au menţionat numele prea des, nu şi-a vizitat niciodată soţul în închisoare şi nici nu i-a păsat de el...

Calgary căzuse pe gânduri. Apoi întrebă:

– Puteți să îmi spuneți cine se afla în casă în noaptea în care a fost ucisă doamna Argyle?

Marshall îi aruncă o privire tăioasă.

– Leo Argyle, bineînțeles, și fiica lor mai mică, Hester. Mary Durrant împreună cu soțul ei invalid se aflau acolo în vizită. El abia ieșise din spital. Mai era Kirsten Lindstrom, pe care ați întâlnit-o probabil; e o soră medicală și maseuză suedeză care, în primă instanță, a venit s-o ajute pe doamna Argyle cu orfelinatul și a rămas acolo. Michael și Tina nu erau, Michael lucrează ca vânzător de mașini în Drymouth, iar Tina are o slujbă la biblioteca comitatului, în Redmyn, unde are și un apartament. Marshall făcu o pauză după care continuă: De asemenea, acolo se mai afla domnișoara Vaughan, secretara domnului Argyle. Aceasta părăsise casa înainte să fie descoperit cadavrul.

– Și pe dumneaei am întâlnit-o, zise Calgary. Pare foarte... atașată de domnul Argyle.

– Da, da. Cred că în curând se va anunța logodna.

– Ah!

– El s-a simțit foarte singur de când i-a murit soția sa, explică avocatul, cu o urmă de reproș în voce.

– Așa o fi, zise Calgary. Apoi adăugă: Ce îmi puteți spune despre motiv, domnule Marshall?

- Dragul meu doctor Calgary, nu pot face speculații în această privință!

- Eu cred că puteți. Așa cum ați spus-o chiar dumneavoastră, lucrurile pot fi constatate.

- Nu există nici un beneficiu financiar direct pentru nimeni. Doamna Argyle a instituit niște fonduri administrate de niște executori testamentari, o formulă care este des folosită în zilele noastre. Aceste fonduri erau în favoarea tuturor copiilor. Ele sunt administrate de către trei persoane, dintre care unul sunt eu, altul Leo Argyle, iar cel de-al treilea, un avocat american, rudă îndepărtată a doamnei Argyle. Suma foarte mare de bani administrată de aceștia trei poate fi ajustată pentru a ajunge la acei beneficiari care au mai multă nevoie de ei.

- Dar domnul Argyle? A avut de profitat de pe urma morții soției sale?

- Nu prea. Cea mai mare parte din averea ei s-a îndreptat spre fondurile despre care v-am vorbit. I-a lăsat și lui ceva, dar nu o sumă prea mare.

- Și domnișoara Lindstrom?

- Doamna Argyle i-a asigurat o pensie frumoasă domnișoarei Lindstrom cu câțiva ani înainte. Motivul? adăugă Marshall vizibil iritat. Nu mi se pare a exista nici cel mai mic motiv. În mod sigur, nu unul financiar.

– Dar pe plan emoțional? Au existat niște neînțelegeri... deosebite?

– Mă tem că în această privință nu vă pot ajuta, spuse Marshall pe un ton hotărât. Nu am fost un apropiat al familiei.

– Există cineva care ar fi putut fi?

Marshall se gândi câteva clipe. Apoi răspunse, șovăitor:

– Ați putea merge la doctorul local. Doctorul... ăă... MacMaster, așa cred că îl cheamă. Acum s-a pensionat, dar încă mai locuiește în zonă. A oferit asistență medicală la orfelinat. Trebuie să fi cunoscut foarte bine viața de la Sunny Point. Depinde de dumneavoastră să-l convingeți să vă spună ceva. Dar cred că, dacă îl veți convinge, v-ar fi de mare ajutor, deși, mă scuzați că spun asta, chiar credeți că veți afla ceva ce nu ar putea descoperi mult mai ușor poliția?

– Nu știu, îi răspunse Calgary. Probabil că nu. Dar știu un lucru. Trebuie să încerc. Da, trebuie să încerc.

CAPITOLUL 5

Sprâncenele şefului poliţiei locale urcau încet pe frunte, într-o zadarnică încercare de a ajunge la linia părului cărunt. Îşi ridică ochii spre tavan, apoi îi coborî pe hârtiile de pe biroul său.

– Întrece orice imaginaţie! exclamă el.

Tânărul a cărui treabă era să dea răspunsurile potrivite şefului său zise:

– Da, domnule?

– O mare încurcătură, mormăi maiorul Finney. Lovi cu degetele în masă. Huish este aici? întrebă el.

– Da, domnule. Superintendentul Huish a ajuns acum cinci minute.

– Bun, zise şeful poliţiei. Te rog, spune-i să intre.

Superintendentul Huish era un bărbat înalt, cu o expresie tristă. Avea un aer atât de melancolic, încât nimeni nu ar fi crezut că poate fi sufletul unei petreceri de copii, făcând glume şi scoţând bănuţi din urechile băieţilor, spre încântarea tuturor.

– Neața, Huish, ai o încurcătură grozavă acolo. Ce crezi despre toate astea? îl întrebă șeful poliției locale.

Superintendentul Huish respiră greu și se așeză pe un scaun.

– Se pare că am făcut o greșeală acum doi ani, răspunse el. Acest individ... cum-îl-cheamă...

Șeful poliției locale răsfoi câteva hârtii.

– Calory... nu, Calgary. Un fel de profesor. Un tip distrat, poate? Oamenii ca el sunt deseori prea puțin scrupuloși în ceea ce privește timpul și alte chestii de genul acesta? zise.

– E un fel de om de știință, din câte am înțeles, explică Huish.

– Și asta înseamnă că trebuie să acceptăm ceea ce spune?

– Păi, replică Huish, domnul Reginald se pare că a acceptat, și nu cred că există ceva care să-i scape. Acesta era un omagiu adus procurorului general.

– Nu, zise maiorul Finney fără tragere de inimă. Dacă procurorul e convins, presupun că trebuie să acceptăm situația așa cum e. Asta înseamnă redeschiderea cazului. Ai adus hărțile alea, nu? Așa cum ți-am cerut?

– Da, domnule, le am chiar aici.

Superintendentul împrăștie pe masă mai multe documente.

– Le-ai verificat? întrebă șeful poliției locale.

– Da, domnule, le-am reverificat pe toate aseară. Amintirile legate de caz îmi sunt relativ proaspete. De fapt, nu a trecut chiar atât de mult.

– Hai să auzim, Huish. Unde ne aflăm?

– Din nou la început, domnule, răspunse superintendentul Huish. Problema este că, vedeți dumneavoastră, la momentul respectiv nu a existat nici o îndoială.

– Nu, interveni șeful poliției locale. Părea a fi un caz foarte clar. Să nu crezi că te învinovățesc, Huish. Am fost alături de tine sută la sută.

– Nu prea aveam cum să credem altceva, urmă Huish gânditor. Am primit un telefon cum că a fost ucisă. Aveam informații că băiatul a fost acolo și a amenințat-o, dovada amprentelor – amprentele de pe vătrai, și banii. L-am ridicat aproape imediat și avea banii asupra lui.

– Ce impresie ți-a lăsat la momentul respectiv?

Huish se gândi un moment și zise:

– Proastă. Mult prea încrezut și sigur pe el. Ne spunea întruna unde a fost și ce alibi avea. Încrezut. Cunoașteți genul ăsta. De cele mai multe ori, criminalii sunt încrezuți. Au impresia că sunt foarte isteți. Cred că orice au făcut e în regulă, indiferent cum îi afectează aceste lucruri pe cei din jur. Era un ticălos în toată regula.

– Da, confirmă Finney, un ticălos. Cazierul lui demonstrează asta. De îndată ce l-ai văzut, ai fost convins că e un criminal?

Superintendentul reflectă câteva clipe.

– Nu e un lucru de care să fii sigur. În mod cert, era genul de individ care sfârşeşte prin a deveni criminal. Ca Harmon, în 1938. Avea un cazier bogat – furt de biciclete, escrocherii, bătrâne înşelate, iar în cele din urmă ia o femeie, o arde cu acid, ajunge să-i placă ceea ce a făcut şi începe să-şi facă un obicei din asta. L-am încadrat şi pe Jacko Argyle în această tipologie.

– Dar se pare că ne-am înşelat, zise încet şeful poliţiei locale.

– Da, răspunse Huish, da, ne-am înşelat. Şi băiatul e mort. E o treabă urâtă. Totuşi, adăugă el cu însufleţire bruscă, a fost un ticălos. Se poate să nu fi fost un criminal – de fapt, nu a fost un criminal conform noilor dovezi –, dar a fost un ticălos.

– Hai să mergem mai departe, omule, se răsti Finney la el, cine a ucis-o? Zici că ai revizuit aseară cazul. Cineva a ucis-o. Femeia nu s-a lovit singură cu vătraiul în ceafă. Altcineva a făcut-o. Cine?

Superintendentul Huish oftă şi se lăsă pe spate în scaun.

– Mă întreb dacă vom afla vreodată.

– Atât de greu e?

– Da, din cauză că pistele s-au răcit, nu vor fi prea multe dovezi de găsit. Dacă stau bine să mă gândesc, nu au existat niciodată prea multe dovezi.

– Ideea era că a fost cineva din casă, cineva apropiat ei?

– Nu văd cine altcineva ar fi putut fi, răspunse superintendentul. Fie a fost cineva din casă, fie cineva căruia i-a deschis chiar ea ușa și i-a dat voie să intre. Familia Argyle era genul care se baricada. Gratii la ferestre, lanțuri, încuietori suplimentare la ușa de la intrare. Le-a fost spartă casa cu câțiva ani în urmă și incidentul i-a făcut să fie mai atenți în privința hoților. Făcu o pauză, după care continuă: Problema este, domnule, că nu am mai căutat alte piste la vremea respectivă. Probele din dosarul lui Jacko Argyle erau indubitabile. Bineînțeles, acum e clar că ucigașul a profitat de asta.

– A profitat de faptul că băiatul fusese acolo, că s-a certat cu ea și că a amenințat-o?

– Da. Tot ce a trebuit să facă persoana respectivă a fost să intre în cameră, să ridice vătraiul cu o mănușă pe mână, de acolo de unde îl aruncase Jacko, să meargă la masa unde doamna Argyle scria și s-o lovească în cap.

– De ce? întrebă simplu maiorul Finney. Superintendentul Huish dădu ușor din cap.

– Da, domnule, asta trebuie să aflăm. Va fi o problemă. Lipsa motivului.

– La momentul respectiv, interveni șeful poliției locale, nu părea că ar exista vreun alt motiv care să poată fi luat în considerare, cum se zice. Ca majoritatea femeilor care dețin proprietăți și au o avere considerabilă, a făcut în așa fel încât să evite în mod legal plata taxelor de succesiune. Un fond fiduciar fusese deja creat, copiii aveau toți partea lor înainte ca ea să moară. Nu aveau să primească nimic în plus la moartea ei. Și nu era cum s-ar putea crede – o femeie neplăcută, cicălitoare sau răutăcioasă. A fost întotdeauna generoasă cu ei. Le-a asigurat o educație bună, sume importante de bani pentru a-i ajuta să-și găsească de lucru, alocații frumoase tuturor. Afecțiune, bunătate, bunăvoință.

– Așa e, domnule, confirmă superintendentul Huish. La prima vedere, nu pare a exista vreun motiv pentru ca vreunul dintre ei să o vrea moartă. Bineînțeles... făcu o pauză.

– Da, Huish?

– Domnul Argyle vrea să se recăsătorească, din câte am înțeles. Se însoară cu domnișoara Gwenda Vaughan, care-i este secretară de câțiva ani.

– Da, zise maiorul Finney gânditor. Bănuiesc că acesta ar putea fi un motiv. Unul despre care nu știam la momentul respectiv. Spui că ea lucrează pentru el de câţiva ani. Crezi că era ceva între ei la momentul comiterii crimei?

– Mă îndoiesc de asta, domnule, zise Huish. Despre un astfel de lucru s-ar fi iscat repede vorbe în sat. Vreau să spun că nu cred că era ceva între ei, cum s-ar spune. Nimic despre care doamna Argyle să fi ştiut sau care s-o fi făcut să sufere.

– Nu, răspunse Finney, dar se poate ca el să-şi fi dorit foarte mult să se însoare cu Gwenda Vaughan.

– E o tânără foarte atrăgătoare, zise Huish. Nu spectaculoasă, n-aş spune asta, dar drăguţă şi plăcută.

– Probabil îi era devotată de ani de zile, interveni maiorul Finney. Aceste secretare par să se îndrăgostească de şefii lor.

– Ei bine, avem un posibil motiv al celor doi, continuă Huish. Mai este guvernanta, suedeza. Se poate să nu fi fost atât de ataşată de doamna Argyle pe cât părea. Ar fi putut avea motive reale sau imaginare pentru a o dispreţui; lucruri care au ofensat-o. Ea nu a beneficiat financiar de pe urma morţii doamnei Argyle pentru că aceasta îi asigurase deja o rentă foarte frumoasă. Părea o femeie amabilă, raţională, nicidecum genul de persoană pe care ţi-o imaginezi lovind pe cineva cu vătraiul! Dar nu ştii niciodată cu cine ai de-a face, nu-i aşa? Gândiţi-vă la cazul lui Lizzie Borden.

– Așa e, zise șeful poliției locale, nu se știe niciodată. Nu se pune deloc problema unui intrus?

– Nici urmă de așa ceva. Sertarul unde își ținea banii era tras în afară, încercare de a face camera să arate ca și cum un hoț ar fi fost acolo, dar a fost o treabă de amator. Genul de chestii pe care le-ar fi putut face tânărul Jacko, dacă el ar fi încercat să dea această impresie.

– Cel mai ciudat lucru pentru mine, concluziona maiorul, sunt banii.

– Da, zise Huish. Este foarte greu de înțeles. Una dintre bancnotele de cinci lire pe care Jacko le avea asupra sa îi fusese cu siguranță dată la bancă doamnei Argyle în acea dimineață. Doamna Bottleberry era numele scris pe spatele bancnotei. Tânărul a susținut că mama lui îi dăduse banii, dar atât domnul Argyle, cât și domnișoara Vaughan au declarat că doamna Argyle s-a dus în bibliotecă la șapte fără un sfert și le-a spus că Jacko îi ceruse bani, iar ea refuzase să-i dea.

– Este, de asemenea, posibil, conform informațiilor pe care le avem acum, ca Argyle și Vaughan să mintă, zise șeful poliției locale.

– Da, există această posibilitate sau poate... superintendentul se opri.

– Da, Huish? îl încuraja Finney.

– Să spunem că cineva – pe care îl sau o vom numi X pentru moment – a auzit cearta și amenințările lui Jacko. Să presupunem că acel cineva a văzut o oportunitate în asta. A luat banii, a alergat după băiat, a spus că mama lui se răzgândise, punând în felul acesta bazele uneia dintre cele mai reușite înscenări din toate timpurile. Fără să-i șteargă amprentele, a avut grijă să folosească același vătrai cu care Jacko își amenințase mama.

– La naiba cu tot! izbucni nervos Finney. Nimic nu pare a se potrivi cu informațiile pe care le am despre familie. Cine altcineva a mai fost în casă în acea seară în afară de Argyle, Gwenda Vaughan, Hester Argyle și această femeie, Lindstrom?

– Fiica cea mai în vârstă, Mary Durrant, împreună cu soțul ei.

– El e invalid, nu-i așa? Asta îl scoate din schemă. Dar Mary Durrant?

– Este o persoană foarte calmă, domnule. Nu mi-o pot închipui pierzându-și controlul și... ei bine... omorând pe cineva.

– Servitorii? întrebă Finney.

– Doar cei obișnuiți, domnule, și toți au plecat înainte de ora șase.

– Dă-mi să mă uit un pic peste ore.

Superintendentul îi dădu dosarul.

– Hm... da, înțeleg. La șapte fără un sfert doamna Argyle era în bibliotecă povestindu-i soțului ei despre amenințările lui Jacko. Gwenda Vaughan a fost prezentă la o parte din discuție. Ea a plecat acasă imediat după ora șapte. Hester

Argyle a văzut-o pe mama sa în viață la două sau trei minute după ora șapte. Apoi, doamna Argyle nu a mai fost văzută până la ora șapte și jumătate, când cadavrul ei a fost descoperit de domnișoara Lindstrom. Între șapte și șapte și jumătate au fost suficiente ocazii. Hester ar fi putut să o ucidă, Gwenda Vaughan ar fi putut, după ce a plecat din bibliotecă și înainte de a ieși din casă. Domnișoara Lindstrom ar fi putut-o omorî când a „descoperit cadavrul". Leo Argyle a fost singur în bibliotecă de la șapte și zece, până când domnișoara Lindstrom a dat alarma. Se poate să se fi dus în living și s-o omoare pe soția sa oricând în cele douăzeci de minute. Mary Durrant, care era la etaj, putea să coboare în acea jumătate de oră și să-și omoare mama. Și, continuă Finney gânditor, însăși doamna Argyle ar fi putut deschide ușa de la intrare altcuiva, și nu lui Jack, așa cum am crezut noi. Leo Argyle a menționat, dacă vă amintiți, că i s-a părut că a auzit soneria și ușa de la intrare cum se deschide și se închide, dar a fost foarte vag în legătură cu ora. Noi am bănuit că atunci s-a întors Jacko și a omorât-o.

– El nu avea nevoie să sune, zise Huish. Avea propria cheie. Toți aveau.

– Mai există un frate, nu-i așa?

– Da... Michael. Lucrează ca vânzător de mașini în Drymouth.

– Cred că ar fi bine să afli, sugeră șeful poliției locale, ce făcea la acea oră.

– După doi ani? Nu prea cred că-și va aminti cineva, nu credeți?

– A fost întrebat la momentul respectiv?

– Din câte am înțeles, a fost la un test auto cu un client. Nu am avut nici un motiv să-l suspectăm la momentul respectiv, dar avea o cheie cu care ar fi putut descuia ușa să intre și să o omoare.

Finney oftă.

– Nu știu de unde o să începi, Huish. Nu știu nici dacă vom ajunge undeva cu cazul ăsta.

– Aș vrea și eu să știu cine a ucis-o, răspunse Huish. Din câte mi-am dat seama, era o femeie cumsecade. A făcut foarte multe pentru oameni. Pentru copiii năpăstuiți, tot felul de acțiuni de caritate. O femeie care nu merita să fie omorâtă. Da. Aș vrea să știu. Chiar dacă nu vom avea suficiente dovezi pentru a mulțumi procuratura, tot aș vrea să știu.

– Îți doresc mult noroc, Huish, zise șeful poliției locale. Din fericire, în acest moment nu avem foarte mult de lucru. Totuși, să nu fii descurajat dacă nu ajungi nicăieri. E o pistă veche. Da, foarte veche.

CAPITOLUL 6

Luminile se aprinseră în cinematograf. Reclamele se derulau pe ecran. Plasatoarele din sală se plimbau roată ducând cutii cu limonadă și înghețată. Arthur Calgary le examină pe toate. Una era durdulie cu păr castaniu, alta era înaltă și brunetă și cea de-a treia era scundă și blondă. Pe aceasta din urmă venise s-o vadă el. Era soția lui Jacko. De fapt, văduva lui Jacko, în prezent, soția unui bărbat pe nume Joe Clegg. Avea o față mică, drăguță și cam insipidă, strident fardată. Avea sprâncenele pensate, iar părul făcut permanent îi stătea oribil. Arthur Calgary cumpără de la ea o înghețată. Avea adresa ei și intenționa să o caute acolo, dar dorise să o vadă înainte ca ea să știe de existența lui. Ei bine, asta era. Nu părea genul de noră, gândi el, pe care doamna Argyle s-o fi plăcut prea mult. Fără îndoială, acesta era motivul pentru care Jacko o ținuse ascunsă.

Oftă, ascunse paharul de înghețată sub scaun și se lăsă pe spate, așteptând să se stingă luminile și să înceapă filmul. Imediat după aceea se ridică și părăsi cinematograful.

La ora unsprezece în dimineața următoare, sună la adresa care îi fusese dată. Un băiat de vreo șaisprezece ani îi deschise ușa.

– Familia Clegg? întrebă Calgary.

– La ultimul etaj, răspunse tânărul.

Calgary urcă scările. Bătu la ușă și Maureen Clegg îi deschise. Arăta diferit fără uniformă și machiaj. Avea o față prostuță, naturală și fără nimic interesant. Se uită la el nesigură, încruntându-se suspicioasă.

– Numele meu este Calgary. Bănuiesc că ați primit o scrisoare de la domnul Marshall în legătură cu mine.

Fața i se lumină.

– Ah, dumneavoastră erați! Vă rog, intrați! Se dădu înapoi ca să-l lase să intre. Îmi cer scuze pentru dezordine. Nu am avut timp să fac curățenie.

Femeia ridică niște haine de pe scaun și împinse la o parte resturile de la micul dejun.

– Vă rog să luați loc. Mă bucur că v-ați gândit să veniți.

– Am simțit că măcar atât pot să fac, îi răspunse el.

Ea râse rușinată ca și cum nu ar fi priceput ce voia să spună Calgary.

– Domnul Marshall mi-a scris despre asta, zise ea. Despre povestea pe care a inventat-o Jackie... despre faptul că fusese adevărată până la urmă. Că cineva l-a dus până în Drymouth în noaptea respectivă. Deci dumneavoastră ați fost acela, nu?

– Da, zise Calgary. Eu am fost acela.

– Chiar nu pot să trec peste asta, zise Maureen. Am discutat o jumătate de noapte eu și Joe. Serios, i-am zis, e ca în filme. Acum doi ani s-a întâmplat, nu, sau pe aproape?

– Da, cam așa.

– Exact genul de lucruri pe care le vezi în filme, despre care îți spui că sunt niște prostii și că nu s-ar putea întâmpla în realitate. Și uite că se întâmplă! E chiar incitant, nu-i așa?

– Presupun că da, zise Calgary, s-ar putea spune asta.

El o privi oarecum îndurerat cum pălăvrăgea destul de voioasă.

– Și uite că sărmanul Jackie a murit pe neașteptate. A făcut pneumonie în închisoare. Presupun că din cauza umezelii, nu credeți?

Calgary își dădu seama că ea avea în minte o imagine dramatică a închisorii: celule jilave la subsol colcăind de șobolani hămesiți.

– Trebuie să spun că, la momentul respectiv, moartea lui a însemnat o rezolvare a situației.

– Da, presupun că așa era. Presupun că asta a însemnat.

– Ei bine, vreau să spun că a fost condamnat pentru ani buni. Joe mi-a spus că mai bine aș divorța, și asta și plănuiam să fac.

– Ați vrut să divorțați?

– Ei bine, nu e o plăcere să fii legată de un bărbat care va sta la pușcărie mulți ani, nu? În plus, chiar dacă mi-a plăcut de Jackie și așa mai departe, nu era genul de bărbat de casă. Niciodată nu am crezut că mariajul nostru va dura.

– Ați intentat, de fapt, divorțul înainte ca el să moară?

– Într-un fel, am făcut-o. Vreau să spun că am fost la avocat. Joe m-a convins. Bineînțeles, Joe nu l-a suportat niciodată pe Jackie.

– Joe fiind soțul dumneavoastră?

– Da. Lucrează ca electrician. Are o slujbă foarte bună și este foarte apreciat. Tot timpul îmi spunea că Jackie nu e de treabă, dar bineînțeles eram doar o puștoaică prostuță pe atunci. Știți, Jackie era foarte atrăgător.

– Așa s-ar părea din ce am auzit.

– Se pricepea să atragă femeile în jurul său și chiar nu știu de ce. Nu era arătos sau chestii de genul ăsta. Îl porecleam „față de maimuță". Cu toate astea, era seducător. Te trezeai făcând ceea ce dorea el să faci. Totuși, chestia asta i-a fost de ajutor o dată sau de două ori. Chiar după ce ne-am căsătorit, a dat de necaz la garajul unde lucra la maşina unui client. N-am ştiut niciodată detaliile. În fine, şeful său era mai furios ca niciodată. Dar Jackie s-a dat pe lângă nevasta şefului. Era destul de în vârstă. Trebuie să fi avut vreo cincizeci de ani, dar Jackie a măgulit-o, a jucat-o pe degete până n-a mai ştiut de ea. În final, ar fi făcut orice pentru el. Astfel că s-a gudurat pe lângă soţul ei şi l-a convins să nu îl dea în judecată pe Jackie, dacă acesta îi va returna banii. Doar că el n-a ştiut niciodată de unde veneau banii! Soţia lui i-a dat. Ne-a amuzat foarte mult situaţia, pe Jackie şi pe mine.

Calgary o privi cu o repulsie vagă.

– Atât de amuzant a fost?

– Ei, eu aşa cred. Dumneavoastră nu? Serios, a fost ceva de groază. Să vezi o femeie bătrână atât de nebună după Jackie, încât să-i dea economiile.

Calgary oftă. Era de părere că lucrurile nu sunt niciodată aşa cum te aştepţi să fie. Pe zi ce trecea se simţea tot mai puţin atras de persoana al cărei nume încerca să îl reabiliteze. Aproape că ajunsese să înţeleagă şi să împărtăşească punctul de vedere care îl şocase la Sunny Point.

– Am venit aici, doamnă Clegg, să văd dacă aş putea face ceva... ei bine, pentru a mă revanşa pentru cele întâmplate.

Maureen Clegg îl privi puțin nedumerită.

– Foarte drăguț din partea dumneavoastră, zise ea. Dar de ce ați face acest lucru? Suntem în regulă. Joe câștigă bine și eu am slujba mea. Sunt plasatoare la Picturedrome.

– Da, știu.

– Luna viitoare mergem să ne cumpărăm un televizor, anunță ea cu mândrie.

– Mă bucur, zise Arthur Calgary, și cu atât mai mult că pot să văd că această nenorocire nu a lăsat o umbră permanentă în viața dumneavoastră.

Îi era tot mai greu să își aleagă cuvintele potrivite când vorbea cu fata care fusese căsătorită cu Jacko. Tot ce spunea i se părea prea pompos, artificial. Oare de ce nu putea vorbi normal cu ea?

– Mi-a fost teamă că ați fi putut suferi foarte mult.

Ea se holbă la el cu ochii ei albaștri larg deschiși, nepricepând nici cel mai mic lucru din ce îi spunea.

– M-am simțit groaznic atunci, zise ea. Toți vecinii vorbeau despre mine și se interesau de fiecare amănunt, cu toate că, trebuie s-o spun, polițiștii au fost foarte de treabă, s-au gândit la toate.

Calgary se întreba dacă ea simțise vreodată ceva pentru răposat. Îi adresă brusc o întrebare.

– Credeți că el a făcut-o?

– Vreți să spuneți dacă eu cred că el și-a ucis mama?

– Da. Exact.

– Ei, bineînțeles... păi... păi... Presupun că am crezut într-un fel. Normal, el a zis că nu a ucis-o, dar vreau să spun că nu puteai crede niciodată nimic din ceea ce spunea Jackie și mi se părea că el era vinovat. Vedeți, el putea să fie foarte răutăcios, Jackie putea să fie așa, dacă îi stăteai în cale. Știam că se afla la strâmtoare. Nu-mi spunea prea multe, doar m-a înjurat când am adus vorba despre asta. A plecat într-acolo și mi-a spus că totul va fi în regulă. Mi-a spus că mama lui va plăti cu bani gheață. Că trebuia să o facă. Așa că l-am crezut.

– Înțeleg că nu a menționat niciodată familiei despre căsătorie. Nu i-ați întâlnit?

– Nu. Vedeți, ei erau oameni din înalta societate, locuiau într-o casă mare și tot tacâmul. Nu m-aș fi integrat prea bine în mediul acela. Jackie a fost de părere că ar fi mai bine să mă țină ascunsă. Pe lângă asta, mi-a spus că, dacă m-ar fi luat cu el, mama lui ar fi vrut să îmi conducă și mie viața, așa cum o face cu a lui. Spunea că nu se poate abține să nu manipuleze oamenii, că se săturase de asta și că era chiar mai bine să nu știe.

Se părea că nu avea resentimente, ci credea cu adevărat că purtarea soțului ei era perfect firească.

– Presupun că ați fost șocată când a fost arestat.

– Normal. M-am întrebat dacă ar fi fost în stare de așa ceva, n-aveam cum să n-o fac. Întotdeauna reacționa urât când îl supăra ceva.

Calgary se aplecă în față.

– S-o luăm altfel. Chiar nu vi s-a părut deloc surprinzător că soțul dumneavoastră ar fi putut să-și lovească mama în cap cu un vătrai ca să-i fure o sumă mare de bani?

– Păi, domnule Calgary, dacă mi-e iertat, asta înseamnă a interpreta lucrurile într-o manieră groaznică. Presupun că nu a vrut s-o lovească atât de tare. Nu cred că a vrut să o ucidă. Ea a refuzat să îi dea bani, el a încolțit-o cu vătraiul și a amenințat-o, iar când ea l-a enervat mai tare, și-a pierdut controlul și i-a tras una. Bănuiesc că nu a vrut s-o omoare. Ăsta a fost ghinionul lui. Vedeți dumneavoastră, el avea nevoie disperată de bani. Urma să intre la pușcărie dacă nu făcea rost de ei.

– Deci... nu îl învinuiți?

– Păi, normal că l-am învinuit... Nu mi-a plăcut deloc comportamentul său violent. Și să-i faci asta propriei mame! Nu, nu cred că a fost frumos din partea lui să facă așa ceva. Începusem să cred că Joe avea dreptate când îmi spunea că nu ar trebui să mai am nimic de-a face cu Jackie. Dar știți și dumneavoastră cum e. E cam greu pentru o fată să se hotărască. Vedeți, Joe a fost tot timpul un bărbat mai liniștit, îl știam de multă vreme. Jackie era diferit. Era educat și toate cele. Părea foarte bogat, arunca banii în stânga și în dreapta. Și normal, era seducător, după cum vă spuneam. Putea să ademenească pe oricine. „O să îți pară rău, fata mea“, asta îmi spunea Joe. Credeam c-o spune din cauză că nu eram cu el și că de fapt vorbea monstrul cu ochii verzi, dacă înțelegeți ce vreau să spun. Dar Joe s-a dovedit a fi destul de potrivit până la urmă.

Calgary o privi. Se întreba dacă ea tot nu reușea să înțeleagă toate implicațiile poveștii.

– Potrivit în ce privință? întrebă el.

– Păi, potrivit să mă scoată din situația complicată în care mă aflam. Vreau să spun că întotdeauna am fost niște persoane respectabile. Mama ne-a crescut cu mare grijă. Întotdeauna am fost cuviincioși și nu ne-am auzit vorbe. Și apoi ce să vezi: poliția îl arestează pe soțul meu! Tot cartierul a aflat. A apărut în toate ziarele. În *News of the World* și în toate celelalte. O grămadă de reporteri au dat târcoale punând întrebări. Toate astea m-au pus într-o situație foarte neplăcută.

– Dar, draga mea copilă, zise Calgary, acum înțelegi că nu el a făcut-o, nu?

Pentru o clipă, fata cu chip drăguț îl privi tulburată.

– Bineînțeles! Uitasem. Dar totuși, vreau să spun că s-a dus acolo să facă scandal, să amenințe și alte cele. Dacă nu ar fi făcut asta, nu ar fi fost arestat, nu?

– Nu, zise Calgary, nu. Aveți dreptate.

E posibil, gândi el, ca această copilă frumușică și prostuță să aibă simțul realității mai dezvoltat decât al său.

– O, a fost îngrozitor, continuă Maureen. Nu știam ce să fac. Mama m-a sfătuit că ar fi mai bine să merg la ai lui. Ar trebui să facă ceva pentru mine, zicea ea. În definitiv, zicea ea, ai drepturile tale și mai bine le-ai arăta că știi cum să te folosești de ele. Așa că m-am dus. Mi-a deschis ușa doamna aceea străină, guvernanta, pe care, la început, nu am putut s-o fac să înțeleagă cine eram. Se părea că nu îi venea să creadă. „E imposibil", repeta ea. „E imposibil ca Jacko să se fi căsătorit cu dumneavoastră." Mi-a rănit sentimentele. „Ei bine suntem căsătoriți, i-am răspuns, și nu doar la starea civilă. Într-o biserică! Așa cum și-a dorit mama mea!" Iar ea a continuat: „Nu e adevărat. Nu pot să cred asta". Apoi a apărut domnul Argyle care a fost foarte amabil. Mi-a spus să nu mă îngrijorez prea tare și că vor face tot ce se poate pentru a-l apăra pe Jackie. M-a întrebat cum stau cu banii și mi-a trimis o alocație săptămânală. O face și acum. Lui Joe nu-i convine că îi accept, dar îi zic: „Nu fi prostuț. Au de unde, nu?“ Mi-a trimis chiar și un cec frumușel când m-am măritat cu Joe. Și mi-a transmis că se bucură și că speră ca, de data asta, căsătoria să fie mai fericită. Da, e atât de drăguț domnul Argyle!

Ușa se deschise, iar ea întoarse capul.

– O, uite-l și pe Joe!

Joe era un bărbat cu buze subțiri și păr deschis la culoare. Primi explicațiile lui Maureen și prezentările cu o ușoară încruntare.

– Speram că am terminat cu povestea asta, zise el pe un ton dezaprobator. Iertați-mă că vă spun asta, domnule. Nu are rost să dezgropăm trecutul. Asta e părerea mea. Maureen a avut ghinion, asta e tot...

– Da, zise Calgary. Înțeleg punctul dumneavoastră de vedere.

– Normal, zise Joe Clegg, nu trebuia să își piardă vremea cu un tip ca el. Știam că nu e un om bun. Circulau o grămadă de povești despre el. Fusese eliberat pe cauțiune de două ori. Odată ce ai pornit-o pe drumul ăsta, nu te mai oprești. Întâi delapidează sau escrochează femei, iar în final ajung la crimă.

– Dar în cazul ăsta, zise Calgary, nu e vorba de o crimă.

– Asta susțineți dumneavoastră, îi răspunse Joe Clegg, fără prea multă convingere.

– Jack Argyle are un alibi perfect pentru perioada în care a fost comisă crima. Se afla în maşina mea, l-am luat la ocazie şi l-am dus la Drymouth. Aşa că, vedeţi dumneavoastră, domnule Clegg, nu avea cum să săvârşească el crima.

– Poate că nu, domnule, zise Clegg. Dar tot e păcat să dezgropăm trecutul, dacă îmi permiteţi. Până la urmă, el e mort acum şi nu mai are nici o importanţă pentru el. Iar vecinii vor începe iar să vorbească despre asta şi să inventeze diverse lucruri.

Calgary se ridică în picioare.

– Ei bine, poate că punctul dumneavoastră de vedere e doar o variantă posibilă. Dar mai există şi noţiunea de dreptate, înţelegeţi asta, domnule Clegg.

– Întotdeauna am înţeles acest lucru, zise Clegg, că un proces în Anglia este cel mai corect din câte pot exista.

– Chiar şi cel mai bine pus la punct sistem de justiţie din lume poate greşi, îi răspunse Calgary. Până la urmă, justiţia e în mâna oamenilor şi oamenii sunt supuşi greşelilor.

După ce plecă, se simţi mai tulburat ca niciodată. „Oare era mai bine, se întrebă el în timp ce mergea pe stradă, să nu-mi fi amintit cele petrecute în ziua aceea? În fond, aşa cum a spus şi tipul ăla îngâmfat cu buze subţiri, băiatul e mort.

A avut parte de un proces corect. Faptul că lumea şi-l va aminti ca pe un criminal sau doar ca pe un hoţ mărunt nu mai avea nici o importanţă acum."
Apoi, dintr-odată, un val de mânie puse stăpânire pe el.

„Dar cineva ar trebui să simtă diferenţa, gândi el. Cineva ar trebui să se bucure. De ce nu se bucură nimeni? Ei bine, pe fată o înţeleg destul de bine. Probabil că a făcut o pasiune pentru Jacko, dar nu l-a iubit niciodată. Probabil că nu e în stare să iubească pe nimeni. Dar ceilalţi? Tatăl lui. Sora, bona lui... Ar trebui să fie bucuroşi. Ar fi trebuit să se gândească la el înainte de a începe să se teamă pentru soarta lor. Da. Cuiva trebuia să îi pese.

II

– Domnişoara Argyle? La al doilea birou, acolo.

Calgary se opri pentru un moment ca să o studieze. Era mică, îngrijită, foarte tăcută şi eficientă. Purta o rochie bleumarin cu guler şi manşete albe. Părul ei negru-albăstrui era răsucit cu atenţie la baza gâtului. Avea pielea închisă la culoare, mai închisă decât a oricărui englez. Oasele ei erau mai mici. Ea era mulatra pe care doamna Argyle o înfiase.

Ochii ei, care se ridicară și îi întâlniră pe ai lui, erau întunecați, aproape opaci. Nu trădau nimic. Vocea ei era joasă și plăcută.

– Vă pot ajuta?

– Dumneavoastră sunteți domnișoara Argyle? Domnișoara Christina Argyle?

– Da.

– Numele meu este Calgary, Arthur Calgary. Poate că ați auzit...

– Da. Am auzit de dumneavoastră. Mi-a scris tata.

– Aș vrea să vă vorbesc.

Femeia aruncă o privire la ceas.

– Biblioteca se închide într-o jumătate de oră. Ați putea aștepta până atunci?

– Cu siguranță. Poate că ați dori să bem o ceașcă de ceai undeva.

– Mulțumesc. Se adresă apoi unui bărbat care venise în spatele lui: Da. Pot să vă ajut?

Arthur Calgary se îndepărtă. Se plimbă prin încăpere examinând conținutul rafturilor, fără s-o scape din ochi pe Tina Argyle. Ea rămăsese la fel, calmă, eficientă, impasibilă. Acea jumătate de oră trecu greu pentru el, dar, într-un final, se auzi soneria și ea îi făcu un semn din cap.

– Ne întâlnim afară în câteva minute.

Nu îl lăsă să aştepte. Nu purta pălărie şi avea doar o haină groasă de culoare închisă. O întrebă unde ar putea merge.

– Nu cunosc Redmynul prea bine, îi explică el.

– Există o ceainărie aproape de catedrală. Nu e cine ştie ce, şi din acest motiv nu e atât de aglomerat ca în alte locuri.

Se aşezară la o măsuţă şi o chelneriţă slăbănoagă şi plictisită le luă comanda cu o totală lipsă de entuziasm.

– Nu va fi un ceai bun, zise Tina. Scuzându-se, dar am crezut că vreţi să avem o discuţie privată.

– Aşa e. Trebuie să vă explic de ce v-am căutat. Vedeţi, i-am cunoscut pe ceilalţi membri ai familiei, inclusiv, dacă îmi permiteţi să o numesc aşa, pe soţia fratelui dumneavoastră, Jacko – văduva. Dumneavoastră eraţi singura din familie pe care nu o cunoşteam. O, da, şi mai este sora dumneavoastră, cea măritată, bineînţeles.

– Credeţi că era necesar să ne cunoaşteţi pe toţi?

Îi puse întrebarea pe un ton politicos, dar era o detaşare în vocea ei care îl făcu pe Calgary să se simtă inconfortabil.

– Nu din nevoia de socializare, rosti el sec. Nu e vorba doar despre o simplă curiozitate. (Dar oare nu era?) Am vrut doar să îmi exprim personal, faţă de toţi, cel mai profund regret pentru că nu am reușit să ajut la stabilirea nevinovăției fratelui dumneavoastră în momentul în care a fost judecat.

– Înțeleg...

– Dacă erați atașată de el... Ați fost apropiați?

Ea reflectă câteva momente, apoi îi zise:

– Nu. Nu eram atașată de Jacko.

– Totuși, am aflat din toate părțile că avea... șarm.

– Nu aveam încredere în el și îmi displăcea, zise ea clar, fără patimă.

– Iertați-mă că vă întreb, dar nu ați avut niciodată îndoieli că el a ucis-o pe mama dumneavoastră?

– Nu mi-a trecut niciodată prin cap că ar putea exista o altă posibilitate.

Chelnerița aduse ceaiul. Pâinea și untul erau râncede, gemul era o substanță gelatinoasă ciudată, prăjiturile aveau culori țipătoare și erau neapetisante. Ceaiul era slab.

El sorbi din ceașcă și apoi spuse:

– Se pare că... Mi s-a dat de înțeles că această informație pe care am adus-o și care îl absolvă pe fratele dumneavoastră de acuzația de crimă poate să aibă repercusiuni mai puțin plăcute. S-ar putea să aducă noi motive de îngrijorare pentru toată lumea.

– Pentru că va fi redeschis cazul?

– Da. V-ați gândit la asta până acum?

– Tatăl meu crede că e inevitabil.

– Îmi pare rău. Îmi pare extrem de rău.

– De ce vă pare rău, doctore Calgary?

– Nu mi-ar plăcea ca eu să fiu cel care vă provoacă alte probleme.

– Dar ați fi fost mulțumit dacă ați fi păstrat tăcerea?

– Din perspectiva dreptății, la asta vă referiți?

– Da. Dumneavoastră nu?

– Bineînțeles că da. Pentru mine dreptatea părea să fie ceva foarte important. Acum încep să mă întreb care lucruri sunt mai importante.

– Cum ar fi?

Gândurile lui se îndreptară spre Hester.

– Cum ar fi... nevinovăția, probabil.

Ochii ei deveniră și mai opaci.

– Dumneavoastră ce credeți, domnișoară Argyle?

După un moment sau două de tăcere, femeia zise:

– Mă gândeam la cuvintele acelea din Magna Carta. „Nimănui nu îi va fi refuzată dreptatea."

– Înțeleg, zise el. Acesta este răspunsul dumneavoastră.

CAPITOLUL 7

Doctorul McMaster era un bărbat în vârstă, cu sprâncene stufoase, păr cărunt și fin și o bărbie proeminentă. Se lăsă pe spate în fotoliul șubred și își studie cu grijă oaspetele. Ajunse la concluzia că-i place ceea ce vede.

Și din partea lui Calgary există un sentiment de simpatie. Probabil pentru prima dată de când se întorsese în Anglia, simțea că vorbește cu cineva care îi apreciază sentimentele și punctul de vedere.

– Foarte amabil din partea dumneavoastră să mă primiți, doctore MacMaster.

– Nu mă deranjează deloc. Mă plictisesc de moarte de când m-am retras din activitate. Colegii mai tineri îmi spun că ar trebui să stau ca o păpușă și să am grijă de inima-mi slăbită, dar să nu credeți că mi-e ușor. Nu îmi e deloc. Ascult radioul, bla-bla-bla – și, din când în când, menajera mea mă convinge să mă uit la televizor... Am fost o persoană ocupată toată viața, am alergat încolo și încoace. Nu-mi place să stau prea mult nemișcat.

Cititul îmi obosește ochii. Așa că nu vă cereți scuze că-mi mâncați timpul.

– Primul lucru pe care vreau să vă fac să-l înțelegeți, începu Calgary, este motivul pentru care încă mă mai preocupă toate astea. Există o explicație logică – am avut un accident, mi-am pierdut memoria, iar acum vreau să reabilitez numele băiatului. După asta, singurul lucru normal și logic ar fi să plec și să încerc să uit de toate astea. Ei? Nu am dreptate?

– Depinde, răspunse doctorul MacMaster. Vă îngrijorează ceva? întrebă el după o mică pauză.

– Da. Mă îngrijorează totul. Vedeți, veștile mele nu au fost primite așa cum am crezut eu că vor fi.

– Da, păi, nu e nimic neobișnuit în asta. Se întâmplă frecvent. Ne pregătim pentru un lucru, indiferent ce, o consultație la medic, o cerere în căsătorie, o discuție cu băiatul înainte de a pleca la școală – iar când vine momentul, nimic nu merge așa cum ne-am imaginat. Te gândești la toate lucrurile pe care vrei să le spui și îți imaginezi răspunsurile pe care le vei primi. Și, bineînțeles, asta te dezarmează de fiecare dată. Răspunsurile nu sunt niciodată cele care crezi că vor fi. Bănuiesc că asta v-a deranjat, nu?

– Da, zise Calgary.

– La ce v-ați așteptat? V-ați așteptat să vă îmbrățișeze de bucurie?

– M-am așteptat – se gândi un moment – să mă acuze? Poate. Să-mi poarte ranchiună? Foarte probabil. Dar, de asemenea, și la recunoștință.

MacMaster mormăi și zise:

– Și nu a existat deloc recunoștință, dar nici atât de multă ranchiună pe cât v-ați fi așteptat?

– Cam așa ceva, se confesă Calgary.

– Asta din cauză că nu ați cunoscut situația înainte de a ajunge acolo. Mai exact, de ce ați venit la mine?

– Pentru că vreau să aflu mai multe despre familie. Nu cunosc decât lucrurile generale. O femeie rafinată și altruistă care a încercat să facă tot ce-i mai bine pentru copiii ei adoptați, un spirit preocupat de binele celorlalți, un caracter plăcut. În ciuda tuturor acestor lucruri, cum se spune, avem un copil problemă – un copil care o ia pe o cale greșită. Tânărul delincvent. Asta e tot ce știu. Nu știu nimic altceva. Nu știu nimic despre doamna Argyle.

– Aveți mare dreptate. Ați pus accentul exact pe lucrurile care contează. Dacă vă gândiți mai bine, să știți că asta este întotdeauna partea interesantă a unei crime. Cum era persoana care a fost ucisă. Toată lumea e foarte preocupată să intre în mintea criminalului. V-ați gândit probabil că doamna Argyle e genul de persoană care nu merita să fie ucisă.

– Cred că toată lumea a simțit la fel.

– Din punct de vedere moral, aveți mare dreptate. Dar – își frecă nasul – nu chinezii sunt cei care au zis că binefacerea este mai degrabă un păcat decât o virtute? Să știți că știu ei ce știu acolo. Binefacerea îi schimbă pe oameni. Îi leagă, îi înnoadă. Cu toții știm cum e natura umană. Fă-i cuiva un bine și îl vei vedea diferit. Îl vei plăcea. Dar persoana căreia i-ai făcut un bine te va plăcea și ea? Te va plăcea cu adevărat? Așa ar trebui, bineînțeles, dar nu asta se întâmplă. Păi, zise doctorul după o pauză, asta e. Doamna Argyle a fost ceea ce ați numi o femeie minunată. Dar a exagerat cu binefacerile. Fără îndoială. Sau și-a dorit să exagereze. Sau cel puțin a încercat să facă asta.

– Nu erau copiii ei naturali, sublinie Calgary.

– Nu. Și-mi imaginez că de acolo a pornit tot necazul. Nu trebuie decât să te uiți la orice pisică. Are pisoii ei, e foarte protectoare cu ei, zgârie pe oricine se apropie de ei. Iar apoi, după vreo săptămână își reia viața. Iese afară, vânează, se retrage de lângă puii ei. Îi va proteja în continuare dacă îi atacă cineva, dar nu mai este tot timpul atentă la ei. Se va mai juca puțin cu ei; apoi, când devin prea neastâmpărați, se va întoarce împotriva lor, le va mai trage câte o lăbuță și le va da de înțeles că vrea să fie lăsată în pace. Se întoarce la natură. Pe măsură ce cresc, îi va păsa din ce în ce mai puțin de ei, iar gândurile ei se îndreaptă din ce în ce mai mult spre pisoii atrăgători din cartier. Asta e ceea ce se numește tiparul firesc al vieții unei femele. Am văzut multe femei de toate vârstele, cu puternice instincte materne, nerăbdătoare să se căsătorească, și asta în principal – cu toate că nici ele nu erau conștiente de asta – din cauza nevoii de a fi mame. Și copiii veneau; erau fericite și mulțumite. Viața avea din nou sens pentru ele. Acum puteau să acorde atenție soților, problemelor comunității, bârfelor, și, bineînțeles, copiilor. Dar totul cu măsură. Instinctul matern, într-un sens pur fizic, este satisfăcut, înțelegeți? Ei bine, în cazul doamnei Argyle, instinctul matern era foarte puternic, dar mulțumirea fizică de a purta în pântece un copil nu a venit niciodată. Astfel că obsesia maternă nu s-a diminuat deloc. Și-a dorit copii, cât mai mulți copii. Nu se mai sătura de ei. Nu se gândea decât la copii. De soțul ei nu îi mai păsa. El nu era altceva decât un obiect de decor. Copiii erau centrul existenței sale. Să-i hrănească, să-i îmbrace, să se joace cu ei, să facă totul cu ei. Au fost răsfățați. Singurul lucru pe care nu li l-a dat și de care aveau nevoie a fost puțină neglijență. Nu li s-a dat voie să se joace pur și simplu în grădină ca niște copii normali de la țară. Nu, trebuia ca ei să aibă tot felul de unelte, chestii de cățărat și pietre pe care să pășească, o casă în copac, nisip la plaja de lângă râu. Mâncarea lor nu era simplă și obișnuită. De ce li s-a dat acestor copii legume pisate până la vârsta de aproape cinci ani și de ce laptele le era sterilizat, și apa testată, și caloriile verificate, și vitaminele calculate? Nu mă luați în seamă, nu sunt un profesionist dacă vă vorbesc așa. Doamna Argyle nu a fost niciodată pacienta mea. Dacă avea nevoie de un doctor, mergea la cel de pe Harley Street. Nu că ar fi mers prea des. Era o femeie robustă și sănătoasă. Eu eram doctorul local care era chemat pentru copii, cu toate că avea impresia că sunt cam neglijent cu ei. I-am spus să-i lase să mănânce câteva mure din tufișuri, că nu le-ar strica să-și ude picioarele și să mai răcească din când în când, și i-am mai zis că nu e nimic în neregulă cu un copil care are 37 de grade Celsius. Nu trebuie să se agite decât dacă trece de 37,5. Acești copii au fost răsfățați, cocoloșiți și li s-a dat prea multă atenție și iubire, și din multe puncte de vedere, asta le-a făcut mai degrabă rău.

– Adică, zise Calgary, nu i-a făcut lui Jacko nici un bine?

– De fapt, nu m-am gândit doar la Jacko. Jacko, după părerea mea, a fost o cauză pierdută de la bun început. Diagnosticul actual pentru el ar fi „un copil cu probleme". E un diagnostic la fel de potrivit ca oricare altul. Familia Argyle și-a dat toată silința cu el, au făcut tot ce putea fi făcut. De-a lungul timpului, am văzut destul de mulți Jacko. Mai târziu, când băiatul o ia în viață definitiv pe calea greșită, părinții spun: „Dacă aș fi fost mai strict cu el când era mai mic“ sau mai spun: „Am fost prea duri cu el, dacă am fi fost mai blânzi“. Nu cred că are vreo importanță. Sunt cei care o iau pe calea greșită din cauză că au avut parte de un cămin nefericit și simt că nu sunt iubiți, mai presus de orice. Și mai sunt cei care o iau pe această cale pentru că, oricum, la cel mai mic impuls ar fi luat-o în aceeași direcție. Consider că Jacko făcea parte din cea de-a doua categorie.

– Așa că nu ați fost surprins că a fost arestat pentru crimă?

– Sincer, ba da, am fost surprins. Nu pentru că ideea de a ucide i s-ar fi părut respingătoare lui Jacko. Era un tânăr lipsit de conștiință. Dar m-a surprins modul în care a ucis. Oh, știu că avea un caracter violent. De mic copil, îi îmbrâncea pe ceilalți sau îi lovea cu o jucărie mai grea ori cu o bucată de lemn. Însă de obicei o făcea cu un copil mai mic decât el, și de cele mai multe ori nu era chiar o furie nebună, ci mai degrabă voia să rănească sau să pună mâna pe ceva ce-și dorea cu ardoare. Tipul de crimă la care m-aș fi așteptat din partea lui Jacko, dacă ar fi făcut vreodată așa ceva, ar fi fost aceea în care împreună cu alți băieți ar fi săvârşit o infracţiune şi ca să nu fie prinşi de poliţişti, ar instiga: „Loveşte-l în cap. Dă-i cât poate duce. Doboară-l“. Crima îi atrage, dar nu au curajul să omoare cu propriile mâini. Asta ar fi trebuit să spun. Aş fi avut dreptate, adăugă doctorul.

Calgary se uită la covor, unul ponosit, pe care abia dacă se mai distingea vreun model.

– Nu am ştiut, zise el, în ce mă implic. Nu mi-am dat seama ce ar putea reprezenta pentru ceilalţi. Nu mi-am dat seama că ar putea – că trebuie...

Doctorul aprobă uşor din cap.

– Da, zise el. Acesta e sentimentul ce ţi-l transmite, nu-i aşa? Se pare că trebuie să le pui degetul pe rană.

– Cred că de fapt acesta este adevăratul motiv pentru care am venit să vorbesc cu dumneavoastră, zise Calgary. La prima vedere, nu pare să existe vreun motiv real pentru ca vreunul dintre ei s-o fi omorât.

– Nu la prima vedere, confirmă doctorul. Dar dacă sapi un pic mai adânc... o, da, cred că sunt destule motive pentru care cineva să fi vrut s-o omoare.

– De ce? întrebă Calgary.

– Aveţi impresia că vă priveşte personal, nu-i aşa?

– Cred că da. Nu mă pot abţine să nu cred asta.

– Poate că la fel m-aș simți și eu în locul dumneavoastră... nu știu. Ce pot să spun este că nici unul dintre ei nu era independent. Nu atât timp cât mama lor – o voi numi așa din conveniență – trăia. Încă avea o mare autoritate asupra lor.

– În ce sens?

– Financiar le asigurase viitorul. Chiar îi aranjase bine. Avea un venit foarte mare. A fost împărțit între ei conform deciziei administratorilor. Dar, chiar dacă doamna Argyle nu era ea însăși unul dintre ei, dorințele dumneaei, atât timp cât trăia, erau puse în practică. Se opri pentru un moment, după care continuă: într-un fel e interesant cum fiecare dintre copii a încercat să scape. Cum s-au luptat să nu se conformeze planurilor pe care ea le făcuse pentru ei. Pentru că, de fapt, ea chiar le planificase viața. A dorit să le ofere o casă bună, o educație aleasă, un venit considerabil și un start bun în cariera pe care o alesese pentru fiecare. A încercat să-i trateze ca pe copiii ei și ai lui Leo Argyle. Doar că, desigur, nu erau copiii lor naturali. Aveau porniri complet diferite, sentimente, aptitudini și dorințe. Tânărul Micky lucrează ca vânzător de mașini. Hester a fugit de acasă pentru a deveni actriță. S-a îndrăgostit de o persoană complet nepotrivită și a renunțat la visul ei. A trebuit să se întoarcă acasă. A fost nevoită să recunoască – și nu i-a plăcut deloc asta – că mama ei avusese dreptate. Mary Durrant a insistat să se căsătorească în timpul războiului, deși mama ei a avertizat-o să nu facă asta. Era un tânăr curajos și inteligent, dar teribil de nepriceput când venea vorba de afaceri. Apoi s-a îmbolnăvit de poliomielită. A fost adus în convalescență la Sunny Point. Doamna Argyle făcea presiuni asupra lor să rămână definitiv acolo. Soțul înclina să accepte. Mary Durrant se opunea cu disperare. Voia să aibă propria casa și un soț doar pentru ea. Dar cu siguranță că, în cele din urmă, ar fi acceptat dacă mama ei n-ar fi murit. Micky, celălalt băiat, a fost întotdeauna un tânăr furios; a suferit din pricină că fusese abandonat de propria mamă. A suferit în copilărie și nu cred că a trecut vreodată peste această traumă. Cred că, în adâncul sufletului, și-a urât întotdeauna mama adoptivă. Mai este și maseuza suedeză. Nu a simpatizat-o niciodată pe doamna Argyle. I-au plăcut copiii și i-a plăcut de Leo. S-a bucurat de multe avantaje și probabil că a încercat să-i fie recunoscătoare doamnei Argyle, dar nu prea i-a ieșit. Totuși, îmi vine greu să cred că sentimentele de antipatie ar fi făcut-o să-și lovească binefăcătoarea cu vătraiul în cap. În cele din urmă, ea ar fi putut pleca oricând dorea. Cât despre Leo Argyle...

– Da. Ce-i cu el?

– Se recăsătorește. Și-i urez mult noroc. Cu o tânără foarte cumsecade. Cu un suflet cald, înțelegătoare, o companie plăcută și foarte îndrăgostită de el... de multă vreme. Ce părere avea ea despre doamna Argyle? Cred că știți tot atât câte știu și eu. Bineînțeles că moartea doamnei Argyle a simplificat foarte mult lucrurile. Leo Argyle nu e genul de bărbat care să aibă o aventură cu secretara să atâta timp cât soția lui locuia în aceeași casă. Nici nu cred că și-ar fi părăsit nevasta.

– I-am văzut pe amândoi; am vorbit cu ei. Nu prea pot să cred că vreunul din ei... zise încet Calgary.

– Știu, zise MacMaster. Nu e ușor de crezut, nu-i așa? Și totuși – cineva din familie a făcut-o, să știți.

– Chiar credeți asta?

– Nu văd ce altă posibilitate ar mai fi. Polițiștii erau foarte siguri că nu e cineva din afară, și probabil au dreptate.

– Dar care dintre ei?

MacMaster ridică din umeri.

– Pur și simplu nu știu.

– Nu aveți nici o bănuială din ce știți despre ei?
Și dacă aș avea, nu ar trebui să vă spun. La urma urmelor, ce rost are? Nici unul dintre ei nu mi se pare a fi un criminal, asta dacă nu am omis eu vreun factor important. Și totuși... nici unul dintre

ei nu poate fi exclus. Nu, zise el încet, părerea mea este că nu vom afla niciodată. Poliția va face cercetări și tot felul de investigații. Va face tot ce-i stă în putință. Însă să găsești dovezi după atât timp, cu așa puțin... Clătină din cap. Nu, nu cred că se va afla vreodată adevărul. Mai există astfel de cazuri. Mai citim articole despre ele. Acum cincizeci, o sută de ani, cazuri în care unul din trei, patru sau cinci oameni trebuie să fi fost vinovat, dar nu erau destule dovezi, și nimeni nu a putut dovedi.

– Credeți că așa va fi și acum?

– Păi, da, cred... zise. Doctorul MacMaster îi aruncă lui Calgary o privire cu subînțeles. Și asta e cel mai îngrozitor, nu-i așa?

– Îngrozitor, confirmă Calgary, din cauza celor nevinovați. Asta mi-a zis ea.

– Cine? Cine ce v-a zis?

– Fata – Hester. Mi-a zis că nu înțeleg că importanți sunt cei nevinovați. Exact ce mi-ați spus și dumneavoastră. Că s-ar putea să nu aflăm niciodată...

– Cine e vinovat? continuă doctorul în locul lui. Da, dacă am ști adevărul. Chiar dacă nu va fi nimeni arestat și nu se va ajunge la un proces sau la o condamnare. Numai să știm. Pentru că altfel... Se opri.

– Altfel ce... ? zise Calgary.

– Gândiți-vă singur, zise doctorul MacMaster.

– Nu, nu mai e nevoie să repet – ați spus-o dumneavoastră deja. Să știți că îmi amintește de cazul Bravo – de acum aproape o sută de ani, cred. Dar încă se mai scriu cărți despre el; era foarte posibil ca soția să fie vinovată, sau doamna Cox, sau doctorul Gully – sau poate chiar Charles Bravo să fi luat otrava în ciuda verdictului dat de ofițer. Toate sunt teorii plauzibile – dar nimeni nu va ști vreodată adevărul. Așa că Florence Bravo, abandonată de propria familie, a murit singură din cauza băuturii, iar doamna Cox, o femeie cu trei băieți mici, a trăit până la bătrânețe ostracizată de majoritatea cunoscuților ei care credeau că e o criminală, iar doctorul Gully a fost terminat atât profesional, cât și social.

– Cineva a fost vinovat și a scăpat. Dar ceilalți erau nevinovați – și nu au scăpat.

– Asta nu trebuie să se întâmple și aici, zise Calgary. Nu trebuie!

CAPITOLUL 8

Hester Argyle se uita în oglindă. În privirea ei era un pic de vanitate. Mai degrabă curiozitate, dincolo de privirea timidă a unei persoane care n-a fost niciodată prea sigură pe ea. Își ridică părul de pe frunte, îl trase într-o parte și șovăi la vederea rezultatului. Apoi, când văzu în oglindă pe cineva în spatele ei, se sperie, tresări și se întoarse brusc.

– Ah, zise Kirsten Lindstrom, ți-e frică!

– Cum adică frică, Kirsty?

– Ți-e frică de mine. Credeai că am apărut în spatele tău încetișor și că poate aveam de gând să te dobor.

– O, Kirsty, nu vorbi prostii. Bineînțeles că nu m-am gândit la asta.

– Ba te-ai gândit. Și ai dreptate să te gândești la astfel de lucruri. Să urmărești umbrele, să te sperii când vezi ceva ce nu înțelegi prea bine. Pentru că aici, în casa asta, există ceva de care ar trebui să ne temem. Asta o știm deja.

– În orice caz, dragă Kirsty, zise Hester, nu ar trebui să îmi fie frică de tine.

– De unde știi asta? întrebă Kirsten Lindstrom. Nu demult, am citit în ziar despre o femeie care locuia de ani buni împreună cu o alta și, din senin, a ucis-o. A sufocat-o. A încercat să îi scoată ochii. Și de ce? Pentru că, a povestit ea îngrijorată poliției, observase de ceva timp că cealaltă femeie era posedată de diavol. A văzut diavolul uitându-se prin ochii prietenei ei și a înțeles că ea trebuia să fie puternică și curajoasă și să ucidă diavolul.

– Ei bine, îmi amintesc de asta, zise Hester. Dar femeia aia era nebună.

– A! exclamă Kirsten. Dar ea nu era conștientă de asta. Și nu părea nebună pentru cei din jur, pentru că nimeni nu știa ce se petrece în mintea ei sucită. Așa că îți spun că nu ai de unde știi ce se petrece în mintea mea. Poate eu sunt nebună. Poate că m-am uitat într-o zi la mama ta și am crezut că e antihristul și de aceea am omorât-o.

– Dar, Kirsty, asta e absurd! Complet absurd!

Kirsten Lindstrom oftă și se așeză.

– Da, recunoscu ea, e absurd. Eram foarte atașată de mama ta. Era bună cu mine. Întotdeauna a fost. Dar ceea ce încerc să îți spun, Hester, și ceea ce trebuie să înțelegi și să crezi e că nu poți să consideri pe nimeni și nimic „absurd". Nu poți să ai încredere nici în mine, nici în altcineva.

Hester se întoarse și se uită la ea.

– Tu chiar vorbești serios, zise ea.

– Foarte serios, îi răspunse Kirsten. Trebuie să fim serioși și să dăm cărțile pe față. Nu ne face bine să ne prefacem că nu s-a întâmplat nimic. Bărbatul acela care a fost pe aici... Îmi doresc să nu fi venit, dar a făcut-o și, din câte înțeleg, a arătat foarte clar că nu Jackie e criminalul. Foarte bine, atunci altcineva e criminalul și acel cineva trebuie să fie unul dintre noi.

– Nu, Kirsty, nu. Putea să fie cineva care...

– Care ce?

– Ei, care voia să fure ceva ori care îi purta ranchiună mamei din cine știe ce motive din trecut.

– Și crezi că mama ta l-ar fi lăsat pe acel cineva să intre în casă?

– Ar fi putut să o facă, zise Hester. Știi cum era ea. Dacă apărea cineva care avea o poveste nefericită, dacă cineva venea și îi spunea despre vreun copil care a fost neglijat sau abuzat... Nu crezi că mama i-ar fi dat drumul în casă acelei persoane, ar fi condus-o în camera ei și ar fi ascultat ce avea să-i spună?

– Mi se pare puțin probabil, zise Kirsten. Cel puțin mi se pare improbabil ca mama ta să se fi așezat la masă și să lase persoana respectivă să ia vătraiul și să o lovească în ceafă. Nu, ea s-a simțit în largul ei, încrezătoare, ştiindu-se în cameră cu cineva cunoscut.

– Aş vrea să nu faci asta, Kirsty, strigă Hester. O, aş vrea să nu ajungi acolo! Răscoleşti totul, faci să pară totul atât de actual!

– Pentru că e actual, e atât de actual! Nu, nu mai zic nimic, dar te-am avertizat că, deși ai impresia că știi pe cineva bine și crezi că poți avea încredere în el sau în ea, nu poți fi sigură de asta niciodată. Așa că fii cu ochii-n patru! Fii cu ochii-n patru în ceea ce mă priveşte, în ceea ce o priveşte pe Mary, pe tatăl tău, pe Gwenda Vaughan.

– Cum aş putea trăi aici suspectând pe toată lumea?

– Dacă mi-ai asculta sfatul, ar fi mai bine pentru tine să părăseşti această casă.

– Nu pot face asta deocamdată.

– De ce? Din cauza tânărului doctor?

– Nu înțeleg ce vrei să spui, Kirsty. Obrajii lui Hester se îmbujorară.

– Mă refer la doctorul Craig. E un tânăr deosebit. Un doctor destul de bun, prietenos și conștiincios. Ai fi putut nimeri și mai rău. În același timp, cred că ar fi mai bine dacă ai părăsi acest loc.

– Nu spui decât prostii, strigă Hester, nervoasă, prostii, prostii, prostii! Of, cât îmi doresc ca doctorul Calgary să nu fi apărut niciodată.

– Asta îmi doresc şi eu, din toată inima, zise Kirsten.

II

Leo Argyle semnă ultima dintre scrisorile pe care Gwenda Vaughan i le puse în faţă.

– Asta e ultima? întrebă el.

– Da.

– Hai că nu ne-am mişcat deloc rău azi.

După un minut sau două, în timp ce Gwenda ştampila şi sorta scrisorile, îl întrebă:

– Nu crezi că ar fi momentul să mergi în călătoria aceea... în străinătate?

– Călătorie în străinătate? Leo Argyle păru nedumerit.

– Da. Nu îţi aminteşti că trebuia să mergi la Roma şi la Siena?

– O, da, da, aşa trebuia.

– Trebuia să mergi să vezi documentele acelea din arhive despre care ţi-a scris cardinalul Massilini.

– Da, îmi amintesc.

– Vrei să îţi fac rezervare de zbor sau ai prefera să călătoreşti cu trenul?

Ca şi cum ar fi venit cu mintea de foarte departe, Leo o privi şi zâmbi uşor.

– Pari foarte nerăbdătoare să scapi de mine, Gwenda, zise el.

– Of, nu, dragă, nu.

Ea veni repede din cealaltă parte a camerei şi se aşeză în genunchi lângă el.

– Nu vreau să mă părăseşti niciodată, niciodată. Dar... dar sunt de părere că ar fi mai bine... ar fi mai bine dacă ai merge cât mai departe de aici după... după...

– După săptămâna care a trecut? întrebă Leo. După vizita doctorului Calgary?

– Mi-aş dori să nu fi venit aici, zise Gwenda. Mi-aş dori ca lucrurile să fi rămas cum erau.

– Cu Jacko condamnat pe nedrept pentru ceva ce nu a făcut?

– Ar fi putut s-o facă, zise Gwenda. Ar fi putut s-o facă oricând și cred că e o simplă întâmplare că nu a făcut-o.

– E straniu, zise Leo, gânditor. Nu am putut să cred niciodată cu adevărat că el a făcut-o. Adică bineînțeles că a trebuit să cedez în fața probelor, dar mi s-a părut foarte puțin probabil.

– De ce? Întotdeauna a avut un temperament groaznic, nu?

– Da. Of, așa e. Îi ataca pe ceilalți copii. De obicei pe cei mai mici decât el. Dar nu am crezut niciodată că ar fi putut să o atace pe Rachel.

– De ce nu?

– Pentru că îi era frică de ea, zise Leo. Era foarte autoritară. Jacko simțea acest lucru la fel ca toți ceilalți.

– Dar nu crezi, zise Gwenda, că tocmai din cauza asta... din cauza asta...

Făcu o pauză.

Leo o privi întrebător. Ceva din privirea lui o făcu să se îmbujoreze. Ea se întoarse, merse și apoi îngenunche în fața șemineului cu palmele către flăcări.

„Da, gândi ea, Rachel era autoritară. Era atât de mulțumită de ea, atât de sigură pe ea, se simțea atât de importantă. Oare nu a fost asta suficient pentru a face pe cineva să ia un vătrai și s-o lovească, s-o facă să tacă pentru totdeauna? Rachel avea întotdeauna dreptate, Rachel știa întotdeauna mai bine, Rachel făcea întotdeauna cum dorea."

Ea se ridică subit.

– Leo, zise ea. Am putea... ar fi posibil ca noi doi să ne căsătorim mai repede în loc să așteptăm până în martie?

Leo o privi. Tăcu pentru un moment, apoi îi răspunse:

– Nu, Gwenda, nu. Nu cred că ar fi un plan prea bun.

– De ce nu?

– Cred că ar fi păcat să ne grăbim, zise el.

– Ce vrei să spui cu asta?

Se îndreptă spre el. Îngenunche din nou lângă el.

– Leo, ce vrei să spui cu asta? Trebuie să îmi spui.

– Draga mea, cred doar că nu ar trebui să grăbim lucrurile, zise el.

– Dar ne vom căsători în luna martie, așa cum am plănuit?

– Sper că da... Da, așa sper.

– Nu o spui ca și cum ai fi sigur de asta, Leo, nu mai vrei să ne căsătorim?

– O, draga mea, bineînțeles că vreau, zise el punându-și mâinile pe umerii ei. Tu ești totul pentru mine pe lumea asta.

– Bine atunci, zise Gwenda nerăbdătoare.

– Nu. El se ridică. Nu. Nu încă. Trebuie să mai așteptăm. Trebuie să fim siguri.

– Siguri de ce? El nu îi răspunse.

– Doar nu te gândești... Nu te poți gândi la...

– Nu mă gândesc la nimic, zise Leo.

Ușa se deschise și Kirsten Lindstrom intră cu o tavă pe care o așeză pe birou.

– V-am adus ceaiul, domnule Argyle. Să vă aduc și dumneavoastră o ceașcă, Gwenda, sau coborâți în salon?

– Cobor, răspunse Gwenda. O să iau și scrisorile astea. Trebuie să le expediez.

Cu mâinile tremurânde luă scrisorile pe care Leo tocmai le semnase și ieși cu ele din cameră.

Kirsten Lindstrom o privi cum iese, apoi se uită din noul la Leo.

– Ce i-ați spus? întrebă ea. Ce ați făcut de ați supărat-o?

– Nimic, zise el. Vocea îi era obosită. Chiar nimic.

Kirsten ridică din umeri. Apoi, fără a scoate un cuvânt, ieși și ea din cameră. Chiar nerostită, simți dezaprobarea ei. Leo oftă și se lăsă pe spate în scaun. Era foarte obosit. Își turnă ceai în ceașcă, dar nu îl bău. În schimb, rămase în fotoliul său privind în gol, gândindu-se la trecut.

III

Clubul care îi plăcuse, din East End, Londra... Acolo o întâlnise pentru prima dată pe Rachel Konstam. O revăzu limpede cu ochii minții. O fată potrivit de înaltă, bine făcută, purtând ceea ce el nu observase la momentul respectiv, și anume haine foarte scumpe, dar purtându-le fără stil. Fata cu fața rotundă, serioasă avea un entuziasm și o naivitate care îl atrăgeau. Erau atâtea de făcut, atâtea care meritau să fie făcute! Ea vorbea întruna, aproape incoerent, iar lui i se înmuia inima. Și el simțea că erau multe de făcut, multe care meritau să fie făcute; cu toate astea, el avea o înclinație naturală spre ironie, care îl făcea să se îndoiască totuși că lucrurile care meritau făcute erau întotdeauna încununate cu succes după cum ar fi trebuit. Dar Rachel nu se îndoia niciodată. Dacă făceai asta, dacă făceai cealaltă, dacă o instituție și alta erau dotate, rezultatele veneau automat.

Ea nu ținuse niciodată cont de natura umană. Vedea oamenii ca pe niște cazuri, ca pe niște probleme pe care trebuia să le rezolve. Nu înțelesese niciodată că fiecare om e deosebit, că reacționează diferit, că are idiosincraziile lui. Își amintea cum îi spusese la momentul respectiv că nu ar trebui să aibă așteptări prea mari. Dar ea avusese întotdeauna așteptări prea mari, cu toate că respingea imediat acest tip de acuzații. Întotdeauna pretențiile ei erau exagerate și astfel era mereu dezamăgită. El se îndrăgostise de ea foarte repede și fusese surprins în mod plăcut când aflase că avea părinți înstăriți.

Își plănuiseră viața împreună, pe baza unor speranțe îndrăznețe și nu doreau o viață simplă. Înțelegea bine ce anume îl atrăsese mai mult la ea. Era bunătatea ei sufletească. Doar că, și în asta consta tragedia, acea căldură sufletească nu îi era destinată lui. Da, și ea fusese îndrăgostită de el. Însă ceea ce ea își dorea cu adevărat de la el și de la viață erau copiii. Iar copiii au întârziat să apară.

Consultaseră tot felul de doctori, unii foarte renumiți, alții mai puțin, chiar și vraci, iar în final fusese obligată să accepte verdictul. Nu va putea face copii niciodată. Îi păruse rău pentru ea, foarte rău, și acceptase bucuros sugestia ei de a adopta un copil. Erau deja în legătură cu organizațiile de adopție cu ocazia unei vizite la New York, când loviseră cu mașina un copil ce ieșise în fugă dintr-un bloc, într-un cartier sărac al orașului.

Rachel sărise din mașină și îngenunchease în stradă lângă copilul care avea doar niște zgârieturi, nu fusese rănit; era o copilă frumoasă, cu părul auriu și ochii albaștri. Rachel insistase să o ducă la spital ca să se asigure că nu avea nici o traumă. Vorbise și cu rudele fetei: o mătușă neglijentă și soțul bețiv al acesteia. Era limpede că nu țineau la copila pe care o luaseră în grijă după moartea părinților ei. Rachel își manifestase dorința de a lua fetița la ei câteva zile, iar femeia se arătase chiar foarte încântată.

– Nu pot să am grijă de ea cum trebuie aici, zise femeia.

Așa că Mary fusese dusă la hotelul lui Rachel. În mod evident, copila se bucurase de patul moale și de baia luxoasă. Rachel îi cumpărase haine noi. Inevitabil, venise și momentul în care fetița îi spuse:

– Nu vreau să plec acasă. Vreau să locuiesc aici cu tine. Rachel îi aruncă o privire, o privire plină de dor și încântare. De îndată ce rămaseră singuri, îi propusese:

– Haide s-o păstrăm. O să aranjăm totul simplu. O vom adopta. Va fi copilul nostru. Femeia aceea va fi foarte bucuroasă să scape de ea.

El consimți destul de ușor. Copilul părea tăcut, bine-crescut și docil. Era evident că nu simțea nimic pentru mătușa și unchiul cu care locuise până atunci. Dacă asta o făcea pe Rachel fericită, atunci trebuia să rezolve situația. Au consultat avocați, au semnat documente și astfel pe Mary O'Shaughnessy a ajuns s-o cheme Mary Argyle și să călătorească cu vaporul spre Europa împreună cu ei. Își închipuise că Rachel avea să fie în sfârșit fericită. Și fusese. Era fericită într-un mod entuziast și febril, iubind-o la nebunie pe Mary, cumpărându-i tot felul de jucării scumpe. Și Mary le accepta liniștită, cu drăgălășenie. Și totuși, era ceva care îl deranja. Consimțământul copilului. Faptul că părea să nu-i fie deloc dor de locurile unde se născuse, de oamenii care îi fuseseră aproape. Spera că adevărata afecțiune va apărea mai târziu. În acel moment nu vedea. Acceptarea beneficiilor, lipsa grijilor, încântarea față de tot ce i se oferea – le observase pe toate la Mary. Dar dragoste pentru noua mamă adoptivă? Nu, el nu văzuse nimic de genul acesta.

De atunci, reflectă Leo, el începuse să alunece pe planul secund în viața lui Rachel Argyle. Era o femeie care, prin natura sa, era menită să fie mamă, şi nu soţie. Acum că o avea pe Mary, parcă instinctele ei materne nu erau atât de împlinite, pe cât stimulate. Un copil nu îi era suficient.

Tot ce făcea era pentru copii. Se interesa de ce se întâmpla în orfelinate, de dotările pentru copiii cu handicap, de cazurile de copii nedezvoltaţi, spastici, cu probleme ale sistemului osos - totul pentru copii. Era un lucru admirabil, dar devenise centrul vieţii ei. Încet, încet el începu să se cufunde în propriile activităţi. Să studieze istoria economiei, domeniu care îl pasionase dintotdeauna. Se retrăgea din ce în ce mai des în bibliotecă. Făcea muncă de cercetare, scria monografii scurte şi bine documentate. Soţia lui, întreprinzătoare, serioasă, fericită, conducea gospodăria şi se implica în tot mai multe activităţi. El era amabil şi supus. O încuraja mereu: „E un proiect foarte bun, draga mea". „Da, da, ar trebui să îl continui." Ocazional, strecura şi câte un cuvânt de atenţionare. „Cred că ai vrea să examinezi fiecare aspect pe îndelete înainte să te implici. Nu trebuie să te laşi dusă de val."

Ea continua să se consulte cu el, dar mai mult de formă. Pe măsură ce trecea timpul, devenea din ce în ce mai autoritară. Ştia ce era corect, ştia ce era mai bine. Din curtoazie, încetă şi cu criticile sau avertismentele ocazionale.

I se părea că Rachel nu avea nevoie de ajutorul și nici măcar de dragostea lui. Ea era ocupată, fericită și plină de energie.

Deși nu avea cum să nu se simtă rănit, în mod ciudat, o compătimea. Era ca și cum ar fi știut că drumul pe care o luase ea putea fi periculos.

La izbucnirea războiului, în 1939, doamna Argyle își dublă eforturile. Odată ce îi veni ideea de a deschide un orfelinat pentru copiii din cartierele sărace ale Londrei, ea luă legătura cu o mulțime de oameni influenți din capitală. Ministerul Sănătății era dispus să coopereze, iar ea căutase și găsise o casă potrivită. Era o clădire nouă, situată într-o zonă retrasă a Angliei, expusă foarte puțin bombardamentelor.

Acolo putea să-i găzduiască pe cei optsprezece copii cu vârste cuprinse între doi și șapte ani. Copiii nu proveneau doar din familii sărace, ci și din cele năpăstuite de soartă. Erau orfani sau copii nelegitimi ale căror mame nu doreau să fie evacuate împreună cu ei sau care se săturaseră să le poarte de grijă. Copii din case în care erau tratați necorespunzător ori neglijați. Trei sau patru copii erau schilozi. Pentru tratamentul ortopedic, ea angajase, de asemenea, pe lângă muncitorii din gospodărie, o maseuză suedeză și două asistente medicale calificate. Totul era nu doar confortabil, ci chiar luxos.

– Nu trebuie să uiți, Rachel, îi atrăsese el odată atenția, că acești copii vor fi nevoiți să se întoarcă în mediul din care i-am luat. Nu trebuie să le îngreunezi situația.

– Nimic nu e prea bun pentru acești sărmani micuți, replicase cu însuflețire. Nimic!

– Da, dar trebuie să se întoarcă acolo, ține minte asta, insistase el.

Dar ea nu-l luase în seamă.

– Poate că nu va fi necesar. Poate că... vom vedea atunci.

Necesitățile din timpul războiului au dus la schimbări. Asistentele erau foarte des înlocuite, pentru că nu doreau să se ocupe de copii perfect sănătoși, în loc să meargă acolo unde era cu adevărat nevoie de ele. În final, au rămas doar o soră mai în vârstă și Kirsten Lindstrom. Servitorii nu mai făceau față, iar Kirsten Lindstrom sărise și acolo în ajutor. Ea muncea cu devotament și altruism.

Și Rachel Argyle era ocupată și fericită. Leo își amintea că existaseră și momente de nedumerire, ca atunci când Rachel chemase doctorul, îngrijorată că un băiețel, Micky, slăbise și nu avea poftă de mâncare. Doctorul nu găsise nimic în neregulă, dar îi sugerase doamnei Argyle că micuțului i-ar fi putut fi dor de casă. Ea respinsese repede ideea.

– E imposibil! Dumneavoastră nu știți din ce casă provine! Se purtau urât cu el și era bătut. Trebuie să fi fost un iad pentru el.

– Cu toate astea, fusese de părere doctorul MacMaster, nu ar fi de mirare. Trebuie să îl facem să vorbească.

Și într-o zi Micky vorbise. Plângând în hohote și lovind-o pe Rachel cu pumnii, strigase:

– Vreau să merg acasă! Vreau să merg acasă la mama și la Ernie!

Rachel era supărată, aproape că nu îi venea să creadă.

– Nu poate să o vrea pe mama lui. Nu dădea doi bani pe el. Îl bătea ori de câte ori se îmbăta.

– Tu te opui naturii, Rachel, îi spusese soțul ei cu blândețe. Ea este mama lui și el o iubește.

– Ea numai mamă nu îi era!

– E sânge din sângele ei și carne din carnea ei. Asta simte el. E un lucru pe care nimic nu îl poate înlocui.

– Dar până acum, sunt sigură că ar fi trebuit să mă vadă ca pe mama lui, ripostase ea.

Biata Rachel, gândi Leo. Biata Rachel, care putea să cumpere atâtea lucruri... Nimic egoist, nimic pentru ea; care era în stare să le ofere copiilor nedoriți afecțiune, grijă, un cămin. Putea cumpăra orice, dar nu și dragostea lor.

Apoi războiul se terminase. Copiii începuseră să se întoarcă la Londra, fiind revendicați de părinți sau de rude. Dar nu toți. Câțiva dintre ei nu fuseseră doriți de nimeni.

– Știi, Leo, e ca și cum ar fi copiii noștri acum. Acum am putea să avem o familie adevărată. Patru sau cinci dintre acești copii pot sta cu noi. Îi vom adopta, le vom asigura cele necesare și ei vor fi adevărații noștri copii.

N-ar putea explica de ce, dar se simțise ușor stânjenit. Nu că ar fi avut ceva împotriva copiilor, dar îl deranja în mod instinctiv nefirescul situației. Nu poți crede că-ți poți face o familie cu mijloace artificiale.

– Nu crezi că e un risc? o întrebase el.

– Un risc? Ce contează dacă e un risc? Merită asumat.

Da, și el credea că merita, doar că nu era la fel de sigur ca ea. Oricum el se închisese atât de mult în sine, într-o lume numai a lui, încât nu i se părea potrivit să obiecteze. Îi răspunsese așa cum o făcuse de atâtea ori:

– Fă ceea ce-ți place, Rachel.

Era încrezătoare, fericită, își făcea planuri, consulta avocați, urmărea lucrurile în stilul ei practic. Astfel, își achiziționase o familie. Pe Mary, fata pe care o adusese de la New York; pe Micky, băiatul care, în multe nopți, adormea plângând și-i era dor de casa lui de la periferie și de mama lui cea neglijentă și temperamentală; pe Tina, creola grațioasă a cărei mamă era prostituată și al cărei tată era marinar. Hester, a cărei tânără mamă irlandeză o născuse fără să fie măritată și care dorise să înceapă o viață nouă. Și pe Jacko, băiețelul cu față de maimuță ale cărui pozne îi făceau pe toți să râdă, cel care reușea întotdeauna să scape nepedepsit și să obțină ca prin farmec mai multe dulciuri, chiar de la o adeptă a disciplinei stricte cum era domnișoara Lindstrom. Jacko, al cărui tată era închis și a cărui mamă fugise cu un alt bărbat.

Da, gândi Leo, în mod sigur merita să aibă grijă de acei copii, să le ofere un cămin și afecțiune, un tată și o mamă. Rachel avea toate motivele să triumfe, gândi el. Doar că nu totul a ieșit cum trebuia să iasă... Pentru că acești copii nu erau copiii pe care el și Rachel i-ar fi avut. În ei nu curgea nici sângele strămoșilor chibzuiți ai lui Rachel, nici dorința sau ambiția prin care membrii mai puțin redutabili ai familiei ei și-au asigurat locul în societate, nici măcar vaga bunătate și integritate morală de care își amintea ca fiind caracteristice bunicului și bunicii lui paterni. Nici sclipirea intelectuală a bunicilor materni.

Tot ceea ce a putut mediul să facă pentru ei a făcut. Și a făcut multe, dar nu le putea face pe toate. În primul rând, au existat acele semințe de slăbiciune care i-au adus la orfelinat și, sub efectul tensiunii, acele semințe s-au transformat în flori. Acel lucru era foarte vizibil în cazul lui Jacko. Jacko cel fermecător, Jacko cel agil care cu glumele, cu șarmul, cu ușurința cu care îi învârtea pe toți pe degete, era în esență tipul delincventului. Începuse de la o vârstă fragedă cu șterpelitul, cu minciunile; toate acestea erau puse pe seama rădăcinilor lui modeste. Rachel spunea că lucrurile puteau fi îndreptate foarte ușor. Dar nu au mai fost îndreptate niciodată.

La școală, avusese rezultatele slabe. Fusese exmatriculat de la universitate și de atunci a urmat o serie lungă de incidente dureroase. Leo și Rachel au făcut tot ceea ce se putea face; au încercat să îl asigure pe băiat de toată afecțiunea și încrederea lor, au încercat să găsească lucruri care să fie pe gustul lui și în care să exceleze. Leo se gândi că poate ei au fost prea îngăduitori cu el. Dar nu. Îngăduitori sau severi, în cazul lui Jacko, rezultatul ar fi fost același. Trebuia să aibă întotdeauna ceea ce își dorea. Dacă nu putea să aibă un lucru prin mijloace cinstite, era dispus să și-l procure pe alte căi. Nu era destul de inteligent ca să devină infractor, nici măcar unul mărunt. Astfel, se ajunsese la acea zi când, falit și speriat că o să înfunde pușcăria, venise să ceară bani, ca și cum ar fi avut tot dreptul, și să amenințe. Apoi plecase, urlând că avea să se întoarcă și ar fi bine să își primească banii, sau altfel... „Sau astfel..." Rachel murise. Ce departe i se păreau toate acestea! Toți acei ani de război cu băieții și fetele care creșteau. Și el? Tot îndepărtat, fără culoare. Era ca și cum energia și pofta de viață ale lui Rachel ar fi săpat în ființa lui, lăsându-l moale și epuizat, dorindu-și... of, atât de mult... căldură și dragoste.

Chiar și acum, nu își aducea prea bine aminte când își dăduse pentru prima oară seama cât de aproape de el erau toate. La îndemână... Nu oferite, dar acolo.

Gwenda... Secretara perfectă, utilă, care muncea pentru el, întotdeauna acolo, cumsecade, utilă. Avea ceva în ea care-i amintea de cum era Rachel atunci când o întâlnise prima dată. Aceeași căldură, același entuziasm, aceeași bunătate sufletească. Doar că, în cazul Gwendei, acea căldură, acea bunătate sufletească, acel entuziasm erau toate pentru el. Nu pentru ipoteticii copii pe care ar fi putut să îi aibă într-o bună zi, doar pentru el. E ca și cum ți-ai încălzi mâinile la foc... Mâini care erau reci și țepene din cauza uitării. Oare când își dăduse seama pentru prima dată că ea ținea la el? Îi era greu să își dea seama. Nu a fost ceva de genul unei revelații neașteptate.

Și totuși, într-o bună zi, își dăduse seama că și el o iubea.

Și că atâta timp cât Rachel trăia, ei nu se puteau căsători.

Leo oftă, se așeză în scaunul său și-și bău ceaiul rece ca gheața.

CAPITOLUL 9

Calgary plecase de numai câteva minute, când doctorul MacMaster primi un alt vizitator. Pe acesta îl cunoștea bine și îl salută cu afecțiune.

– Ah, Don, mă bucur să te văd. Intră și spune-mi ce te preocupă. Ceva te preocupă. Îmi dau seama de asta după cum te încrunți.

Doctorul Donald Craig îi zâmbi trist. Era un tânăr solemn și chipeș care se lua foarte în serios, atât pe sine, cât și munca sa. Bătrânului doctor pensionat îi era foarte drag tânărul său succesor, chiar dacă uneori își dorea ca Donald Craig să aibă mai mult simțul umorului.

Craig refuză invitația de a bea ceva și trecu direct la subiect.

– Sunt foarte îngrijorat, Mac.

– Sper că nu din cauza carenței de vitamine, zise doctorul MacMaster. Din punctul lui de vedere, asta era o glumă bună. Odată fusese nevoie să apeleze la un veterinar pentru a-i arăta tânărului Craig că pisicuța unui pacient copil suferea grav de o boală de piele.

– Nu are legătură cu pacienții. E vorba despre problemele mele personale.

Expresia lui MacMaster se schimbă brusc.

– Îmi cer scuze, băiete. Mii de scuze. Ai primit ceva vești proaste?

Tânărul clătină din cap.

– Nu e asta. Este... Mac, trebuie să vorbesc cu cineva despre asta, iar dumneavoastră îi cunoașteți pe toți, sunteți aici de ani de zile, știți totul despre ei. Și trebuie să știu și eu. Trebuie să știu cum stau, cu ce mă confrunt.

Sprâncenele stufoase ale lui MacMaster se ridicară ușor pe frunte.

– Ia să auzim care-i necazul, zise el.

– E vorba de familia Argyle. Știți – cred că toată lumea știe – că eu și Hester Argyle...

Bătrânul aprobă din cap.

– O mică înțelegere, zise el pe un ton aprobator. Aceasta e expresia care se folosea pe vremuri și era foarte potrivită.

– Sunt îndrăgostit nebunește de ea, zise Donald cu simplitate, și cred... Oh, sunt sigur... că și ea ține la mine. Și acum se întâmplă toate astea.

O expresie de înțelegere își făcu loc pe fața bătrânului doctor.

– A, da. Grațierea lui Jacko Argyle. Grațierea care vine puțin prea târziu pentru el.

– Da. Tocmai asta mă face să cred – știu că este complet greșit să simt asta, dar nu mă pot abține – că ar fi fost mai bine dacă... dacă această nouă dovadă nu ar fi ieșit la iveală.

– Oh, nu ești singurul care crede asta, zise MacMaster. Din câte știu eu, toată lumea simte asta, începând cu șeful poliției locale, familia Argyle și chiar persoana care a venit din Antarctica cu alibiul. A fost aici în această după-amiază, adăugă el.

Donald Craig păru uluit.

– A fost aici? A spus ceva?

– Ce te așteptai să spună?

– Are idee cine...

Doctorul MacMaster clătină încet din cap.

– Nu. Nu are nici o idee. Cum ar putea să aibă, venind de nicăieri și văzându-i pentru prima dată? Se pare, continuă el, că nimeni nu are nici cea mai mică idee.

– Nu. Nu, presupun că nu.

– Ce te supără atât de mult, Don?

Donald Craig respiră adânc.

– Hester m-a sunat în seara în care acest individ, Calgary, a fost acolo. Noi doi trebuia să mergem, după ce-mi terminam programul la cabinet, în Drymouth, să asistăm la o conferință despre tipologii de criminali în opera lui Shakespeare.

– Sună foarte potrivit, zise MacMaster.

– Şi apoi m-a sunat. A spus că nu poate să vină. A zis că a primit nişte veşti destul de supărătoare.

– Ah. Veştile doctorului Calgary.

– Da. Da, cu toate că nu i-a menționat numele în momentul respectiv. Dar era foarte supărată. Părea... Nu pot să vă spun cum mi se părea.

– Temperament irlandez, zise MacMaster.

– Părea în acelaşi timp speriată şi îngrozită. Oh, nu pot să explic!

– La ce te aştepți? Nu are nici douăzeci de ani, nu?

– Dar de ce era atât de supărată? Vă spun, Mac, e foarte speriată de ceva.

– Hmm, mda... da, presupun că e posibil.

– Credeți că... Ce credeți?

– E vorba mai mult despre ce crezi tu.

Tânărul zise cu amărăciune:

– Cred că, dacă nu eram doctor, nici nu m-aş fi gândit la astfel de lucruri. Ea e fata mea, iar fata mea nu ar fi putut să facă nici un rău. Dar după cum stau lucrurile...

– Da... dă-i drumul. Mai bine îți iei o piatră de pe inimă.

– Să ştiți că mai înțeleg câte ceva despre cum funcționează mintea lui Hester. Ea... ea este o victimă a nesiguranței premature.

– Chiar aşa, zise MacMaster. Aşa îi spunem în zilele noastre.

– Nu a avut timp să se adapteze. La momentul crimei, suferea de ceva natural pentru o adolescentă – revolta împotriva autorității – o încercare de a scăpa de dragostea sufocantă care e responsabilă pentru atât de mult rău în zilele noastre. Voia să se răzvrătească, să scape. Ea mi-a spus toate astea. A fugit și s-a alăturat unei trupe de teatru de mâna a doua, într-un turneu. Dată fiind situația, cred că mama ei a reacționat mai mult decât rezonabil. A sugerat ca Hester să meargă la Londra și să se înscrie la Academia Regală de Arte Dramatice ca să studieze actoria, dacă asta e ceea ce voia să facă. Această fugă de acasă pentru a juca teatru a fost un simplu gest de răzvrătire. Nu voia cu adevărat să se pregătească pentru scenă sau să ia profesia în serios. Voia doar să demonstreze că se putea descurca și singură. Oricum, familia Argyle nu a încercat să o oblige. I-au dat o alocație destul de frumoasă.

– Ceea ce a fost foarte inteligent din partea lor.

– Și apoi a avut această poveste prostească de dragoste cu un tip de vârstă mijlocie care făcea parte din trupa de teatru. În cele din urmă, și-a dat singură seama că era un om de nimic. Doamna Argyle a mers acolo, s-a înțeles cu el, iar Hester a venit acasă.

– Își învățase lecția, așa se spunea în tinerețea mea, zise MacMaster. Dar bineînțeles că nimănui nu-i place să-și învețe lecția pe propria piele. Lui Hester nu i-a plăcut.

Donald Craig continuă îngrijorat:

– Era calmă, dar plină de resentimente înăbușite; și, mai rău, pentru că trebuia să admită că mama ei avusese dreptate; că nu avea talent de actriță și că bărbatul căruia i-a oferit dragostea nu merita. Și că, de fapt, nici nu prea ținea la el. „Mama știe mai bine." Asta e întotdeauna enervant pentru copii.

– Da, zise MacMaster. Asta era una dintre problemele doamnei Argyle, cu toate că ea nu și-a dat niciodată seama. Adevărul e că avea aproape întotdeauna dreptate, că știa ce e cel mai bine. Dacă ar fi genul acela de femeie care face datorii, care-și rătăcește cheile, pierde trenul sau face lucruri nebunești și trebuie să fie ajutată, întreaga familie ar fi îndrăgit-o mult mai mult. Trist și crud, dar asta e viața. Și nu a fost o femeie suficient de isteață, încât să facă așa cum vrea ea prin șiretlicuri. Era mulțumită de sine, să știi. Mulțumită de propria putere și judecată și foarte, foarte sigură pe ea. Ăsta e un lucru greu de îndurat atunci când ești tânăr.

– Oh, știu, zise Donald Craig. Îmi dau seama de asta. Tocmai din cauză că îmi dau seama simt că... mă întreb dacă... se opri.

MacMaster îi zise blând:

– Mai bine o spun eu pentru tine, nu, Don? Te temi că Hester a ta e cea care a auzit cearta dintre mama ei și Jacko, că poate s-a enervat și, într-un acces de răzvrătire împotriva autorității, împotriva aroganței mamei sale, a intrat în cameră, a ridicat vătraiul și a omorât-o. De asta te temi, nu-i așa?

Tânărul răspunse trist.

– Nu chiar. Nu cred cu adevărat, dar... dar simt... cred că s-ar fi putut întâmpla. Nu cred că Hester are stăpânirea de sine, echilibrul necesar să... Cred că e tânără, nesigură pe ea, predispusă la tulburări psihice. Mă uit la familie și simt că nimeni nu ar fi putut-o face până ajung să mă gândesc la Hester. Și apoi... nu sunt sigur.

– Înțeleg, zise doctorul MacMaster. Da, înțeleg.

– Nu o învinovățesc pe ea, adăugă Don repede. Nu cred că sărmana copilă a știut cu adevărat ce face. Nu o pot numi crimă. A fost doar un act de sfidare emoțională, de răzvrătire, de dorință de a fi liberă, convinsă că nu avea cum să fie vreodată liberă cât timp... cât timp mama ei avea să fie în continuare acolo.

– Și asta e probabil destul de adevărat, zise MacMaster. E singurul motiv existent, și e unul destul de bizar. Nu unul suficient de serios din punct de vedere legal. Dorința de a fi liber. Liber de sub influența unei personalități mai puternice. Doar pentru că nici unul nu moștenește o sumă mare de bani de pe urma morții doamnei Argyle, legea nu va considera că au avut vreun motiv. Dar chiar și controlul financiar îmi imaginez că era în mare măsură în mâinile doamnei Argyle, dată fiind influența ei pe lângă administratorii fondului. Oh, da, moartea ei i-a eliberat. Nu numai pe Hester, băiete. I-a permis lui Leo să se însoare cu altă femeie. I-a permis lui Mary să-și îngrijească soțul așa cum dorește, i-a permis lui Micky să-și trăiască propria viață așa cum vrea să și-o trăiască. Chiar și micuțul „cal negru" – Tina – care stă în biblioteca ei, își putea dori să fie liberă.

– Trebuia să vin să vă vorbesc, zise Donald. Trebuia să știu ce gândiți, dacă credeți că... ar putea fi adevărat.

– În legătură cu Hester?

– Da.

– Cred că ar putea fi adevărat, zise MacMaster calm. Dar nu știu dacă este.

– Credeți că s-ar fi putut întâmpla așa cum am zis?

– Da. Cred că ceea ce ți-ai imaginat nu este deplasat și e posibil. Dar nu este nicidecum sigur, Donald.

Tânărul se înfioră.

– Dar trebuie să fiu sigur, Mac. E singurul lucru pe care chiar îl consider necesar. Trebuie să știu.

Dacă Hester îmi spune, dacă mi se confesează, atunci... atunci totul va fi în regulă. Ne vom căsători cât mai repede posibil. Voi avea grijă de ea.

– Ce bine că nu te aude superintendentul Huish! zise MacMaster sec.

– Sunt un cetățean care respectă legile fără obiecție, dar cunoașteți foarte bine modul în care sunt văzute dovezile psihologice la tribunal. Din punctul meu de vedere, a fost un accident nefericit, nu un caz de crimă cu sânge rece, nici măcar unul de crimă pasională.

– Ești îndrăgostit de fată.

– Ceea ce vă spun e confidențial, știți asta.

– Înțeleg, îl asigură MacMaster.

– Ce vreau să spun este că, dacă Hester mi-ar spune adevărul, va trebui să trăim cu asta amândoi. Dar trebuie să-mi spună. Nu pot să trăiesc fără să nu știu.

– Vrei să spui că nu ești pregătit să te căsătorești cu ea atâta timp cât ai aceste bănuieli?

– Nu ați face la fel în locul meu?

– Nu știu. Pe vremea mea, dacă mi s-ar fi întâmplat mie, și aș fi fost îndrăgostit de fată, probabil că aș fi fost sigur de nevinovăția ei.

– Nu contează atât de mult vinovăția sau nevinovăția, pe cât contează să știu.

– Şi dacă şi-a ucis mama, chiar eşti pregătit să te căsătoreşti cu ea şi să trăiţi fericiţi până la adânci bătrâneţi, cum se spune?

– Da.

– Să nu crezi asta! îi zise MacMaster. O să te întrebi dacă gustul amar din cafea este doar cafea şi te vei gândi că vătraiul este cam mare. Şi ea va observa că te gândeşti la asta. Nu va funcţiona.

CAPITOLUL 10

– Marshall, sunt sigur că vei aprecia motivele pentru care te-am chemat aici.

– Da, cu siguranță, îi răspunse. Adevărul e că, dacă dumneavoastră nu mi-ați fi propus acest lucru, domnule Argyle, eu însumi ar fi trebuit să mă gândesc la asta. Anunțul a apărut în toate ziarele de dimineață și nu încape îndoială că va atrage din nou atenția presei asupra cazului.

– Deja am fost sunat de câțiva jurnaliști, solicitându-ne interviuri, zise Mary Durrant.

– Mi se pare firesc să fie așa. V-aș sfătui să adoptați o atitudine rezervată. Normal, să păreți mulțumit și recunoscător, dar să vă abțineți să comentați faptele.

– Superintendentul Huish, care s-a ocupat de caz la momentul respectiv, a cerut permisiunea să vină pentru a ne intervieva mâine-dimineață, zise Leo.

– Da. Da, mă tem că va exista o oarecare aversiune legată de redeschiderea cazului, deși tind să cred că poliția nu își pune prea mari speranțe în obținerea unor rezultate palpabile. Până la urmă, au trecut doi ani și tot ceea ce oamenii și-ar fi putut aminti la momentul acela – și aici mă refer la oamenii din sat – acum vor fi uitat. Desigur, e păcat, din anumite puncte de vedere, dar nu se poate face nimic în acest sens.

– Întreaga poveste pare să fie foarte clară, zise Mary Durrant. Casa era închisă și asigurată împotriva hoților, dar, dacă cineva ar fi venit și i-ar fi trezit interesul mamei cu vreun caz special sau ar fi pretins a fi vreun prieten de-al unui prieten de-al ei, nu am nici un dubiu că ea l-ar fi primit. Cred că așa s-a și întâmplat. Tatei i s-a părut că a auzit soneria de la intrare în jurul orei șapte.

Marshall se întoarse spre Leo, privindu-l întrebător.

– Da, cred că am afirmat asta, zise Leo. Bineînțeles, nu-mi aduc prea bine aminte acum, dar atunci am avut impresia că am auzit soneria. Eram pregătit să cobor și apoi am auzit ușa deschizându-se și închizându-se la loc. Nu am auzit voci sau vreun zgomot care să-mi dea de înțeles că cineva forța intrarea în casă. Asta cred că aș fi auzit.

– Desigur, desigur, zise domnul Marshall. Da, cred că nu există îndoieli că așa trebuie să fi fost. Vai, știm prea bine că există multe persoane care încearcă să intre în case spunând o poveste plauzibilă despre suferință și care, odată ce sunt lăsate să intre, se apucă să-l bată pe proprietar și apoi dispar cu banii pe care-i găsesc. Da, cred că ar trebui să acceptăm faptul că așa s-a întâmplat și în cazul ăsta.

Vorbea pe un ton convingător, privindu-i pe rând pe cei prezenți și evaluându-i cu mintea lui meticuloasă. Mary Durrant era frumoasă, lipsită de imaginație, ușor distantă, aparent sigură pe ea. În spatele ei, într-un scaun cu rotile, se afla soțul său. Philip Durrant e un tip inteligent, își zise Marshall. Un bărbat care ar fi putut ajunge departe și ar fi putut face multe, dacă nu ar fi fost atât de nepriceput când venea vorba despre afaceri. El nu era la fel de calm ca soția lui, remarcă Marshall. Ochii lui erau vigilenți și meditativi. Înțelegea mai bine ca oricine implicațiile întregii povești. Desigur, în ciuda aparențelor, se putea ca Mary Durrant să nu fie atât de calmă pe cât arăta. Se pricepea să-și ascundă sentimentele, atât în copilărie, cât și acum, când era o femeie în toată firea.

În timp ce Philip Durrant se mișca încet în scaunul său, privindu-l pe avocat cu o vagă ironie în ochii lui luminoși și inteligenți, Mary își întoarse capul repede. Dragostea cu care își privi soțul aproape că îl făcu pe avocat să tresară. Știa, desigur, că Mary era o soție devotată, dar de atât de mult timp se obișnuise s-o considere o persoană calmă, mai degrabă lipsită de pasiune, fără slăbiciuni sau antipatii, încât această revelație îl luase prin surprindere. Deci asta simțea pentru el, nu-i așa? Cât despre Philip Durrant, el părea neliniștit. Pesemne își făcea griji în legătură cu viitorul. Așa și trebuia!

În fața avocatului se afla Micky. Un tânăr chipeș și înverșunat. Oare ce motiv avea să fie atât de înverșunat? se întrebă Marshall. Nu i s-au făcut întotdeauna toate poftele? De ce trebuia să aibă întotdeauna privirea aceea ca și cum era singur împotriva lumii? Lângă el stătea Tina, care semăna mai degrabă cu o pisicuță neagră și elegantă. Era foarte închisă la ten, avea o voce domoală, ochi negri și o mișcare a corpului sinuoasă, plină de grație.

Tăcută, poate, însă și emotivă? Marshall nu prea știa mare lucru despre Tina. Aceasta ocupa postul pe care i-l sugerase doamna Argyle, de bibliotecară. Deținea un apartament în Redmyn și venea acasă în weekenduri. În aparență, era docilă și cât se poate de mulțumită. Dar cine poate ști cum stăteau lucrurile de fapt? Oricum, nu era amestecată în asta sau nu ar trebui. În acea seară nu fusese aici. Cu toate astea însă, Redmyn era la numai patruzeci de kilometri distanță.

Și totuși, s-ar putea presupune că Tina și Micky nu erau implicați.

Marshall o măsură scurt cu privirea pe Kirsten Lindstrom, care îl urmărea cu o oarecare doză de agresivitate. Dar dacă ea fusese cea care își pierduse controlul și o atacase pe stăpâna ei? Nu l-ar surprinde asta. Nimic nu te mai poate lua prin surprindere când ai lucrat ani buni în slujba legii. Exista, în jargonul modern, o denumire pentru așa ceva. Fată bătrână frustrată. Invidioasă, geloasă, acumulând nemulțumiri reale sau închipuite. O, da, exista o denumire pentru asta. Și cât de convenabil ar fi, se gândi domnul Marshall, oarecum nelalocul său. Da, foarte convenabil. O venetică. Nu un membru al familiei. Dar oare să-l fi acuzat Kirsten în mod intenționat pe Jacko? Să fi auzit cearta și să fi profitat de ea? Așa ceva era cu mult mai greu de crezut. Căci Kirsten Lindstrom îl adora pe Jacko. Ea le fusese mereu devotată copiilor. Nu, nu putea să creadă una ca asta. Păcat, deoarece... dar nu trebuia să-și lase gândurile să pornească în acea direcție.

Își mută privirea înspre Leo Argyle și Gwenda Vaughan. Logodna lor nu fusese anunțată, ceea ce pica la țanc. O decizie înțeleaptă. De fapt, el scrisese și sugerase ceva în genul acesta. Cu siguranță era un secret știut de toți pe plan local și, fără îndoială, poliția era la curent cu asta. Din perspectiva poliției, era un răspuns corect. Nenumărate precedente. Soțul, soția și cealaltă femeie.

Numai că, într-un fel sau altul, Marshall nu putea crede că Leo își atacase soția. Nu, el chiar nu putea să creadă una ca asta.

La urma urmelor, îl cunoștea pe Leo Argyle de mult timp și avea o părere cât se poate de bună despre el. Un intelectual. Un bărbat înțelegător, cititor avid și cu o perspectivă filosofică înaltă asupra vieții. Nu genul de bărbat care să-și omoare soția cu un vătrai. Sigur, la o anumită vârstă, când un bărbat se îndrăgostește... Dar nu! Astea erau chestii jurnalistice. Lectură plăcută, se pare, în zilele de duminică, pretutindeni în insulele britanice! Dar, zău așa, nimeni nu și l-ar putea imagina pe Leo...

Dar femeia? Nu știa la fel de multe despre Gwenda Vaughan. Îi remarcă buzele pline și figura matură. Se vedea că îl iubea pe Leo. O, da, probabil că îl iubea de mult. Dar un divorț? se întreba el. Ce părere ar fi avut doamna Argyle despre un divorț? Habar nu avea, dar nu credea că ideea i-ar fi fost pe plac lui Leo Argyle, care era de modă veche.

El nu credea că Gwenda Vaughan era amanta lui Leo Argyle, ceea ce făcea cu atât mai probabil ca, dacă Gwenda Vaughan întrezărise o ocazie de a o elimina pe doamna Argyle cu certitudinea că nici o bănuială nu va plana asupra ei... Se opri înainte de a-și duce gândul până la capăt. Oare l-ar fi sacrificat pe Jacko fără să clipească? Nu prea credea că îl simpatizase pe Jacko prea tare. Era imună la șarmul lui. Iar femeile – domnul Marshall o știa prea bine – erau nemiloase. Deci Gwenda Vaughan nu putea fi exclusă. După atâta timp nu prea existau șanse ca poliția să descopere probe. Nu-și dădea seama ce probe s-ar putea găsi împotriva ei. Ea fusese în casă în acea zi, stătuse împreună cu Leo în bibliotecă, apoi îi spusese noapte bună, îl lăsase și coborâse scările. Nu exista nimeni care să poată spune dacă ea intrase în salonul doamnei Argyle, luase vătraiul și se dusese în spatele femeii care era aplecată asupra hârtiilor de pe birou. Iar apoi, după ce o omorâse fără ca măcar doamna Argyle să fi apucat să țipe, ieșise pe ușa din față și plecase acasă. El nu vedea cum poliția sau oricine altcineva ar fi putut să afle dacă asta făcuse.

Privirea lui se opri asupra lui Hester. Era o copilă drăguță. Nu, nu drăguță, de-a dreptul frumoasă. Frumoasă într-un mod mai degrabă ciudat și neliniștitor. Și-ar fi dorit să știe cine erau părinții ei. I se părea că fata ascundea ceva nelegiuit și în același timp sălbatic. Da, aproape că putea fi folosit cuvântul „disperată“ pentru a o descrie. Dar din ce cauză disperată? Fugise de acasă într-o manieră stupidă pentru a ajunge pe scenă și avusese o relație stupidă cu un om indezirabil; apoi se dezmeticise, se întorsese acasă cu doamna Argyle și totul revenise la normal. Chiar și așa, Hester nu putea fi considerată nevinovată, pentru că nu se știa cum și ce gândea. Nu se știa la ce o putea împinge un moment ciudat de disperare. Totuși, nici poliția nu putea afla.

De fapt, gândi domnul Marshall, părea puțin probabil ca poliția să mai poată face ceva în această privință, chiar dacă și-ar fi dat seama cine era vinovatul. Așadar, situația asta era, în ansamblu, satisfăcătoare. Satisfăcătoare? Cuvântul îl făcu să tresară. Dar așa era? Această situație fără ieșire să fi fost satisfăcătoare pentru toată lumea? Se întreba dacă familia Argyle știa adevărul. Era de părere că nu. Nu știa. În afară, bineînțeles, de unul dintre ei care îl știa prea bine...

Nu, nu știau, dar aveau bănuieli? Ei bine, dacă nu aveau acum, vor fi având în curând, pentru că atunci când nu știi, nu te poți abține să nu îți pui întrebări, să nu îți aduci aminte diverse lucruri... Incomod. Sigur, era o poziție foarte incomodă.

Nu rămase prea mult timp pierdut în aceste gânduri. Domnul Marshall se trezi din starea de reverie și observă ochii lui Micky ațintiți asupra lui, cu o sclipire zeflemitoare.

– Deci, care e verdictul dumneavoastră, domnule Marshall? Persoana din afară, intrusul necunoscut, personajul negativ care ucide, fură și scapă?

– Se pare că asta e ipoteza pe care trebuie s-o acceptăm, zise domnul Marshall.

Micky se aruncă din nou pe scaun și izbucni în râs.

– Asta e versiunea noastră și pe asta o susținem, nu?

– Ei bine, da, Michael, asta v-aș sfătui.

În vocea domnului Marshall se simțea mai degrabă o avertizare.

Micky dădu din cap.

– Înțeleg, zise el. Asta ne sfătuiți. Da. Da, îndrăznesc să spun că aveți dreptate. Dar nu credeți, nu?

Domnul Marshall îi aruncă o privire foarte rece. Asta era problema oamenilor care nu știu să fie discreți. Insistă să spună lucruri care ar fi mai bine să nu fie spuse.

– Dacă are vreo importanță, admise el, asta este opinia mea.

Fermitatea tonului ținea loc de dojană. Micky se uită împrejur.

– Noi ce credem? întrebă el. Ei, Tina, draga mea, tu cea care pleci capul tăcută, tu n-ai nimic de zis?

Vreo părere neoficială, să-i spunem așa? Dar tu, Mary? Nu ai spus prea multe.

– Normal că sunt de acord cu domnul Marshall, zise Mary pe un ton tăios. Ce altă soluție ar mai putea fi?

– Philip nu e de acord cu tine, remarcă Micky. Mary întoarse automat capul și își privi soțul.

– Mai bine ți-ai ține gura, Micky, îi spuse Philip Durrant încet. Faptul că vorbești prea mult atunci când ești la înghesuială nu aduce nimic bun. Și noi toți suntem la înghesuială.

– Deci, nimeni nu are nici o părere, nu-i așa? zise Micky. În regulă. Așa să fie. Dar ia să ne gândim fiecare puțin la asta diseară, când mergem la culcare. Știți, poate fi un lucru înțelept. Până la urmă, fiecare știe cum stă, ca să zic așa. Tu nu știi nimic, Kirsty? Că, de obicei, le știi pe toate. Din câte îmi amintesc, întotdeauna știai ce se petrece, deși – o spun eu în locul tău – nu spuneai niciodată nimic.

– Micky, eu cred că ar trebui să-ți ții gura, zise Kirsten Lindstrom cu demnitate. Domnul Marshall are dreptate. E stupid să vorbești prea mult.

– Am putea supune la vot, zise Micky. Sau să scriem nume pe bucăți de hârtie și să le punem într-o pălărie. Ar fi interesant, nu-i așa, să vedem cine primește voturile?

De data asta, vocea lui Kirsten răsună mai puternic.

– Taci. Nu te comporta ca un băiat prostuț și imprudent, așa cum obișnuiai să fii cândva. Ai crescut acum.

– Eu am zis doar să ne gândim la asta, se auzi din spate vocea lui Micky.

– O să ne mai gândim, spuse Kirsten Lindstrom, pe un ton amar.

CAPITOLUL 11

I

Noaptea se lăsă peste Sunny Point. Cele șapte persoane se retrăseseră în camere pentru a se odihni, dar nimeni nu avea somn...

II

Odată cu apariția bolii și lipsa activității fizice, Philip Durrant găsea din ce în ce mai multă alinare în activitatea intelectuală. Cum era un bărbat inteligent, devenise acum conștient de oportunitățile de care putea profita. Uneori se amuza anticipând reacțiile celor din jur la anumiți stimuli. Ce spunea sau ce făcea, de multe ori, nu era o manifestare naturală, ci una calculată, motivată de simpla dorință de a observa reacțiile. Juca un fel de joc; când primea răspunsul anticipat îl consemna, ca și cum ar fi fost un semn către el însuși.

Ca urmare a acestui mod de a-și petrece timpul, Philip deveni, poate pentru prima dată în viața lui, un fin observator al diferențelor și realităților personalității umane.

Tipurile de personalitate nu îl interesaseră prea mult înainte. Îi plăcea sau îi displăcea cineva, îl amuzau sau îl plictiseau oamenii din jur sau cei pe care îi întâlnea. A fost dintotdeauna un om de acțiune, și nu o persoană contemplativă. Inteligența sa remarcabilă și-o exersa născocind noi planuri prin care se puteau face bani. Toate aceste mașinațiuni aveau o bază solidă; dar o lipsă totală de talent antreprenorial făcuse ca aceste planuri să fie egale cu zero. Până acum, îi considerase pe oameni niște pioni într-un joc de șah. Acum, de când cu boala, privat de viața lui activă de dinainte, fusese forțat să ia aminte și la felul de a fi al oamenilor.

Totul începuse în spital unde viața amoroasă a asistentelor, ostilitățile secrete și micile neplăceri ale vieții din spital îi atrăseseră atenția, din moment ce nu avea cu ce altceva să-și ocupe timpul. Iar apoi devenise un obicei. Oamenii – asta era tot ce îi rezervase viața din acel moment. Doar oamenii. Oameni pe care să-i studieze, despre care să afle diverse lucruri, să le descopere esența. Să decidă singur ce-i făcea să fie de încredere și să vadă dacă avea dreptate. De fapt, putea să fie foarte interesant...

Doar că într-o seară, stând în bibliotecă, realizase cât de puține știa despre cei din familia soției lui. Care era, de fapt, esența lor? Cum erau ei pe dinăuntru? Nu-l interesau aparențele pe care le cunoștea prea bine.

Ciudat cât de puțin știa despre oameni. Oare chiar și despre propria soție?

Pe Mary o studiase cu atenție. Cât de multe știa, de fapt, despre ea?

Se îndrăgostise de ea pentru că îi plăcuse cum arată și felul ei calm și serios de a fi. De asemenea, avea bani și asta contase pentru el. S-ar fi gândit mai bine înainte să se însoare cu o fată fără nici un ban. Totul se potrivise cum nu se putea mai bine. Se căsătorise cu ea, o tachina zicându-i Polly, iar lui îi plăcea privirea nedumerită pe care i-o arunca atunci când făcea glume pe care ea nu le înțelegea. Dar ce știa cu adevărat despre ea? Despre ce gândea și simțea ea? Bineînțeles, știa că îl iubea cu un devotament profund și plin de pasiune. Iar gândul la acel devotament îl tulbură puțin, scuturându-și umerii ca și cum ar fi vrut să scape de o povară. Devotamentul era un lucru foarte bun atunci când puteai scăpa de el timp de nouă sau zece ore pe zi. Era ceva plăcut la care să te întorci acasă. Dar acum era îmbrobodit de acel devotament; era protejat, îngrijit, prețuit. Îl făcea să tânjească după puțină nepăsare... Trebuia să-și găsească mijloace de evadare. Intelectual – dacă altfel nu era posibil. Trebuia să evadeze în tărâmul fanteziei sau al întrebărilor.

Întrebările. Spre exemplu, cine era responsabil pentru moartea soacrei sale. Nu o agrease niciodată și nici ea pe el. Ea nu ar fi dorit ca Mary să se căsătorească cu el (Ar fi dorit ca Mary să se mărite cu altcineva?), dar nu a reușit s-o împiedice. El și Mary și-au început viața fericiți și independenți – apoi lucrurile au luat-o razna. La început, compania aceea sud-americană, apoi Accesorii pentru Biciclete Ltd – ambele fuseseră idei bune, dar finanțarea lor fusese prost gândită, apoi mai apăruse greva de la căile ferate argentiniene, cea care desăvârșise dezastrul. Totul ținuse doar de un ghinion pur, dar cumva avea impresia că vina aparținuse doamnei Argyle. Ea nu-și dorise ca el să reușească. După aceea, venise boala. Se părea că singura lor opțiune era să vină să locuiască la Sunny Point, unde erau bine primiți. Pe el nu l-ar fi deranjat. Un bărbat invalid, doar pe jumătate om, ce importanță avea unde se afla? Dar pe Mary ar fi deranjat-o.

Ei bine, nu mai era necesar să rămână permanent la Sunny Point, dat fiind faptul că doamna Argyle fusese ucisă. Administratorii măriseră valoarea alocației lui Mary și așa putuseră să se descurce din nou singuri.

Dispariția doamnei Argyle nu-l afectase. Ar fi fost mai convenabil dacă ar fi murit în patul ei, de pneumonie sau de altă boală. Crima era o chestiune neplăcută datorită tam-tamului creat în jurul ei și a titlurilor răsunătoare din ziare. Totuși, privitor la modul de operare, fapta fusese săvârșită ca la carte; în mod cert, făptașului îi lipseau câteva doage, în sensul că o diversitate de termeni din jargonul psihologiei îl puteau descrie. Nu fratele adevărat al lui Mary. Unul dintre acei „copii adoptați" cu gene rele, care sfârșesc prin a o lua pe calea greșită. Însă lucrurile nu stăteau prea bine acum. Superintendentul Huish avea să vină a doua zi să le pună întrebări cu accentul lui blând din sud-vest. Cineva trebuia, poate, să se gândească la răspunsuri...

Mary își pieptăna părul lung în fața oglinzii. Îl iritau calmul și detașarea ei.

– Ți-ai pregătit povestea pentru mâine, Polly?

Ea se întoarse uimită spre el.

– Vine superintendentul Huish. O să te întrebe din nou ce ai făcut în seara zilei de 9 noiembrie.

– Ah, înțeleg. A trecut atât de mult de atunci. Abia îmi mai amintesc.

– Dar el își amintește. Asta e ideea. El știe. Totul e notat undeva într-un carnețel al poliției.

– Da? Păstrează astfel de lucruri?

– Probabil că totul se păstrează în triplu exemplar, pe o perioadă de zece ani! Păi, mişcările tale au fost foarte simple, Polly. Nu au existat. Ai fost aici cu mine în această cameră. Şi, dacă aş fi în locul tău, nu aş menţiona că am lipsit între şapte şi şapte şi jumătate.

– Dar am fost doar la baie. La urma urmei, zise Mary în mod raţional, toată lumea trebuie să meargă la baie.

– Nu ai menţionat nimic la momentul respectiv. Ţin minte asta.

– Poate uitasem.

– M-am gândit că poate a fost vorba de un instinct de autoconservare... Oricum, îmi amintesc că te-am acoperit. Am fost aici împreună, jucând cărţi de la şase şi jumătate până în momentul în care Kirsty ne-a anunţat. Asta e varianta noastră şi ne-o vom susţine în continuare.

– Foarte bine, dragule. Ea îl aprobă cu calm... dezinteresată.

„Nu are pic de imaginaţie? gândi el. Nu înţelege că suntem la ananghie?“ Se aplecă în faţă.

– Ştii, e interesant... Nu te interesează cine a ucis-o? Cu toţii ştim că Micky a avut mare dreptate – că e unul dintre noi. Nu te interesează să afli cine?

– Nu am fost nici eu, nici tu, zise Mary.

– Şi asta e tot ce te interesează? Polly, eşti grozavă!

Ea roşi puţin.

– Nu înţeleg ce e atât de ciudat!

– Nu, văd că nu înţelegi. Eu sunt diferit. Sunt curios.

– Nu cred că vom afla vreodată. Nu cred că poliţia va afla vreodată.

– Poate că nu. Cu siguranţă vor avea foarte puţine informaţii pe care să se bazeze. Dar noi suntem într-o poziţie puţin diferită de cea a poliţiei.

– Ce vrei să spui, Philip?

– Păi, avem câteva informaţii din interior. Puţinul pe care îl ştim e din interior – avem o idee despre ce-i face pe ceilalţi să se enerveze. Sau cel puţin tu ar trebui să ai. Să auzim părerea ta. Cine crezi că a fost?

– Nu am nici o idee, Philip.

– Atunci fă o simplă presupunere.

Mary răspunse tăios:

– Aş prefera să nu ştiu cine a făcut-o. Aş prefera nici să nu mă gândesc la asta.

– Fricoaso, zise soţul ei.

– Sincer, nu înţeleg rostul ghicitului. E mult mai bine să nu ştii. Astfel putem toţi să ne comportăm ca de obicei.

– Oh, nu, nu putem. Aici greşeşti, draga mea. Răul e deja făcut.

– Ce vrei să spui?

– Hai să o luăm pe Hester spre exemplu și pe iubitul ei tânărul și cinstitul doctor Donald. Băiat de treabă, serios, îngrijorat. Nu crede cu adevărat că ea a făcut-o, dar nici nu e sigur că e nevinovată! Așa că se uită la ea neliniștit atunci când crede că ea nu-l vede. Dar ea observă. Așa că iată! Poate că nu ea a făcut-o – tu ai ști mai bine decât mine –, dar dacă ea nu e vinovată, ce naiba poate face în legătură cu tânărul ei? Să continue să spună: „Te rog, nu am făcut-o eu!“ Dar asta ar spune oricum.

– Serios, Philip, cred că-ți imaginezi tot felul de lucruri.

– Tu nu poți să-ți dai seama deloc, Polly. Hai să ne gândim la sărmanul Leo. Planul de nuntă cu Gwenda pare din ce în ce mai îndepărtat. Fata e foarte supărată din cauza asta. Nu ai observat?

– Chiar nu pot înțelege de ce tata vrea să se recăsătorească la vârsta lui.

– El știe de ce! Dar mai știe și că orice urmă de legătură amoroasă cu Gwenda îi face pe amândoi principalii suspecți. Ciudat.

– E bizar să te gândești chiar și pentru un moment că tata a ucis-o pe mama! zise Mary. Astfel de lucruri nu se întâmplă.

– Ba da, se întâmplă. Citește ziarele.

– Nu în cazul nostru.

– Crima nu este snoabă, Polly. Și mai este Micky. Ceva îl roade. E un flăcău ciudat și răutăcios. Tina pare senină, neîngrijorată, neafectată. Dar maschează mai bine decât toți. Și mai este și sărmana Kirsty.

Expresia lui Mary se însufleți.

– Asta ar fi o idee!

– Kirsty?

– Da. La urma urmei, este străină. Și cred că a avut dureri de cap foarte puternice acum un an sau doi... Pare mult mai probabil să o fi făcut ea decât oricare altul dintre noi.

– Sărmanul drăcușor, zise Philip. Nu înțelegi că asta își spune și ea? Că toți vom crede că ea e făptașul? Din comoditate. Pentru că ea nu e membră a familiei. Nu ai observat astă-seară cât de îngrijorată era? Și e în aceeași poziție ca Hester. Ce poate ea să facă sau să spună? Să ne zică tuturor: „Nu mi-am ucis prietena, pe cea care m-a angajat"? Ce greutate poate să aibă o astfel de declarație? Poate că, pentru ea, e cel mai mare chin, mai mare decât pentru oricine altcineva. Pentru că ea e singură. Va rememora fiecare cuvânt spus, fiecare privire nervoasă îndreptată vreodată împotriva mamei tale – se va gândi că toate vor fi folosite împotriva ei. Nu-și poate dovedi nevinovăția.

– Aș vrea să te calmezi, Phil. În cele din urmă, ce putem noi să facem?

– Nu putem decât să încercăm să aflăm adevărul.

– Dar cum ar fi posibil așa ceva?

– Ar putea fi câteva mijloace. Aș vrea să le încerc. Mary îl privi neliniștită.

– Ce fel de mijloace?

– Să spun diverse lucruri... Să văd cum reacționează oamenii... Am putea să spunem niște lucruri – făcu o pauză pentru a se gândi – lucruri care ar putea însemna ceva pentru o persoană vinovată și cu totul altceva pentru una nevinovată. Tăcu din nou, lăsând gândurile să îi invadeze mintea. Ridică privirea și zise: Nu vrei să-i ajuți pe cei nevinovați, Mary?

– Nu.

Cuvântul explodă când fu rostit. Veni alături de el și îngenunche lângă scaunul lui.

– Nu vreau să te amesteci în asta, Phil. Nu începe să faci afirmații și să pui capcane. Las-o baltă. Oh, pentru numele lui Dumnezeu, las-o baltă!

Philip își ridică sprâncenele.

– Așa-aa, zise el. Și-i puse o mână pe capul auriu și mătăsos.

III

Michael Argyle stătea întins fără să poată dormi, holbându-se la întuneric. Gândurile i se învârteau în cap ca o veveriță într-o cușcă, recapitulând cele petrecute în trecut. De ce nu-l putea uita? De ce să îl urmărească trecutul pe parcursul întregii vieți?

Ce importanță avea? De ce trebuia să-și amintească atât de bine încăperea veselă din mahalaua londoneză și felul cum era numit: „Micky al nostru"?

Atmosfera, palpitantă ca de obicei! Distracție pe străzi! Înhăitarea cu alți băieți! Mama lui cu părul ei blond, strălucitor (decolorare ieftină, gândi el cu înțelepciunea lui de adult), furia ei subită atunci când îl bătea fără milă (din cauza ginului, bineînțeles!) și veselia sălbatică pe care o afișa atunci când era binedispusă. Cine de pomină cu pește și cartofi prăjiți, și cântece - balade sentimentale. Câteodată se uitau la poze. Acolo erau întotdeauna unchii, bineînțeles - așa trebuia să le spună el tot timpul. Tatăl lui plecase înainte să și-l amintească... Dar mama sa nu îi permitea unchiului din ziua respectivă să îl atingă. „Lasă-l pe Micky al nostru în pace", zicea ea.

Apoi se făcu simțită agitația premergătoare războiului. Așteptarea bombardamentelor lui Hitler... a sirenelor. Gemetele plângăcioșilor. Coborau în metrou și stăteau acolo nopți întregi. Era distractiv! Toți vecinii erau acolo cu sendvișuri și sticle de băuturi efervescente. Și trenurile care circulau toată noaptea. Aceea era viața pe care o avusese! În mare măsură!

Apoi venise aici - la țară. Un loc mort, dar viu, în care nu se întâmpla niciodată nimic!

– O să te întorci, scumpule, când se va termina totul, așa îi spusese mama sa cu inima ușoară, ca și cum nimic nu ar fi adevărat. Nu părea că o deranjează plecarea lui. Și de ce nu se întorsese? O grămadă de copii de pe stradă fuseseră evacuați împreună cu mamele lor. Dar mama lui n-a vrut să plece. Se îndrepta spre nord (cu unchiul din momentul respectiv unchiul Harry) să lucreze la o fabrică de muniție. Trebuia să-și fi dat seama atunci, în ciuda despărțirii pline de afecțiune. De fapt, nu-i păsa deloc... Ginul, gândi el, asta e tot ce o interesa pe ea, ginul și unchii...

Iar el era aici, capturat, prizonier, având parte de mâncăruri ciudate și fără gust; mergea la culcare la ora șase, după ce lua o cină prostească cu lapte și biscuiți (lapte și biscuiți!), stătea treaz, plângând, cu capul sub pătură, plângând după mama și după casă.

Femeia era de vină! Îl prinsese și nu îi mai dădea drumul. Multă vorbărie sentimentală. Îl punea mereu să joace jocuri prostești. Voia ceva de la el. Ceva ce el se încăpățâna să nu-i ofere. Nu contează. Avea să aștepte. Va fi răbdător! Iar într-o zi – într-o zi glorioasă, avea să se întoarcă acasă. Acasă pe străzi, la băieți, la minunatele autobuze roșii și la metrou, la peștele cu cartofi, la trafic și la pisicile maidaneze – mintea îi zbura la toate aceste minunății. Trebuia să aștepte. Războiul nu putea ține la nesfârșit.

El era blocat în acest loc prostesc, în timp ce Londra era bombardată și jumătate era incendiată... la naiba! Ce vâlvătaie trebuie să fi fost, și oamenii erau omorâți, și casele erau dărâmate. Își imagina totul în culori. Nu mai conta nimic. Când se va sfârși războiul, el se va întoarce la mama. Iar ea va fi surprinsă de cât de mult a crescut.

Pe întuneric, Micky Argyle expira cu un șuierat prelung. Războiul s-a sfârșit. I-au învins pe Hitler și pe Mussolini. Câțiva dintre copii se întorceau acasă. În curând... Apoi ea s-a întors de la Londra și i-a spus că el va locui de acum înainte la Sunny Point și va fi băiatul ei...

– Unde este mama mea? A lovit-o o bombă? o întrebă el.

Dacă fusese lovită de o bombă... asta e, nu era foarte rău. Se mai întâmplase și cu mamele altor copii. Dar doamna Argyle i-a răspuns:

„Nu, nu a fost omorâtă. Dar are o muncă grea și nu e în stare să aibă grijă de un copil“ – ceva de genul, în orice caz; vrăjeli care nu însemnau nimic... Mama lui nu îl iubea, nu-l mai voia înapoi... Trebuia să rămână acolo, pentru totdeauna...

Se furișă după aceea, încercând să tragă cu urechea la conversații, și în cele din urmă chiar auzi ceva, doar o frântură de discuție între doamna Argyle și soțul ei. „Foarte fericită să scape de el – absolut indiferentă“. Și ceva despre o sută de lire.

Așa că a aflat – mama lui îl vânduse pentru o sută de lire...

Umilința, durerea... Nu trecuse niciodată peste ele... Și ea îl cumpărase! O vedea vag ca întruchiparea puterii, ca pe cineva în fața căruia el, care era atât de plăpând, se simțea neajutorat. Dar avea să crească, avea să fie puternic cândva, ca bărbat. Și atunci o va ucide...

Se simțise mai bine după ce luase această hotărâre.

Mai târziu, când venise timpul să meargă la școală, lucrurile se mai îmbunătățiseră. Dar ura sărbătorile din cauza ei. Aranja totul, plănuia, îi oferea tot felul de cadouri. Părea nedumerită din cauza indiferenței lui. Ura să fie sărutat de ea... Și chiar și mai târziu, găsise plăcere în a pune bețe în roate tuturor planurilor care îl vizau. Să lucreze la o bancă!

O companie petrolieră. Nu, nu era pentru el. El trebuia să-și găsească singur de lucru.

Când fusese la facultate, încercase să-și găsească mama. Descoperise că murise de câțiva ani – murise într-un accident de mașină condusă de un bărbat beat...

Ce-l făcea să nu dea totul uitării? De ce să nu se simtă bine și să-și continue viața? Nu știa de ce.

Iar acum – ce avea să se întâmple acum? Era moartă, nu-i așa?

Se gândea că-l cumpărase pentru o sută de lire amărâte. Se gândea că putea cumpăra orice – case și mașini – și copii, din moment ce nu avea nici unul al ei. Își imagina că e Dumnezeu Atotputernicul!

Ei, iată că nu fusese. Doar o lovitură cu vătraiul în cap și devenise un cadavru! (ca și cel cu părul auriu din accidentul de mașină de pe Great North Road...)

Era moartă, nu-i așa? De ce să-și facă griji? Ce se întâmpla cu el? Era oare faptul că nu o mai putea urî din cauză că era moartă?

Deci așa era moartea...

Se simțea pierdut fără ura ei – pierdut și speriat.

CAPITOLUL 12

I

În dormitorul ei impecabil de curat, Kirsten Lindstrom își împletea părul blond și încărunțit în două cosițe, pregătindu-se de culcare.

Era îngrijorată și speriată.

Poliției nu îi plăceau străinii. Ea locuia în Anglia de atâta vreme, încât nu se mai simțea străină. Totuși, poliția nu avea de unde să știe asta.

Dar acel doctor Calgary... de ce venise și îi făcuse una ca asta? Se făcuse dreptate.

Se gândea la Jacko și își repeta întruna că se făcuse dreptate. Se gândea la el, deoarece îl cunoscuse de când era doar un băiețel.

Întotdeauna, da, întotdeauna fusese un mincinos și un escroc! Dar era atât de șarmant, de atrăgător! Întotdeauna era iertat. Întotdeauna cineva încerca să îl scoată basma curată.

Mințea atât de bine. Acesta era adevărul crud. Că mințea atât de bine, încât oricine îl credea... nimeni nu putea să nu îi dea crezare. Nemernicul și crudul Jacko.

Doctorul Calgary putea să creadă mult și bine că știa despre ce vorbea! Dar se înșela. Locurile, momentele și alibiurile existau, într-adevăr! Jacko putea să aranjeze astfel de lucruri cu multă ușurință. Nimeni nu îl cunoștea pe Jacko așa cum îl cunoștea ea.

Ar fi crezut-o cineva dacă le-ar fi spus cine era, de fapt, Jackie? Și acum... mâine, ce avea să se întâmple? Trebuia să vină poliția. Și toată lumea era atât de nefericită și de suspicioasă. Se uitau unii la alții... neștiind ce să creadă.

Și ea îi iubea pe toți atât de mult... atât de mult. Știa despre ei mai mult decât oricine altcineva. Mult mai mult decât știuse doamna Argyle. Asta pentru că doamna Argyle fusese orbită de instinctul ei matern posesiv. Ei erau copiii ei – întotdeauna îi vedea ca și cum ar fi fost ai ei. Dar Kirsten îi vedea ca pe niște individualități – ca fiind ei înșiși – cu toate calitățile și defectele lor. Presupunea că, dacă ar fi avut copiii ei, și ea ar fi fost la fel de posesivă. Dar ea nu era genul de femeie mămoasă. Și-ar fi canalizat dragostea către soțul pe care nu l-a avut niciodată.

Îi era greu să înțeleagă femeile de genul doamnei Argyle – înnebunită după o grămadă de copii care nu erau ai ei și tratându-și soțul ca și cum n-ar fi existat! El era un bărbat cumsecade, nu exista unul mai bun. L-a neglijat, l-a dat la o parte.

Doamna Argyle era prea preocupată de ea însăși pentru a realiza ce se întâmpla sub nasul ei. Secretara aceea era o femeie atrăgătoare și foarte feminină. Ei bine, nu era prea târziu pentru Leo... sau era acum? Acum, cu redeschiderea cazului de crimă care fusese de mult îngropat, ar mai îndrăzni cei doi să își mai unească destinele?

Kirsten oftă nefericită. Ce avea să se întâmple cu ei toți? Cu Micky, cu ranchiuna aceea profundă, aproape patologică, pe care i-o purtase mamei lui adoptive. Cu Hester, atât de nesigură pe ea, atât de sălbatică. Hester, care fusese pe punctul de a-și găsi liniștea și siguranța alături de doctorul acela tânăr și drăguț. Cu Leo și Gwenda, care avuseseră motivul și, da, și oportunitatea să comită crima; de acest lucru ar trebui să fie conștienți. Cu Tina, acea ființă elegantă ca o pisică. Cu Mary, egoista cu inima rece, care, până nu s-a măritat, nu arătase nici un semn de afecțiune față de nimeni.

Cândva, se gândi Kirsten, și ea fusese foarte atașată de doamna Argyle și o admirase. Nu își aducea exact aminte când începuse să nu o mai suporte, când începuse să o judece și să o considere plină de defecte. Era atât de sigură pe sine, binevoitoare, tiranică... o încarnare a conceptului „mama știe mai bine“. Și nu era o mamă cu adevărat! Dacă ar fi născut măcar un copil, ar fi fost mai modestă.

Dar de ce să se mai gândească la Rachel Argyle? Rachel Argyle era moartă.

Trebuia să se gândească la ea însăși... și la ceilalți.

Și la ceea ce avea să se întâmple în ziua următoare.

II

Mary Durrant se trezi speriată.

Visase... Visase că era din nou copilă în New York.

Cât de ciudat. Nu se mai gândise la asta de mulți ani.

Era surprinzător că își mai amintea ceva. Ce vârstă să fi avut? Cinci ani? Șase?

Visase că fusese dusă de la hotel în locuința ei sărăcăcioasă. Că soții Argyle se întorseseră cu vaporul în Anglia și nu o luaseră cu ei. Se simți copleșită de mânie și supărare pentru o clipă sau două, până realiză că totul nu fusese decât un vis.

Ce minunat fusese! Să fie dusă cu mașina, să urce cu liftul hotelului până la etajul optsprezece. Apartamentul acela spațios, baia aceea minunată; descoperirea lucrurilor de care aveai parte când erai bogat! Dacă ar putea să rămână acolo, să le aibă pe toate pentru totdeauna...

De fapt, nu fusese greu. Tot ceea ce trebuia să facă era să dea dovadă de afecțiune; nu tocmai ușor pentru ea, căci nu era afectuoasă din fire, dar se descurcase. Și iat-o realizată pe viață! Părinți bogați, haine, mașini, vapoare, avioane, servitori la cheremul ei, păpuși și jucării scumpe. Un basm ce devenise realitate...

Păcat că ceilalți copii trebuiau să fie și ei acolo. Ăsta era războiul, bineînțeles. Sau s-ar fi întâmplat oricum? Dragostea aceea maternă neostoită! Era ceva nenatural în ea. Ceva animalic.

Întotdeauna o disprețuise puțin pe mama ei adoptivă, în orice caz, era o prostie să alegi copiii pe care îi alesese ea. Defavorizații. Cu tendințe criminale, precum Jacko. Dezechilibrată, precum Hester. Un sălbatic, precum Micky. Și Tina, creola! Nu era de mirare că toți se dovediseră răi. Cu toate astea, nu îi putea învinui că se răzvrătiseră. Ea însăși devenise rebelă. Își aduse aminte de întâlnirea ei cu Philip, un pilot tânăr și galant. De dezaprobarea mamei ei. „Atâtea căsătorii pripite. Așteaptă până se termină războiul." Dar ea nu dorise să aștepte. Avea tărie de caracter la fel ca mama ei, iar tatăl o susținuse. S-au căsătorit și războiul s-a terminat la puțin timp după aceea.

Ea și-l dorise pe Philip doar pentru ea, ca să iasă din umbra mamei. Soarta a fost cea care a învins-o, nu mama ei. Primul eşec fusese legat de manevrele financiare ale lui Philip şi apoi lovitura groaznică – poliomielita de tip paralitic. De îndată ce Philip fusese în stare să părăsească spitalul, au venit la Sunny Point. Părea inevitabil să se mute aici. Se părea că Philip însuşi credea că acest lucru era inevitabil. El îşi cheltuise toţi banii, iar alocaţia ei nu era foarte mare. Ceruse una mai consistentă, dar răspunsul pe care îl primise era că, probabil pentru o vreme, era mai înţelept să locuiască la Sunny Point. Dar şi-l dorea pe Philip pentru ea, doar pentru ea, nu voia ca el să fie cel din urmă „copil" al lui Rachel Argyle. Nu-şi dorise un copil al ei, şi-l dorea doar pe Philip. Dar chiar Philip păruse să agreeze ideea de a locui la Sunny Point.

– Ar fi mai uşor pentru tine, zise el. Iar oamenii care vin şi pleacă de acolo m-ar distrage. În plus, întotdeauna mi-a plăcut compania tatălui tău.

De ce nu dorea să fie doar cu ea, aşa cum ea dorea să fie doar cu el? De ce tânjea după compania altora... a tatălui ei, a lui Hester?

Mary simţi un val de furie neputincioasă. Mama ei, ca de obicei, ar fi făcut lucrurile în maniera ei.

Dar nu apucase să facă asta... Murise.

Şi acum avea să fie iarăşi răscolit totul. De ce, oh, de ce?

Şi de ce o fi Philip atât de interesat de acest caz? De ce punea întrebări? De ce încerca să afle totul? De ce se amesteca în ceva ce nu-l privea? De ce întindea capcane... Ce fel de capcane?

III

Leo Argyle privea cum lumina dimineţii umplea uşor camera cu o nuanţă de gri stins. Chibzuise cu mare atenţie.

Totul i se părea clar, mai exact cu ce se confruntau el şi Gwenda.

Se întinse reflectând la întreaga poveste din perspectiva superintendentului Huish. La faptul că Rachel venise şi le povestise despre Jacko. Despre furia şi ameninţările lui. Gwenda se retrăsese cu diplomaţie în camera alăturată, iar el încercase să o consoleze pe Rachel, îi spusese că făcuse bine că rămăsese fermă în faţa lui Jacko, că ajutorul pe care i-l dăduseră în trecut nu-i folosise la nimic, că de acum, la bine şi la rău, el trebuia să se descurce singur. Iar ea plecase mai liniştită.

Apoi Gwenda intrase din nou în cameră, luase scrisorile care trebuiau expediate cu poşta şi îl întrebase dacă îl mai putea ajuta cu ceva. Vocea ei transmiţând mai mult decât o făceau cuvintele. El îi mulţumi şi îi spuse că nu. Ea îi urase noapte bună şi ieşise din cameră. O luase de-a lungul holului, coborâse scările și trecuse pe lângă camera unde se afla Rachel la biroul ei, apoi ieșise din casă fără s-o vadă cineva... Iar el rămăsese singur în bibliotecă, însă nu exista nimeni care să spună dacă el coborâse sau nu în camera lui Rachel.

Așa stăteau lucrurile - avuseseră amândoi o ocazie favorabilă.

Și motivul, pentru că pe atunci el o iubea deja pe Gwenda și ea îl iubea pe el.

Și nu exista nimeni care să poată să demonstreze vinovăția sau nevinovăția vreunuia din ei doi.

IV

La vreo patru sute de metri depărtare, Gwenda stătea întinsă cu ochii uscați, fără să poată dormi. Mâinile i se încleștară gândindu-se la cât de mult o urâse pe Rachel Argyle. Și acum, din întuneric, Rachel Argyle îi spunea: „Ai crezut că îl poți avea pe soțul meu după ce mor. Dar nu poți... nu poți. Nu o să ai parte de soțul meu niciodată".

V

Hester visa. Visa că era împreună cu Donald Craig și că acesta o lăsase pe neașteptate pe marginea unei prăpastii. Țipa de frică și atunci, de pe partea cealaltă, îl văzu pe Arthur Calgary care stătea cu mâinile întinse spre ea. Îi strigă cu reproş:

– De ce mi-ai făcut asta?

La care el îi răspunse:

– Dar am venit să te ajut...

Ea se trezi.

VI

Întinsă pe un pat mic din camera de oaspeți, Tina respira încetişor și regulat, dar nu putea dormi. Se gândea la doamna Argyle, fără recunoştință și fără resentimente – pur și simplu cu dragoste. Pentru că datorită doamnei Argyle avusese ce să mănânce și să bea, avusese căldură, jucării și alinare. O iubise pe doamna Argyle. Îi părea rău că murise...

Dar situația nu era chiar atât de simplă.

Nu contase când fusese Jacko...

Dar acum...

CAPITOLUL 13

Superintendentul Huish îi cuprinse pe toţi cu o privire blândă şi politicoasă. Vorbea pe un ton convingător, aproape scuzându-se.

– Ştiu că este dureros pentru voi toţi, că trebuie se retrăiţi totul, spuse el. Dar nu există alternativă. Bănuiesc că aţi văzut înştiinţarea. A apărut în toate ziarele de dimineaţă.

– O graţiere, adăugă Leo.

– Întotdeauna formularea ne calcă pe nervi, continuă Huish. Un anacronism, îmi place să utilizez acest cuvânt din terminologia juridică. Dar conţinutul e destul de clar.

– Asta înseamnă că aţi comis o eroare, îi răspunse Leo.

– Da, aşa e, recunoscu Huish. Noi am făcut o greşeală. După un moment de linişte adăugă: Bineînţeles că nu am avut de ales, ţinând cont că nu aveam proba prezentată de doctorul Calgary.

– Fiul meu v-a spus, atunci când l-aţi arestat, că fusese adus cu maşina în seara respectivă, rosti Leo cu răceală.

– O, da. Ne-a spus. Și ne-am străduit să verificăm informația, dar nu am reușit să dăm de vreun indiciu care să confirme versiunea lui. Îmi dau seama prea bine, domnule Argyle, că vă simțiți destul de frustrat în legătură cu toată povestea. Nu încerc să îmi caut scuze sau să-mi cer iertare. Tot ce trebuie să facem noi, polițiștii, e să strângem probe: Probele merg la procuror unde se decide dacă sunt suficiente pentru caz. În aceste circumstanțe s-a decis că erau destule probe. Dacă se poate, v-aș ruga să lăsați amărăciunea la o parte și să recapitulăm încă o dată evenimentele.

– La ce bun? replică Hester tăios. Cel care a comis aceste lucruri e departe acum și n-o să îl mai găsiți niciodată.

Superintendentul Huish se întoarse spre ea.

– S-ar putea să aveți dreptate... sau să nu aveți, îi răspunse el calm. Ați rămâne surprinsă dacă ați ști de câte ori îl găsim pe vinovat... uneori după câțiva ani. Totul ține de răbdare, răbdare și refuzul de a te da bătut.

Hester își întoarse capul, iar Gwenda se înfioră, imaginația ei bogată făcând-o să întrezărească amenințarea din spatele cuvintelor nerostite.

– Acum, dacă nu vă deranjează... continuă Huish. Îi aruncă o privire lui Leo. Vom începe cu dumneavoastră, domnule Argyle.

– Ce vreți să știți mai exact? Presupun că aveți declarația mea. Probabil nu voi mai fi atât de sigur acum. Orele exacte mai scapă.

– Suntem conștienți de acest lucru. Dar există întotdeauna posibilitatea ca un detaliu minor să iasă la lumină, ceva peste care am trecut prea ușor cu vederea la momentul respectiv.

– N-ar fi posibil ca lucrurile să fie mai clar percepute după trecerea câtorva ani? întrebă Philip.

– Ba da, este posibil, îi răspunse Huish, întorcându-și capul și privindu-l pe Philip cu un interes evident.

„Inteligent tip, gândi el. Mă întreb dacă are vreun punct de vedere propriu în această privință..."

– Acum, domnule Argyle, o să parcurgem din nou succesiunea evenimentelor. Ați luat ceaiul...

– Da. Ceaiul ne-a fost servit în salon la ora cinci, ca de obicei. Ne aflam cu toții acolo, cu excepția domnului și a doamnei Durrant, care au luat ceaiul singuri în camera lor.

– Eram mai neputincios decât sunt acum, adăugă Philip. Abia ieșisem din spital.

– De bună seamă.

Huish se întoarse la Leo.

– Cu toții însemnând...

– Eu și soția mea, fiica mea, Hester, domnișoarele Vaughan și Lindstrom.

– Și apoi? Povestiți-mi.

– După ceai am revenit aici împreună cu domnișoara Vaughan. Lucram la un capitol din cartea mea despre economia medievală, pe care îl revizuiam. Soția mea plecase în salonul pe care îl folosea ca birou, situat la parter. După cum știți, era o persoană extrem de ocupată. Se uita peste schița unui spațiu de joacă pentru copii, pe care intenționa să o prezinte consiliului local de aici.

– Ați auzit când a venit fiul dumneavoastră Jack?

– Nu. De fapt, nu știam că el era. Am auzit amândoi soneria de la intrare. Nu știam cine era.

– Cine credeați că era, domnule Argyle?

Leo avu o privire vag amuzată.

– Eram în secolul cincisprezece, la momentul respectiv, nu douăzeci. Nu m-am gândit la asta. Putea fi oricine. Soția mea, domnișoara Lindstrom; Hester și una dintre femeile care ne ajutau în gospodărie se aflau la parter. Nimeni nu se aștepta ca eu să răspund vreodată la ușă, zise el simplu.

– Și după aceea?

– Nimic. Nimic, până mai târziu când a intrat soția mea.

– Cât de târziu?

Leo se încruntă.

– Asta nu v-aș putea spune cu certitudine. La momentul respectiv cred că am precizat timpul estimativ. O jumătate de oră... Nu, mai degrabă trei sferturi de ceas.

– Am terminat ceaiul la cinci şi jumătate, interveni Gwenda. Să fi fost şapte fără douăzeci de minute când doamna Argyle a intrat în bibliotecă.

– Ea ce a spus?

Leo oftă. Apoi continuă pe un ton iritat:

– Am repetat astea de atâtea ori. Mi-a spus că Jacko venise la ea, că avea probleme, că fusese violent şi o ameninţase. Îi ceruse bani spunând că, dacă nu-i dădea, putea să ajungă la închisoare. Că ea refuzase categoric să-i dea vreun ban. Era îngrijorată dacă făcuse bine sau nu.

– Domnule Argyle, pot să vă pun-o întrebare? De ce atunci când băiatul i-a cerut bani, soţia dumneavoastră nu v-a chemat? De ce v-a spus doar după? Nu vi s-a părut ciudat la momentul respectiv?

– Nu, nu mi s-a părut ciudat.

– Mie unul mi s-ar fi părut normal să vă fi chemat. Eraţi cumva certaţi?

– O, nu. Doar că soţia mea era obişnuită să decidă singură în cazuri de acest gen. De multe ori mă întreba înainte ce părere am despre ceva, însă de obicei îmi spunea la sfârşit ce decizie luase singură. În acest caz, discutaserăm foarte mult despre problema lui Jacko – despre cum am putea proceda mai bine. Până atunci, dăduserăm greş. De câteva ori, ea plătise sume mari de bani pentru a-l proteja de consecințele faptelor lui. Deciseserăm că, dacă ar mai fi fost cazul, ar fi mai bine ca el să învețe pe pielea lui.

– Cu toate astea, ea era supărată?

– Da, era supărată. Dacă el ar fi fost mai puțin violent și amenințător, cred că ea ar fi cedat și l-ar mai fi ajutat o dată, dar atitudinea lui a reușit doar să îi întărească decizia.

– Jacko părăsise casa la momentul respectiv?

– O, da!

– Ați aflat asta singur sau v-a spus doamna Argyle?

– Mi-a spus ea. Mi-a zis că plecase înjurând și amenințând că se va întoarce și că ar fi bine că ea să aibă niște bani pregătiți pentru el.

– Erați... asta e important... erați alarmați la gândul că s-ar putea reîntoarce?

– Bineînțeles că nu eram. Eram obișnuiți cu ceea ce aş putea numi bravura lui Jacko.

– Nu v-a trecut prin cap că se va întoarce și o va ataca?

– Nu. V-am spus și atunci. Am fost uluit.

– Se pare că ați avut dreptate, adăugă Huish calm. Nu el a atacat-o. Când exact a plecat din cameră doamna Argyle?

– Asta îmi amintesc. Am discutat de atâtea ori despre asta. Chiar înainte de ora șapte. La fără șapte minute.

Huish se întoarse spre Gwenda Vaughan.

– Dumneavoastră confirmați asta?

– Da, așa a fost.

– Și conversația a decurs așa cum a prezentat-o domnul Argyle? Mai aveți ceva de adăugat? Nu s-a omis nimic?

– Nu am ascultat chiar tot. După ce doamna Argyle ne-a spus despre pretențiile lui Jacko, am considerat că era mai bine să mă retrag în caz că s-ar fi simțit stânjeniți să vorbească liber de față cu mine. Am intrat acolo – și arătă cu degetul spre ușa din spatele bibliotecii – în camera mică unde dactilografiez. Când am auzit-o pe doamna Argyle plecând, m-am întors.

– Și era șapte fără șapte minute?

– Cam șapte fără cinci.

– Și după aceea, domnișoară Vaughan?

– L-am întrebat pe domnul Argyle dacă dorea să continuăm, dar a spus că incidentul i-a întrerupt șirul gândurilor. L-am întrebat dacă-l mai pot ajuta cu ceva, dar a spus că nu. Așa că mi-am adunat lucrurile și am plecat.

– Ora?

– Șapte și cinci.

– Ați coborât la parter și ați mers la ușa din față?

– Da.

– Camera de zi a doamnei Argyle era imediat la stânga, lângă ușa de la intrare?

– Da.

– Ușa era deschisă?

– Nu era închisă – era întredeschisă cam de o jumătate de metru.

– Ați intrat sau i-ați urat noapte bună?

– Nu.

– Nu obișnuiați să faceți acest lucru?

– Nu. Ar fi un gest prostesc din partea mea să o deranjez de la ceea ce făcea, doar pentru a-i ura noapte bună.

– Dacă ați fi intrat, poate că i-ați fi descoperit trupul zăcând fără suflare.

Gwenda ridică din umeri.

– Presupun că așa ar fi fost. Dar bănuiesc – de fapt, toți credeam la momentul respectiv că a fost ucisă mai târziu. Nu prea ar fi avut cum s-o facă Jacko.

Ea se opri.

– Încă vă gândiți la posibilitatea ca Jacko s-o fi făcut. Dar acum, situația s-a schimbat. Deci e posibil ca atunci ea să fi fost deja moartă?

– Presupun că da.

– Ați părăsit casa și ați mers direct acasă?

– Da. Am și vorbit cu proprietara când am ajuns.

– Așa. Și nu v-ați întâlnit cu nimeni pe drum, aproape de casă?

– Nu cred... nu.

Gwenda se încruntă.

– Nu-mi amintesc prea bine acum... Era rece și întuneric, iar strada asta e înfundată la un capăt. Nu cred că am trecut pe lângă cineva până nu am ajuns la Red Lion. Acolo se aflau câteva persoane.

– A trecut vreo mașină pe lângă dumneavoastră?

Gwenda păru surprinsă.

– O, da, îmi amintesc că a trecut o mașină. M-a stropit pe fustă. A trebuit să o curăț de noroi când am ajuns acasă.

– Ce model de mașină era?

– Nu-mi amintesc. Nu am băgat de seamă. A trecut pe lângă mine când intram pe strada noastră. Putea să se îndrepte spre oricare dintre case.

Huish se întoarse către Leo.

– Spuneați că ați auzit soneria la puțin timp după ce soția dumneavoastră a plecat din cameră?

– Păi, așa cred. Nu am fost niciodată foarte sigur.

– Cam pe la ce oră se întâmpla asta?

– Habar n-am. Nu m-am uitat la ceas.

– Nu cumva ați crezut că fiul dumneavoastră, Jacko, se întorcea acasă?

– Nu m-am gândit la asta. Mă apucasem din nou de lucru.

– Încă ceva, domnule Argyle. Știați că fiul dumneavoastră era căsătorit?

– Nu aveam nici cea mai mică bănuială.

– Nici mama lui? Nu credeți că ei îi spusese, dar ea nu v-a informat?

– Sunt foarte sigur că nici ea nu a avut habar. Mi-ar fi spus într-o clipită. Am fost șocat când, în ziua următoare, m-am trezit cu soția lui la ușă. Nu mi-a venit să cred când domnișoara Lindstrom a intrat în camera asta și mi-a spus: „Jos se află o tânără care pretinde că e soția lui Jacko. Nu are cum să fie adevărat“. Erai foarte supărată, nu-i așa, Kirsty?

– Nu îmi venea să cred, răspunse Kirsten. I-am cerut să repete ceea ce mi-a spus și apoi am urcat la domnul Argyle. Mi se părea imposibil.

– Înțeleg că ați fost foarte amabil cu ea, îi spuse Huish lui Leo.

– Am făcut ce am putut. Știți, ea s-a recăsătorit. Sunt foarte bucuros de asta. Soțul ei pare un tip cumsecade.

Huish dădu din cap. Apoi se întoarse spre Hester.

– Acum, domnișoară Argyle, spuneți-mi, vă rog, ce ați făcut după ce ați luat ceaiul în ziua respectivă.

– Acum nu prea îmi mai amintesc, răspunse Hester bosumflată. Cum aş putea să îmi mai amintesc? Au trecut doi ani. Aş fi putut să fac orice, că nu îmi mai amintesc.

– De fapt, cred că aţi ajutat-o pe domnişoara Lindstrom să spele setul de ceai.

– Aveţi perfectă dreptate, îi răspunse Kirsten. Apoi, adăugă ea, ai urcat la etaj şi ai mers în dormitorul tău. Voiai să ieşi în oraş mai târziu. Să vezi o reprezentaţie de amatori a piesei *Aşteptându-l pe Godot* la teatrul din Drymouth.

Hester părea tot ursuză şi necooperantă.

– Aveţi totul consemnat în declaraţiile de atunci, îi spuse ea lui Huish. De ce trebuie să repet?

– Pentru că nu se ştie niciodată ce ne-ar putea ajuta. Aşa că, domnişoară Argyle, la ce oră aţi plecat de acasă?

– La ora şapte, sau aşa ceva.

– Aţi auzit altercaţia dintre mama şi fratele dumneavoastră, Jack?

– Nu, nu am auzit nimic. Eram sus.

– Dar aţi văzut-o pe doamna Argyle înainte de a pleca?

– Da. I-am cerut nişte bani. Tocmai voiam să ies când mi-am amintit că rezervorul maşinii mele era aproape gol. Trebuia să fac plinul în drum spre Drymouth. Aşa că înainte de a pleca am intrat pe la mama și i-am cerut niște bani – câteva lire – de atâtea aveam nevoie.

– Și vi i-a dat?

– Kirsty mi i-a dat.

Huish o privi ușor surprins.

– Nu-mi amintesc să fi spus asta în prima declarație.

– Ei, așa s-a întâmplat, îi răspunse Hester sfidătoare. Am intrat și am întrebat dacă îmi dă niște bani. Kirsten m-a auzit de pe hol și mi-a strigat că are ea câteva lire și că mi le va da. Și ea se pregătea să iasă. Și mama mi-a spus: „Da, ia banii de la Kirsty".

– Voiam să merg la Institutul Femeii să duc niște cărți despre aranjamentele florale, spuse Kirsten. Știam că doamna Argyle era ocupată și n-am vrut să fie deranjată.

Hester interveni cu o voce îngrijorată:

– Ce contează cine mi-a dat banii? Ați vrut să aflați când am văzut-o ultima dată pe mama în viață. Atunci am văzut-o ultima dată. Stătea la masă și-și bătea capul cu o mulțime de schițe. I-am spus că voiam niște bani, iar când Kirsten mi-a strigat că îmi dă ea, am luat banii și am intrat în camera mamei să îi urez noapte bună; ea mi-a spus că speră că îmi va plăcea piesa și să am grijă cum conduc. Întotdeauna îmi spunea asta. Apoi am intrat în garaj și am scos mașina.

– Şi domnişoara Lindstrom?

– O, ea a plecat imediat după ce mi-a dat banii.

Kirsten Lindstrom adăugă repede:

– Hester a trecut cu maşina pe lângă mine chiar când am ajuns la capătul străzii. Trebuie să fi plecat aproape imediat după mine. Ea a luat-o la deal, spre şoseaua principală, iar eu la stânga, spre sat.

Hester deschise gura ca şi cum ar fi vrut să spună ceva, apoi o închise repede.

Huish se întrebă dacă Kirsten dorea să scoată în evidenţă faptul că Hester nu ar fi avut timp să comită crima. Nu era posibil ca, în loc de noapte bună, Hester să se fi certat cu mama ei şi s-o fi lovit cu vătraiul?

Se întoarse încetişor spre Kirsten şi îi spuse:

– Acum, domnişoară Lindstrom, să auzim ce vă aduceţi aminte în legătură cu cele întâmplate.

Femeia era agitată. Îşi frământa întruna mâinile.

– Am luat ceaiul. Aşa cum s-a mai spus. Hester m-a ajutat. Apoi a urcat la etaj. Mai târziu a venit Jacko.

– L-aţi auzit?

– Da. Eu i-am deschis uşa. Mi-a spus că şi-a pierdut cheia. A mers direct în camera mamei lui. La un moment dat, l-am auzit zicând: „Am intrat într-un mare bucluc. Trebuie să mă ajuţi", şi mai departe nu am mai auzit. M-am întors în bucătărie. Erau lucruri de pregătit pentru cină.

– L-ați auzit plecând?

– Da, l-am auzit țipând. Am ieșit din bucătărie. El stătea pe holul din față – foarte nervos și striga că se va întoarce și că ar fi bine ca mama lui să aibă banii pregătiți. Altfel... Asta a spus-o chiar el: „Altfel..." Era o amenințare.

– Apoi?

– A ieșit trântind ușa în urma lui. Doamna Argyle a ieșit pe hol. Era foarte palidă și supărată. A vrut să știe dacă am auzit. Am întrebat-o dacă el are probleme. Ea a dat din cap. Apoi a urcat scările spre biblioteca domnului Argyle. Am așezat masa pentru cină, apoi am mers să îmi pun ținuta de oraș. Institutul Femeii organiza o competiție de aranjamente florale în ziua următoare. Aveam niște cărți pe această temă, pe care am promis că le împrumut.

– Ați dus cărțile la institut. La ce oră v-ați întors acasă?

– Trebuie să fi fost vreo șapte și jumătate. Am intrat singură, fiindcă aveam cheie. M-am dus în camera doamnei Argyle pentru a-i transmite mulțumirile și a-i înmâna un bilet. Ea era așezată la birou, cu capul sprijinit pe palme. Vătraiul era aruncat pe jos și sertarele biroului erau scoase. Am crezut că era vorba despre un hoț. Ea fusese lovită în cap. Și avusesem dreptate. Acum știți și dumneavoastră că am avut dreptate. A fost opera unui hoț, cineva din afară!

– Cineva pe care însăși doamna Argyle l-a lăsat să intre?

– De ce nu? răspunse Kirsten sfidătoare. Era o persoană bună, întotdeauna a fost așa. Și nu îi era frică de oameni sau de lucruri. În plus, nu era singură în casă. Mai erau și alții acolo – soțul ei, Gwenda, Mary. Tot ce trebuia era să țipe.

– Dar nu a făcut asta, punctă Huish.

– Nu. Pentru că oricine ar fi fost, trebuie să îi fi spus o poveste foarte convingătoare. Ea asculta întotdeauna. Și așa, s-a așezat din nou la birou, poate pentru a-și căuta carnetul de cecuri, pentru că nu era suspicioasă, astfel încât el a avut ocazia să apuce vătraiul și să o lovească. E posibil ca el nici să nu fi intenționat să o omoare. Poate a vrut doar să o lase inconștientă și să caute bani și bijuterii.

Nu a căutat foarte minuțios, s-a mulțumit să răscolească niște sertare.

– Poate că a auzit zgomote prin casă sau și-a pierdut cumpătul. Poate și-a dat seama că a ucis-o.

Se aplecă în față.

În ochii ei se citea spaima.

– Așa trebuie să se fi întâmplat. Cu siguranță a fost așa, insistă ea.

Pe polițist îl frapa insistența ei. Să i se fi făcut frică? Ea ar fi putut să o ucidă pe doamna Argyle și apoi să tragă sertarele pentru a da impresia că fusese vorba despre un jaf. Expertiza medicală nu putuse stabili ora exactă a morții, decât intervalul dintre ora șapte și șapte și jumătate.

– Se pare că așa au decurs lucrurile, consimți el din politețe.

Ea scăpă un suspin de ușurare. Se lăsă pe spate în scaun.

El se întoarse către cei din familia Durrant.

– Nici unul dintre dumneavoastră nu a auzit nimic?

– Nici măcar un zgomot.

– Am băut ceaiul sus în camera noastră, răspunse Mary. Suntem destul de izolați de restul casei. Am stat în cameră până când am auzit pe cineva țipând. Era Kirsten. Abia o găsise pe mama moartă.

– Și până atunci nu ați părăsit camera deloc?

– Nu, nu am plecat nicăieri.

Privirea ei limpede și insistentă o întâlni pe a lui.

– Jucam picquet.

Philip se întreba ce îl îngrijora. Polly făcea exact ceea ce îi spusese el. Poate de vină erau manierele ei, calmul, lipsa de grabă.

„Polly, draga mea, ești o mincinoasă desăvârșită!" gândi el.

– Iar eu, domnule, spuse el, nu eram și încă nu sunt în stare să umblu.

– Dar se pare că sunteți mult mai bine, nu-i așa, domnule Durrant? îl întrebă superintendentul jovial. Într-o bună zi veți fi în stare să mergeți din nou.

– Mai e cale lungă până acolo.

Huish se întoarse cu fața spre cei doi membri ai familiei care, până atunci, nu scoseseră nici un sunet. Micky stătuse cu brațele încrucișate și cu un rânjet pe față. Tina, minionă și grațioasă, ședea rezemată de spătarul scaunului ei, privindu-i pe rând pe cei din încăpere.

– Știu că nici unul din voi nu se afla în casă la momentul respectiv, spuse el. Dar poate vreți să îmi amintiți ce făceați în seara cu pricina.

– Chiar trebuie să vă aducem aminte? întrebă Micky rânjind. Eu pot doar să repet ceea ce ține de mine. Eram plecat să testez o mașină. Avea probleme la ambreiaj. Toată treaba a durat mult. Am condus de la Drymouth până la Minchin Hill, pe Moor Road și m-am întors pe la Ipsley. Din păcate, mașinile sunt mute, nu pot depune mărturie.

În cele din urmă, Tina își întoarse capul ațintindu-și privirea asupra lui Micky. Fața ei era lipsită de expresie...

– Și dumneavoastră, domnișoară Argyle? Lucrați la biblioteca de la Redmyn?

– Da. Programul se termină la cinci și jumătate. Am făcut și niște cumpărături pe High Street. Apoi am pornit spre casă. Am un apartament, de fapt o garsonieră în Morecombe Mansions. Mi-am pregătit cina și m-am bucurat de o seară liniștită ascultând muzică la gramofon.

– Nu ați ieșit deloc?

– Nu, n-am ieșit deloc, răspunse ea după o mică pauză.

– Sunteți sigură în această privință, domnișoară?

– Da, foarte sigură.

– Aveți o mașină, nu-i așa?

– Da, așa e.

– Are o buburuză de mașină, zise Micky. Broscuță, broscuță, leneșă și prostuță.

– Da, am o broscuță, răspunse Tina pe un ton grav ce-i trăda frământarea.

– Unde o țineți?

– Pe stradă. Nu am garaj. Lângă bloc este o străduță plină de mașini parcate.

– Deci nu aveți nimic util să ne împărtășiți?

Huish avea motivele lui să fie insistent.

– Nu cred că mai am ce să vă spun.

Micky îi aruncă Tinei o privire pe furiş.

Huish oftă.

– Cred că nu v-a ajutat prea mult, domnule superintendent, zise Leo.

– Nu se ştie niciodată, domnule Argyle. Presupun că ştiţi care e cel mai ciudat lucru în legătură cu toată povestea.

– Eu? Nu prea pricep unde bateţi.

– Banii, răspunse Huish. Banii pe care doamna Argyle i-a retras de la bancă, incluzând aici bancnota de cinci lire pe spatele căreia scria: „Dna Bottleberry, Bangor Road, nr. 17“. În mare parte, cazul s-a bazat pe acea bancnotă şi pe altele care au fost găsite asupra lui Jack Argyle când a fost arestat. El a jurat că doamna Argyle i-a dat banii, dar, în mod cert, doamna Argyle v-a spus dumneavoastră şi domnişoarei Vaughan că ea nu i-a dat nici un sfanţ. Atunci cum a ajuns acea bancnotă în posesia lui? E posibil ca el să se fi întors aici, iar probele înaintate de doctorul Calgary susţin acest lucru. Aşa că trebuie s-o fi avut la el atunci când a plecat de aici. Cine i-a dat-o? Dumneavoastră?

El se întoarse direct către Kirsten Lindstrom, care se înroşi de indignare.

– Eu? Nu, normal că nu eu i-am dat-o. Cum aş fi putut face asta?

– Unde erau ținuți banii pe care doamna Argyle îi retrăsese de la bancă?

– De obicei, îi ținea în sertarul biroului, răspunse Kirsten.

– Sub cheie?

Kirsten se gândi un moment.

– Probabil că închidea sertarul atunci când mergea la culcare.

Huish o privi pe Hester.

– Ați luat dumneavoastră bani din sertar și i-ați dat fratelui dumneavoastră?

– Nici nu știam că el se afla acolo. Cum aș fi putut lua fără să-i cer voie mamei?

– I-ați fi putut lua cu ușurință atunci când mama dumneavoastră a urcat în bibliotecă pentru a se sfătui cu tatăl dumneavoastră, sugeră Huish.

El încercă să vadă dacă fata îi va cădea sau nu în plasă. Ea căzu în capcană.

– Dar Jacko plecase înainte de asta. Eu... Ea se opri tulburată.

– Văd că știți când a plecat fratele dumneavoastră, îi zise Huish.

Hester îi răspunse repede și vehement.

– Eu... eu știu acum. Nu știam atunci. Jur că eram sus în camera mea. Nu am auzit absolut nimic. Și oricum, nu aș fi vrut să-i dau lui Jacko bani.

– Şi vă mai spun ceva, zise Kirsten. Fața îi era roşie de indignare. Dacă aş fi vrut să îi dau bani lui Jacko, i-aş fi dat din banii mei! Nu i-aş fi furat!

– Sunt sigur că nu ați fi făcut asta, răspunse Huish. Dar vedeți dumneavoastră unde ajungem? Doamna Argyle, în ciuda a ceea ce v-a spus – şi Huish îl privi pe Leo –, se pare că ea însăşi i-a dat banii.

– Nu pot să cred acest lucru. De ce nu mi-ar fi spus, dacă ar fi făcut-o?

– Nu ar fi prima mamă mai indulgentă cu fiul ei decât ar recunoaşte.

– Huish, nu aveți dreptate. Soția mea niciodată nu se eschiva.

– Cred că de data asta a făcut-o, fu de părere Gwenda Vaughan. De fapt, cred că lucrurile s-au petrecut exact cum a spus superintendentul, e singura explicație plauzibilă.

– Până la urmă, zise Huish încet, trebuie să abordăm acum totul dintr-o altă perspectivă. La momentul arestării, credeam că Jack Argyle mințea. Dar acum am aflat că a fost luat cu maşina de Calgary, deci, putem presupune că a spus adevărul şi în legătură cu banii. Spunea că mama lui i-i dăduse. Aşadar, probabil că aşa a şi fost.

Se aşternu liniştea, o linişte stânjenitoare. Huish se ridică.

– Ei bine, vă mulțumesc. Mă tem că probele au cam dispărut, deși nu se știe niciodată.

Leo îl conduse la ușă. Când se întoarse, spuse oftând:

– Ei bine, cam atât. Deocamdată.

– Pentru totdeauna, zise Kirsten.

– Nu se va afla niciodată. Ce bine ne-ar putea face? țipă Hester.

– Draga mea.

Tatăl ei se îndreptă spre ea.

– Liniștește-te, copilă. Nu fi atât de nervoasă. Timpul vindecă totul.

– Unele lucruri nu se pot vindeca. Ce vom face? Of, ce vom face?

– Hester, vino cu mine! Kirsten îi puse o mână pe umăr.

– Nu vreau pe nimeni!

Hester fugi din cameră. Un moment mai târziu auziră ușa de la intrare trântindu-se.

– Toate astea nu îi fac bine, continuă Kirsten.

– Nu prea cred că e adevărat, zise Philip Durrant îngândurat.

– Ce nu e adevărat? îl întrebă Gwenda.

– Faptul că nu vom ști niciodată adevărul. Simt o furnicătură în vârful degetelor.

Un zâmbet ciudat lumină fața lui de faun, aproape răutăcioasă.

– Te rog, Philip, ai grijă, îi spuse Tina.

El o privi surprins.

– Micuța Tina, Și ce știi tu despre toate astea?

– Sper să nu știu nimic, îi răspunse Tina răspicat.

CAPITOLUL 14

– Presupun că nu ați aflat nimic, nu-i așa? întrebă șeful poliției.

– Nimic sigur, domnule, îi răspunse Huish. Totuși, nu am pierdut timpul aiurea.

– Hai, să auzim.

– Ei bine, ipotezele și orele sunt cam aceleași. Doamna Argyle era în viață înainte de ora șapte, a vorbit cu soțul dumneaei și cu Gwenda Vaughan, apoi s-a întâlnit la parter cu Hester Argyle. Nu e posibil ca aceste trei persoane să fie în cârdășie. Jacko Argyle iese din socoteală, asta însemnând că ar fi putut fi ucisă de Gwenda Vaughan la șapte și cinci minute, când a plecat, de Hester, cu puțin înainte, de Kirsten Lindstrom, mai târziu, când s-a întors – puțin înainte de șapte și jumătate, să zicem. Faptul că Durrant e paralizat este un alibi, dar alibiul soției ține de cuvântul lui. Ar fi posibil ca ea să fi coborât la parter să-și ucidă mama, dacă ar fi vrut, între șapte și șapte și jumătate. Asta ar însemna că soțul ei a susținut-o. Totuși, nu știu de ce ar fi ucis-o. De fapt, din câte îmi dau seama, doar două persoane ar fi avut un motiv întemeiat s-o facă. Leo Argyle și Gwenda Vaughan.

– Crezi că unul din cei doi sau amândoi?

– Nu cred că au acționat împreună. Din câte mi-am dat seama, este vorba despre o crimă impulsivă, nu premeditată. Doamna Argyle urcă în bibliotecă, le spune celor doi despre amenințările lui Jacko și despre faptul că i-a cerut bani. Ținând cont de asta, mai târziu, Leo Argyle coboară pentru a vorbi cu ea despre Jacko sau despre altceva. În casă era liniște, nimeni în jur. El merge în salon. Acolo se afla doamna Argyle, cu spatele la ușă, stând la birou. Tot acolo era și vătraiul pe care Jacko îl aruncase pe jos după ce o amenințase pe doamnă. Oamenii tăcuți, introvertiți, mai răbufnesc câteodată. Își pune o batistă pe mână ca să nu lase amprente, o lovește cu vătraiul în cap și... s-a sfârșit. Scoate un sertar, două pentru a da impresia că acel cineva a vizat banii. Apoi urcă la etaj, până când cineva îi descoperea trupul neînsuflețit. Sau ar mai putea exista posibilitatea ca Gwenda Vaughan, în drum spre ieșire, să fi aruncat o privire în cameră și să fi profitat de ocazie. Jacko era țapul ispășitor ideal, iar calea spre căsătoria cu Leo Argyle ar fi fost deschisă.

Maiorul Finney dădu îngândurat din cap.

– Da. E posibil să se fi întâmplat așa. Bineînțeles că au fost destul de atenți să nu-și anunțe logodna prea repede după crimă. Nu până ce sărmanul drăcușor de Jacko a fost acuzat de crimă. Da, mi se pare plauzibil. Crimele se desfășoară după scenarii relativ asemănătoare. Soțul împreună cu cineva sau soția împreună cu cineva – același tipar arhicunoscut. Dar ce putem face în legătură cu asta, domnule Huish? Ce spuneți? Ce putem face?

– Domnule, nu prea știu ce am putea face. Putem fi noi siguri... dar unde sunt probele? Cu ce ne ducem în fața Curții?

– Nu, nu. Dar sunteți sigur, domnule Huish? Sunteți sigur în sinea dumneavoastră?

– Nu atât de sigur pe cât mi-aș dori să fiu, răspunse trist superintendentul.

– Ah! De ce nu?

– Fiindcă știu ce tip de om este... mă refer la domnul Argyle.

– Nu este tipul criminalului?

– Nu vorbesc despre partea legată de crimă. La băiat mă refer. Nu îl cred în stare să-i însceneze deliberat crima băiatului.

– Țineți cont de faptul că nu era fiul său. Poate că nu îi păsa prea mult de el, poate că avea resentimente față de afecțiunea exagerată pe care soția lui i-o purta băiatului.

– Se poate. Totuși, pare să-și iubească toți copiii. Pare atașat de ei.

– Bineînțeles, răspunse gânditor Finney. Era conștient de faptul că băiatul nu va fi spânzurat. Acest lucru ar fi putut face diferența.

– Ah, s-ar putea să aveți dreptate în privința asta, domnule. E posibil să fi fost de părere că zece ani de închisoare, care e echivalentul închisorii pe viață, nu îl vor afecta pe băiat.

– Dar în legătură cu tânăra Gwenda Vaughan?

– Dacă ea e făptașa, zise Huish, nu cred că ar fi avut scrupule în ceea ce-l privește pe Jacko. Femeile sunt nemiloase.

– Oricum, sunteți convins că e unul din cei doi?

– Da, sunt destul de convins.

– Doar atât și nu mai mult? insistă șeful poliției.

– Atât doar. Se întâmplă ceva. Ceva cu subînțeles, am putea spune.

– Puteți fi mai explicit, domnule Huish?

– Mi-aș dori foarte mult să știu ceea ce gândesc ei. Unul despre altul.

– O, înțeleg unde batеți. Vă întrebați dacă ei înșiși știu cine e vinovatul?

– Da. Nu pot să mă hotărăsc. Știu toți? Dacă au consimțit toți să păstreze secretul? Nu prea cred asta. Cred că e posibil ca fiecare să aibă idei diferite. Iar femeia suedeză e un pachet de nervi. E pe punctul de a ceda. Poate pentru că ea e vinovata. E la vârsta la care femeile se țicnesc, într-un fel sau altul. S-ar putea să-și facă griji pentru ea sau pentru altcineva. Am impresia, deși aș putea greși, că e a doua posibilitate.

– Pentru Leo?

– Nu, nu cred că-și face griji pentru Leo. Cred că pentru tânăra... Hester.

– Hmm, Hester? Există posibilitatea ca Hester să fi fost făptașa?

– Nu există vreun motiv aparent. Dar e o fire pasională, poate un pic dezechilibrată.

– Probabil că Lindstrom știe mult mai multe despre fată decât știm noi.

– Da. Și mai e micuța brunetă care lucrează la bibliotecă.

– Ea nu se afla în casă în seara cu pricina, nu-i așa?

– Nu, dar am impresia că știe ceva. Poate știe cine e vinovatul.

– Bănuiește? Sau știe?

– Și mai e celălalt băiat, Micky. Nici el nu a fost acolo, dar conducea și nu era însoțit de nimeni. El spune că testa o mașină spre mlaștini și Minchin Hill. Nu avem decât cuvântul lui. Putea să se oprească acasă cu mașina, să o ucidă și apoi să-și continue drumul. Gwenda Vaughan ne-a spus ceva ce nu a apărut în declarația inițială pe care a dat-o. Spunea că o mașină a trecut pe lângă ea chiar la intrarea pe străduță. Pe strada aceea se află paisprezece case, deci putea să meargă la oricare dintre ele și nimeni nu-și va mai aminti după doi ani, și există posibilitatea ca mașina să fi fost a lui Micky.

– De ce și-ar fi ucis el mama adoptivă?

– Nu cunoaștem nici un motiv, dar ar putea exista unul.

– Cine ar putea ști?

– Toți ar putea cunoaște motivul, îi răspunse Huish. Dar nu ne-ar spune. Adică nu ni l-ar divulga în mod conștient.

– Înțeleg planul tău diabolic, îi zise maiorul Finney. Pe cine veți încerca să descoaseți?

– Cred că pe Lindstrom. Dacă aș putea s-o fac să vorbească. De asemenea, sper să aflu dacă ea însăși îi purta pică doamnei Argyle. Și mai e tipul paralizat, adăugă el. Philip Durrant.

– Ce e cu el?

– Ei bine, cred că începe să aibă și el unele opinii. Nu mă aștept să mi le împărtășească, dar poate reușesc să-mi fac o idee despre modul cum gândește. E un tip inteligent și are un spirit de observație destul de bun, aș zice. Ar fi putut observa câteva chestii interesante.

II

– Hai afară, Tina, să luăm o gură de aer proaspăt.

– Aer? Tina îl privi cu îndoială pe Micky. Dar e frig, Micky. Și tremură puțin.

– Am impresia că urăști aerul curat, Tina. De aceea poți să stai îngropată în biblioteca aceea cât e ziulica de mare.

Tina zâmbi.

– Nu mă deranjează să stau „îngropată“ iarna. E atât de cald și de bine în bibliotecă!

Micky o privi cu un aer superior.

– Și stai acolo și lenevești ca o pisicuță în fața focului. Dar tot atât de bine ți-ar fi și dacă ai mai ieși pe afară. Haide, Tina. Vreau să-ți vorbesc. Of, vreau să îmi umplu plămânii cu aer curat, să uit de toată chestia cu poliția.

Tina se ridică de pe scaun cu o mișcare leneșă și în același timp grațioasă, nu departe de aceea a pisicii cu care o comparase Micky. Pe hol își trase pe ea haina de tweed cu guler îmblănit și ieșiră împreună.

– Nici măcar nu-ți iei haina, Micky?

– Nu. Nu mi-e frig niciodată.

– Brr, făcu Tina ușor. Urăsc când e iarnă în țara asta. Aș vrea să merg în străinătate. Aș vrea să merg undeva unde e mereu soare și cald.

– Tocmai am primit o ofertă de muncă în Golful Persic, la o companie petrolieră, îi zise Micky. Ceva legat de transportul auto.

– Şi mergi?

– Nu, nu cred... La ce bun?

Se duseră în spatele casei şi apoi o luară pe o cărare ce şerpuia printre copaci până la malul râului. La jumătatea drumului se afla un foişor. Nu se aşezară imediat, ci stătură în faţa lui, privind peste râu.

– E frumos aici, nu-i aşa? întrebă Micky.

Tina privi peisajul cu ochii lipsiţi de curiozitate.

– Da, îi răspunse. Da, probabil că e.

– Dar nu poţi să o spui răspicat, nu? o întrebă Micky, privind-o tandru. Nu ştii să apreciezi frumosul, Tina, niciodată nu ai ştiut.

– Nu îmi amintesc, îi răspunse ea, ca pe vremea când locuiam aici să fi pomenit vreodată de frumuseţea acestui loc. Tot timpul erai agitat, îţi doreai să te întorci în Londra.

– Atunci era altceva, îi răspunse scurt Micky. Locul meu nu era aici.

– Asta e problema, nu? Faptul că tu nu îţi găseşti locul nicăieri.

– Nu aparţin nici unui loc, îi răspunse tulburat Micky.

– Poate că e adevărat. O, Doamne, Tina, ce gând înfricoşător! Îţi aminteşti de cântecul acela vechi? Kirsten obişnuia să ni-l cânte, parcă. Ceva în legătură cu o porumbiţă. „O, dragă porumbiţă, o dulce porumbiţă, o porumbiţă cu pieptul alb imaculat." Îţi aminteşti?

Tina scutură din cap.

– Probabil ţi-l cânta ţie, dar... nu, nu mi-l amintesc.

Micky continuă să fredoneze.

– „O, draga mea, eu nu sunt aici. Nu am loc, nicăieri, nici pe mare, nici pe uscat, decât în inima ta." Apoi o privi pe Tina. Presupun că asta ar putea fi adevărat.

Tina îşi puse mâna ei mică pe braţul lui.

– Haide, Micky, aşază-te aici. E ferit de vânt şi nu e atât de rece.

În timp ce el se supunea rugăminţii ei, ea continuă:

– De ce trebuie să fii atât de nemulţumit mereu?

– Draga mea, nu poţi să pricepi nici cel mai esenţial lucru.

– Pot să îmi dau seama de multe, îi răspunse Tina. De ce nu o poţi uita, Micky?

– Să o uit? Despre cine vorbeşti?

– Despre mama ta.

– S-o uit! rosti Micky cu amărăciune. Ce şanse am s-o uit după dimineaţa asta, după interogatoriu!? Dacă cineva a fost ucis, ei nu te lasă „să uiţi"!

– Nu la asta mă refeream, zise Tina, ci la mama ta adevărată.

– De ce m-aş gândi la ea? Nu am mai văzut-o de când aveam șase ani.

– Dar, Micky, tu te-ai gândit la ea. Tot timpul.

– Ți-am spus eu vreodată asta?

– Uneori, astfel de lucruri se simt.

Micky se întoarse și o privi.

– Ești o ființă atât de tăcută, plăpândă și liniștită, Tina. Exact ca o pisicuță neagră. Mi-aş dori să îți mângâi blana. Ce pisicuță cuminte! Ce pisicuță drăguță!

Îi mângâie mâneca hainei.

Tina îi zâmbi. La rândul lui, îi zâmbi și el.

– Tu nu ai disprețuit-o, nu-i așa, Tina? Noi, ceilalți, am urât-o.

– Foarte urât din partea voastră, îi răspunse Tina. Scutură din cap și continuă cu o oarecare însuflețire: Uite ce v-a oferit! Fiecăruia dintre voi! O casă, căldură sufletească, bunătate, mâncare bună, jucării cu care să vă jucați, oameni care să aibă grijă de voi și să vă ocrotească...

– Da, da, îi răspunse Micky, nerăbdător. Farfurii cu smântână și multe mângâieri. Doar atât ți-ai fi dorit, pisicuțo, nu-i așa?

– Eu i-am fost recunoscătoare pentru toate. Dar voi, nici unul nu i-ați fost.

– Nu pricepi, Tina, că unele persoane nu pot fi recunoscătoare atunci când ar trebui să fie? În unele cazuri, recunoștința devine o obligație. Eu nu mi-am dorit să fiu adus aici. Nu am vrut să mi se ofere condiții de lux. Nu am vrut să fiu luat din casa mea.

– Casa ta putea să fie bombardată, îi explică Tina. Puteai să îți pierzi viața.

– Ce mai conta? Nu m-ar fi deranjat asta. Aș fi fost ucis în casa mea, cu ai mei în jurul meu. Într-un loc unde mă integram. Vezi? Ne întoarcem la același subiect. Nu e nimic mai rău decât sentimentul că nu ai un loc al tău. Dar tu, pisicuțo, ești interesată doar de lucruri materiale.

– Poate că într-un fel ai dreptate, recunoscu Tina. Poate că acesta este motivul pentru care nu mă simt ca voi. Eu nu simt acel resentiment ciudat pe care se pare că toți îl simțiți, și tu mai mult decât ceilalți, Micky. Mie îmi este ușor să fiu recunoscătoare pentru că, vezi tu, eu nu voiam să fiu eu însămi. Nu voiam să fiu ceea ce eram. Voiam să fug de mine. Voiam să fiu o altă persoană. Și ea m-a transformat în altcineva. M-a transformat în Christina Argyle, o fată care avea un cămin și se bucura de afecțiune. Eram în siguranță, eram protejată. Am iubit-o pe mama pentru că mi-a oferit toate aceste lucruri.

– Dar mama ta naturală? Te-ai mai gândit la ea?

– De ce aş fi făcut-o? Abia dacă mi-o mai amintesc. Adu-ţi aminte că aveam doar trei ani când m-am mutat aici. Eram speriată... mi-era frică de ea. Mă terorizau toate scandalurile cu marinarii, iar acum, că sunt destul de matură să-mi amintesc, cred că era tot timpul beată.

Tina vorbea pe un ton detaşat, cu uimire în voce.

– Nu, nu mă mai gândesc la ea, nici nu mi-o mai amintesc. Doamna Argyle mi-a fost mamă. Asta este casa mea.

– Ţie ţi-e atât de uşor, Tina.

– Şi ţie de ce ţi-e atât de greu? Pentru că aşa vrei tu să fie! Nu pe doamna Argyle ai urât-o, Micky, ci pe mama ta biologică. Da, ştiu că ceea ce spun este adevărat. Şi dacă tu ai ucis-o pe doamna Argyle, ceea ce este posibil, atunci pe mama ta ai vrut s-o ucizi.

– Tina! Despre ce naiba tot vorbeşti?

– Şi acum nu mai ai pe cine să urăşti, continuă ea pe un ton calm. Şi asta te face să te simţi cam singur, nu? Dar va trebui să înveţi să trăieşti fără ură, Micky. S-ar putea să fie greu, dar se poate.

– Habar nu am despre ce tot vorbeşti. Ce voiai să spui când ai zis că aş fi putut s-o ucid? Ştii foarte bine că nu eram prin preajmă în ziua respectivă.

Testam maşina unui client pe Moor Road până la Minchin Hill.

– Oare asta făceai?

Tina se ridică și se duse să se uite spre râul de dedesubt.

– Unde vrei să ajungi, Tina?

Micky se apropie de ea. Tina îi arătă cu degetul plaja.

– Cine sunt cei doi de acolo?

Micky aruncă o privire indiferentă.

– Cred că Hester și prietenul ei, doctorul. Dar, Tina, ce voiai să spui? Pentru Dumnezeu, nu mai sta pe margine!

– De ce? Vrei să mă îmbrâncești să cad? Ai putea s-o faci. Sunt micuță.

Micky o întrebă cu voce sugrumată:

– De ce spui că aş fi putut fi aici în seara aceea?

Tina nu îi răspunse. Se întoarse și o luă pe cărarea ce ducea spre casă.

– Tina!

Tina îi răspunse cu vocea ei joasă și blândă:

– Îmi fac griji, Micky. Îmi fac multe griji pentru Hester și Don Craig.

– Lasă-i în pace pe Hester și pe prietenul ei.

– Dar sunt foarte îngrijorată. Mă tem că Hester este foarte nefericită.

– Nu vorbim despre ei.

– Eu vorbesc despre ei. Ei contează.

– În tot acest timp ai crezut că am fost aici în seara în care a fost ucisă mama?

Tina nu-i răspunse.

– Nu ai spus nimic la momentul respectiv.

– De ce aş fi spus? Nu era nevoie. Vreau să spun că era atât de evident că Jacko a ucis-o.

– Iar acum este la fel de evident că nu Jacko a făcut-o.

Tina dădu din cap.

– Şi atunci? întrebă Micky. Şi atunci?

Ea nu-i răspunse, dar continuă să meargă pe cărarea ce ducea spre casă.

III

Pe plaja mică, Hester desena în nisip cu vârful pantofului.

– Nu văd ce ar mai fi de discutat, spuse ea.

– Trebuie să vorbim despre asta, îi răspunse Don Craig.

– Nu văd rostul. Nu rezolvi nimic vorbind despre asta.

– Mi-ai putea spune măcar ce s-a întâmplat în dimineaţa asta.

– Nimic, îi răspunse Hester.

– Cum adică nimic? A venit poliţia, nu?

– O, da, a venit.

– Ei bine, v-a interogat pe toţi?

– Da, ne-a interogat.

– Ce fel de întrebări v-a pus?

– Obişnuite, replică Hester. La fel ca şi până acum. Unde eram şi ce făceam, când am văzut-o ultima dată pe mama în viață. Serios, Don, nu mai vreau să vorbesc pe acest subiect. S-a terminat acum.

– Dar nu s-a terminat, draga mea. Tocmai asta e problema.

– Nu ştiu de ce faci atâta caz. Tu nu eşti implicat.

– Dragă, eu vreau să te ajut. Nu pricepi asta?

– Ei bine, cu discuția asta nu mă ajuți deloc. Vreau să uit. Am nevoie de tine ca să mă ajuți să uit.

– Hester, draga mea, nu trebuie să fugi de probleme. Trebuie să le înfrunți.

– Le-am înfruntat, aşa cum spui, toată dimineața.

– Hester, te iubesc. Ştii asta, nu?

– Presupun, zise ea.

– Cum adică, presupui?

– Din moment ce o ții întruna cu cele întâmplate.

– Dar trebuie să fac asta.

– Nu văd care ar fi motivul s-o faci. Tu nu eşti polițist.

– Cine a fost ultima persoană care a văzut-o pe mama ta în viață?

– Eu am fost, răspunse Hester.

– Știu. Asta s-a întâmplat cu puțin înainte de șapte, nu-i așa, chiar înainte să vii la întâlnire.

– Cu puțin înainte de a pleca la Drymouth, la teatru, confirmă Hester.

– Ei bine, eu eram la teatru, nu-i așa?

– Da, bineînțeles că acolo erai.

– Știai încă de pe atunci că te iubeam, nu?

– Nu eram sigură, îi răspunse Hester. Nu eram sigură nici de faptul că începeam să te iubesc.

– Nu aveai nici un motiv, oricât de nebunesc, de a te descotorosi de mama ta, nu-i așa?

– Nu, nu tocmai, îi răspunse ea.

– Ce vrei să spui prin „nu tocmai"?

– M-am gândit adesea cum ar fi s-o ucid, îi spuse Hester pe un ton apăsat. Obișnuiam să îmi repet: „Aș vrea să moară, aș vrea să moară". Uneori, adăugă ea, visam că o ucideam.

– Cum o ucideai în vis?

Pentru un moment ieși din pielea îndrăgostitului ca să-și asume responsabilitatea de doctor.

– Uneori o împușcam, îi spuse Hester voioasă, iar alteori o loveam în cap.

Doctorul Craig oftă.

– Era doar un vis. De multe ori se întâmplă să fiu violentă când visez.

– Ascultă, Hester. Tânărul îi luă mâna în a lui. Trebuie să îmi spui adevărul. Trebuie să ai încredere în mine.

– Nu înțeleg la ce te referi, îi răspunse Hester.

– Adevărul, Hester. Vreau adevărul. Te iubesc și-ți voi fi aproape. Dacă... dacă ai ucis-o, cred că pot afla și motivele pentru care ai făcut acest, lucru. Nu cred că ar fi fost în totalitate vina ta. Înțelegi asta? Cu siguranță, nu aș merge la poliție. Ar rămâne totul între noi doi. Nimeni nu va avea de suferit. Totul ar fi dat uitării din lipsă de probe. Dar eu trebuie să știu, și accentua aceste cuvinte.

Hester se uită la el cu ochii mari.

– Ce ai vrea să-ți spun? întrebă ea.

– Aș vrea să-mi spui adevărul.

– Tu crezi că știi deja adevărul, nu-i așa? Crezi că eu am ucis-o.

– Hester, draga mea, nu mă privi așa. El o apucă de umeri și o scutură ușor.

– Sunt doctor. Cunosc motivele care se ascund în spatele acestor fapte. Știu că oamenii nu pot fi învinuiți întotdeauna pentru faptele lor. Eu te cunosc așa cum ești – dulce, drăguță și de treabă în esență. Te voi ajuta. O să am grijă de tine. Ne vom căsători și vom fi fericiți. Nu te vei simți niciodată pierdută, nedorită sau persecutată. Adeseori, lucrurile pe care le facem au rațiuni pe care oamenii nu le înțeleg.

– Cam asta spuneam toți despre Jacko, nu-i așa?

– Lasă-l pe Jacko. Eu la tine mă gândesc. Te iubesc atât de mult, Hester, dar trebuie să știu adevărul!

– Adevărul? zise Hester.

Colțurile gurii ei se arcuiră ușor într-un zâmbet batjocoritor.

– Te rog, draga mea.

Hester își întoarse capul și privi în sus.

– Mă strigă Gwenda. Cred că e ora prânzului.

– Hester!

– M-ai crede dacă ți-aș spune că nu am ucis-o eu?

– Bineînțeles că te-aș crede.

– Nu cred că ai face-o, îi răspunse Hester.

Apoi se întoarse rapid cu spatele spre el și începu să alerge în sus pe cărare. El făcu o mișcare ca și cum ar fi vrut să o urmeze, apoi renunță.

– Of, la dracu'! zise Donald Craig. La dracu'!

CAPITOLUL 15

– Dar nu vreau să merg acasă așa repede, zise Philip Durrant, pe un ton evident iritat.

– Dar, Philip, serios, nu mai avem nici un motiv să rămânem. A trebuit să venim aici ca să ne întâlnim cu domnul Marshall și să fim intervievați de poliție. Dar acum nu ne mai reține nimic și am putea pleca acasă imediat.

– Eu cred că tatăl tău s-ar bucura dacă am mai rămâne puțin, zise Philip. Lui îi place să aibă cu cine juca șah seara. Ai cuvântul meu, e un magician când vine vorba de șah. Eu credeam că sunt destul de bun, dar nu-l voi putea depăși niciodată.

– Tata poate găsi pe altcineva cu care să joace șah, îi răspunse Mary scurt.

– Cum, să fluiere după cineva de la Institutul Femeilor?

– Și oricum, trebuie neapărat să mergem acasă, îi zise Mary. Mâine vine doamna Carden să lustruiască tacâmurile.

– Polly, menajera perfectă, zise Philip râzând. Oricum, doamna Cum-o-cheamă poate lustrui tacâmurile și de una singură, nu-i așa? Iar dacă nu, trimite-i o telegramă și spune-i că poate să le lase să mai aștepte o săptămână.

– Nu pricepi nimic din ce ține de întreținerea unei case, Philip, și de cât de greu e s-o faci.

– Nu e o muncă dificilă, decât dacă v-o faceți voi astfel. Oricum, vreau să rămân aici.

– Of, Philip, rosti Mary exasperată, urăsc atât de mult locul ăsta.

– De ce?

– E atât de mohorât, de oribil după toate câte s-au întâmplat aici. Crima și toate celelalte.

– Haide acum, Polly, nu-mi spune că ești un pachet de nervi din cauza unor chestii din astea. Sunt sigur că ai putea accepta o crimă fără să te afecteze prea mult. Nu, nu, tu vrei să mergem acasă ca să lustruiești tacâmurile, să ștergi praful și să te asiguri că moliile nu ți-au invadat haina de blană.

– Moliile nu intră în hainele de blană iarna, zise Mary.

– Ei bine, știi tu ce vreau să spun, Polly. Ai prins ideea. Dar vezi tu, din punctul meu de vedere, e mult mai interesant ceea ce se întâmplă aici.

– Mult mai interesant decât să fii la tine acasă?

Mary păru, în egală măsură, șocată și rănită de aceste cuvinte. Philip își întoarse repede privirea spre ea.

– Îmi pare rău, draga mea, nu m-am exprimat cum trebuie. Nimic nu poate fi mai frumos decât casa noastră, iar tu ai aranjat-o minunat. Confortabilă, curată, plăcută. Vezi tu, ar fi fost diferit dacă... dacă aş fi cum eram cândva. Vreau să zic că eram ocupat toată ziua. Aş fi îngropat până peste cap în treburi. Şi ar fi perfect să mă întorc la tine, la casa noastră, şi să vorbim despre tot ce s-a întâmplat peste zi. Dar acum totul e diferit.

– Of, ştiu că acum e altceva, îi zise Mary. Să nu crezi că voi uita vreodată asta, Phil. Şi mă deranjează foarte tare.

– Da, zise Philip, rostind cuvintele printre dinţi. Da, te deranjează prea mult, Mary. Te deranjează atât de mult, încât, de multe ori, asta mă face pe mine să mă stresez şi mai mult. Tot ceea ce îmi doresc e să îmi distrag atenţia, şi nu – îşi ridică mâna –, nu îmi spune că pot să fac asta jucând puzzle sau supunându-mă la diverse tipuri de terapie; aşteptând să vină oameni care să îmi administreze tratamentul, sau citind cărţi la nesfârşit. Câteodată simt nevoia să fiu provocat! Iar aici, în casa asta, există provocări.

– Philip, i se adresă Mary trăgându-şi sufletul, încă mai continui cu ideea ta plictisitoare?

– Să mă joc de-a vânătorul de ucigaşi? Crimă, crimă, dar cine a comis-o? Da, Polly, eşti pe aproape. Vreau să aflu cu disperare cine a făcut-o.

– De ce? Și cum o să afli? Dacă cineva a intrat prin efracție sau dacă a găsit ușa deschisă...

– Încă mă mai plictisești cu ideea că ar fi fost un străin? întrebă Philip.

– Nu o să renunț, știi asta.

– Bătrânul Marshall a lansat această ipoteză. De fapt, el ne încuraja. Nimeni nu crede în teoria asta frumoasă. Nu poate fi adevărată.

– Ar trebui verificată și, dacă se dovedește a fi o teorie falsă, îl întrerupse Mary, dacă totul e fals, după cum spui tu, atunci nu mai vreau să știu nimic despre asta.

Philip Durrant o privi cercetător.

– Să ne facem că plouă, Polly? Nu ești curioasă chiar deloc?

– Îți spun că nu vreau să știu nimic! Totul mi se pare oribil. Aș vrea să uit de toate și să nu mă mai gândesc la asta.

– Nu ai ținut la mama ta atât încât să vrei să știi cine a ucis-o?

– Cu ce m-ar ajuta să știu cine a ucis-o? Timp de doi ani am fost împăcată cu gândul că Jacko a ucis-o.

– Da, frumos mod de a ne împăca pe toți cu gândul, zise Philip.

Soția lui îl privi cu îndoială.

– Nu știu, chiar nu știu ce vrei să spui cu asta, Philip.

– Nu-ți dai seama, Polly, că, într-o oarecare măsură, asta este o provocare pentru mine? O provocare pentru inteligența mea? Nu spun că moartea mamei tale m-a afectat sau că ea mi-ar fi fost foarte dragă. Nu mi-a fost. A încercat din răsputeri să te împiedice să te căsătorești cu mine, dar nu i-am purtat pică pentru acest lucru, deoarece am reușit să te conving s-o faci. Nu-i așa, draga mea? Nu, nu este vorba despre o dorință de răzbunare, nici măcar despre dragoste pentru dreptate. Cred că e... da, mai degrabă doar curiozitate.

– E genul de problemă în care nu trebuie să te amesteci, fu de părere Mary. N-are rost să te amesteci în astfel de probleme. Of, Philip, te rog mult! Haide să mergem acasă și să uităm totul.

– Ei bine, zise Philip, poți să mă cari oriunde vrei, nu-i așa? Dar eu vreau să rămân aici. Nu-ți dorești și tu, câteodată, să fac ceea ce vreau *eu* să fac?

– Vreau ca tu să ai tot ceea ce-ți dorești pe lume, îi răspunse Mary.

– Nu prea cred că vrei asta, dragă. Tu vrei doar să ai grijă de mine ca de un bebeluș și să afli ce e mai bun pentru mine, în orice zi, la orice oră. Și râse.

Mary îi răspunse, privindu-l cu îndoială:

– Niciodată nu pot să-mi dau seama când vorbești serios și când glumești.

– Lăsând deoparte curiozitatea, cineva ar trebui să descopere adevărul, zise Philip Durrant.

– De ce? La ce bun? Ca să mai fie cineva trimis la închisoare? Cred că e o idee foarte proastă.

– Nu prea pricepi. Nu am spus că l-aş da pe făptaş în vileag, oricine ar fi el (dacă aş descoperi cine e). Nu cred că aş face asta. Depinde, bineînţeles, de circumstanţe. Probabil că nu aş rezolva nimic dacă l-aş da pe mâna poliţiei, din moment ce eu încă sunt de părere că nu există vreo probă fizică.

– Atunci, dacă nu există nici o probă, cum ai de gând să afli?

– Există numeroase modalităţi de a obţine informaţii, de a le scoate la iveală o dată pentru totdeauna. Şi cred că acest lucru devine imperativ. Lucrurile nu merg prea bine în casa asta, iar în curând lucrurile se vor înrăutăţi.

– Ce vrei să spui?

– Nu ai observat nimic, Polly? Ce spui despre tatăl tău şi Gwenda Vaughan?

– Ce e cu ei? De ce ar vrea tata să se căsătorească la vârsta lui...

– Asta nu pot înţelege, îi răspunse Philip. Până la urmă, a avut o căsătorie dificilă. Acum are şansa de a fi fericit cu adevărat. Fericire tardivă, dacă vrei s-o numim aşa, dar are parte de ea. Sau ar trebui să spunem că a avut parte. Lucrurile nu merg prea bine între ei acum.

– Presupun ca așa e, cu toate câte se întâmplă, răspunse Mary vag.

– Întocmai, continuă Philip. Toată povestea îi îndepărtează încet pe unul de celălalt. Și ar exista două motive pentru asta. Suspiciune și vinovăție.

– Suspiciune față de cine?

– Ei bine, să zicem a unuia față de celălalt. Sau suspiciune pe de o parte și conștientizarea vinovăției pe de altă parte, și viceversa, cum vrei s-o iei.

– Oprește-te, Philip, m-ai pierdut, zise Mary, însuflețindu-se brusc. Deci tu crezi că Gwenda e vinovată? întrebă ea. Poate că ai dreptate. Of, ce binecuvântare ar fi acest lucru.

– Biata Gwenda! Spui asta pentru că e singura care ar fi din afara familiei?

– Da, îi răspunse Mary. Vreau să spun că în acest caz nu ar mai fi unul dintre noi!

– Doar asta te interesează, nu-i așa? Modul în care ne afectează pe noi?

– Bineînțeles, zise Mary.

– Bineînțeles, bineînțeles, repetă Philip iritat. Polly, problema cu tine e că nu ai deloc imaginație. Nu te poți pune în locul altuia.

– De ce ar face cineva așa ceva? întrebă ea.

– Da, așa e, de ce ar face-o cineva? Presupun că eu, dacă aș fi sincer, aș zice să treacă timpul. Dar eu pot să mă pun în locul tatălui tău sau al

Gwendei, iar dacă ei sunt nevinovați, ce nenorocire ar fi! Ce nenorocire ar fi pentru Gwenda să fie ținută la distanță! Să știe în sufletul ei că nu va putea să se mărite cu bărbatul pe care îl iubește. Apoi pune-te tu în situația tatălui tău. El știe, nu se poate să nu știe, că femeia pe care o iubește a avut oportunitatea și motivul să comită crima. El speră că nu ea e vinovata, dar nu e sigur de acest lucru. Și ce e mai rău e că nu va ști niciodată cu siguranță.

– La vârsta lui... începu Mary.

– Of, la vârsta lui, la vârsta lui! repetă Philip nerăbdător. Nu îți dai seama că e mai grav pentru un bărbat de vârsta lui? E ultima dragoste pe care o poate avea în viață. Nu prea văd cum ar mai putea avea parte de alta. E mai complicat de atât. Și privind din celălalt punct de vedere, continuă el, să presupunem că Leo a ieșit din negurile universului propriu în care a izbutit să stea atâta timp. Să presupunem că el a lovit-o pe soția sa? Am putea să îi plângem de milă sărmanului, nu-i așa? Nu că mi-aș putea imagina, măcar pentru o clipă, că ar putea face asta, continuă el meditativ. Dar nu mă îndoiesc de faptul că poliția ar fi putut susține și varianta asta până acum. Acum, Polly, haide să auzim și versiunea ta. Cine crezi tu că a făcut-o?

– De unde să știu eu? îi răspunse ea.

– Ei, n-ai de unde să știi, îi răspunse Philip, dar ai putea să ai o idee, una foarte bună, dacă ai sta să te gândești puțin.

– Îți spun sincer că refuz să mă gândesc la vreuna.

– Mă întreb de ce... să fie vorba doar despre dezgust? Ori poate pentru că tu știi? Poate că, în mintea ta calmă și rațională, ești foarte sigură... atât de sigură, încât nu vrei să te gândești la asta, încât nu vrei să îmi spui. Pe Hester o suspectezi?

– Pentru numele lui Dumnezeu, de ce ar fi dorit Hester să o ucidă pe mama?

– N-ar avea nici un motiv evident, nu-i așa? întrebă Philip meditativ. Dar știi, mai auzi despre astfel de lucruri. Este vorba despre un fiu sau o fiică destul de bine educată, căreia i s-au făcut toate poftele, iar într-o zi face o prostioară. Părinții iubitori refuză să o mai lase la cinema, să îi mai cumpere pantofi noi, iar când iese cu iubitul îi cere să fie acasă la ora zece. Nu trebuie să fie ceva grav, dar aceste lucruri par să adâncească un conflict deja creat, iar, dintr-odată, adolescentul în cauză are o răbufnire și pune mâna pe un ciocan, un topor sau un vătrai și asta e. Întotdeauna este greu de explicat motivul, dar se întâmplă astfel de lucruri. Este punctul culminant al unui șir lung de rebeliuni tacite. Acesta este tiparul în care s-ar putea încadra și Hester. Vezi tu, problema cu Hester e că nimeni nu știe ce se petrece în capul ei frumos. E sensibilă și, bineînțeles, urăște să fie sensibilă. Mama ta era genul de persoană care îi amintea acest lucru. Da, zise Philip aplecându-se, cred că pot să construiesc un caz împotriva lui Hester.

– Of, poți să încetezi să mai vorbești despre asta! țipă Mary.

– Bine, n-o să mai vorbesc, îi răspunse el. Vorbăria nu mă va ajuta cu nimic. Sau mă va ajuta? Până la urmă, trebuie stabilit scenariul după care s-a desfășurat crima. Fiecare dintre cei implicați ar trebui să fie studiat în acest context. Apoi, după ce scenariul va fi descoperit, ar trebui puse capcane pentru a vedea cine pică.

– În casă se aflau doar patru persoane, zise Mary. Tu vorbești ca și cum ar fi fost mult mai multe. Te susțin în ideea că tata nu ar fi fost capabil s-o facă și cred că e absurd să crezi că Hester ar fi avut vreun motiv adevărat să comită crima. Mai rămân Kirsten și Gwenda.

– Tu pe care ai merge? întrebă Philip, cu o ironie vagă în voce.

– Nu îmi imaginez cum e posibil să o fi făcut Kirsty, răspunse ea. Întotdeauna a fost o persoană răbdătoare și temperată. Era chiar devotată mamei. Presupun că ar fi putut s-o ia razna subit.

S-au mai auzit astfel de lucruri, dar ea nu pare genul.

– Nu, replică Philip îngândurat, aş spune că e o femeie perfect normală, genul ăla care ar prefera o viaţă normală. Într-un fel e din acelaşi aluat ca Gwenda, cu deosebirea că Gwenda e frumoasă şi atrăgătoare, pe când sărmana Kirsty e cam fadă. Nu cred că a băgat-o în seamă vreun bărbat, deşi ea şi-ar fi dorit asta. Ar fi dat orice ca să se îndrăgostească şi să se căsătorească. Cred că nu e foarte plăcut să te fi născut femeie şi să fii fadă şi neatrăgătoare, mai ales dacă îţi lipseşte talentul ori inteligenţa. Adevărul e că ea se află aici de prea mult timp. Ar fi trebuit să plece imediat după război, să practice meseria pe care o ştie, de maseuză. Ar fi putut să se lege de vreun pacient mai în vârstă.

– Eşti la fel ca toţi bărbaţii, ripostă Mary. Şi tu crezi că femeile nu se gândesc la altceva decât la măritiş.

Philip rânji.

– Încă sunt de părere că măritişul e o prioritate pentru femei, răspunse el. Apropo, Tina are vreun iubit?

– Nu ştiu să aibă vreunul. Dar ştii că nu prea vorbeşte despre ea.

– Nu, e mută ca un şoricel, aşa e? Nu prea drăguţă, dar foarte graţioasă. Mă întreb ce o fi ştiind despre toate astea.

– Presupun că nimic, zise Mary.

– Nu crezi că știe? Eu cred că știe, își dădu el cu părerea.

– Of, sunt doar închipuiri de-ale tale.

– Nu sunt închipuiri. Știi ce a spus fata? A spus că speră să nu fi știut nimic. Ciudată exprimare. Pun pariu că știe ceva.

– Ce să știe?

– Poate că există ceva care se leagă, dar nici ea nu știe despre ce este vorba. Sper să pot scoate vreo informație de la ea.

– Philip!

– Nu are rost, Polly. Am o misiune în viață. M-am convins de faptul că e în interesul celor din jur să mă țin de ea. De unde să încep oare? Cred că o voi aborda pe Kirsty întâi. E o fire simplă, din mai multe puncte de vedere.

– Mi-aș dori, of, cât de mult mi-aș dori să renunți la toate tâmpeniile astea și să plecăm acasă! Eram atât de fericiți. Totul mergea atât de bine... Vocea i se frânse.

– Polly!

Philip era îngrijorat.

– Chiar te deranjează atât de mult? Nu mi-am dat seama că ești atât de supărată.

Mary se întoarse cu o privire în care se putea întrezări speranța.

– Atunci vei veni acasă şi vei uita de aceste lucruri?

– Nu aş putea să uit de toate, îi răspunse Philip. Doar că mi-aş face griji, aş reconstrui scenarii şi m-aş gândi. Haide să stăm aici până la sfârşitul săptămânii, Mary, şi apoi vom vedea.

CAPITOLUL 16

– Te superi dacă mai stau puțin, tată? întrebă Micky.

– Nu, bineînțeles că nu. Aș fi încântat. Totul e în regulă la firmă?

– Da, îi răspunse Micky. I-am sunat. Nu trebuie să mă întorc decât după weekend. Sunt foarte cumsecade. Tina rămâne și ea aici în weekendul acesta.

Se îndreptă spre fereastră, privi afară, se plimbă prin cameră cu mâinile în buzunare, cu privirea ațintită asupra rafturilor cu cărți.

– Știi, tată, spuse el cu o voce ciudată, sacadată. Apreciez tot ce ați făcut pentru mine. În ultima vreme mi-am dat seama cât de nerecunoscător am fost.

– Nu s-a pus niciodată problema asta, zise Leo Argyle. Ești fiul meu, Micky. Întotdeauna te-am considerat fiul meu.

– Ai un mod ciudat, de a-ți trata fiul, îi spuse Micky. Niciodată nu ai fost autoritar cu mine.

Leo Argyle zâmbi cu zâmbetul lui detașat.

– Crezi că doar ăsta e rolul unui tată? spuse el. Să fie autoritar cu copiii?

– Nu, zise Micky, nu. Presupun că nu. El continuă, vorbind precipitat: Am fost un prost, zise el. Da. Un nenorocit. E oarecum amuzant. Ştii ce aş vrea să fac, la ce mă gândesc să fac? Să accept un post la o companie petrolieră în Golful Persic. Acolo ar fi vrut mama să mă trimită de la început – într-o Companie petrolieră. Dar la momentul respectiv nu voiam. Am pornit pe cont propriu.

– Erai la vârsta aceea dificilă, zise Leo, atunci când ai vrut să îţi alegi singur viitorul şi urai ideea ca altcineva să facă alegerile pentru tine. Întotdeauna ai fost aşa, Micky. Dacă voiam să îţi cumpărăm un pulover roşu, tu insistai să ţi-l luăm pe cel albastru, deşi, probabil, ţi-l doreai de fapt pe cel roşu.

– Ai dreptate, răspunse Micky cu un râset scurt, întotdeauna am fost o fiinţă imposibil de mulţumit.

– Erai tânăr. Asta e tot. Credeai că poţi face tot ceea ce voiai. Te temeai să nu fii manipulat. Toţi avem impresia asta câteodată în viaţă, dar la final oare nu tot acolo ajungem?

– Presupun că aşa e, zise Micky.

– Sunt foarte mulţumit că ai acest plan pentru viitor. Nu cred că ar trebui să te limitezi să vinzi sau să testezi maşini. E și asta ceva, dar nu e de viitor.

– Îmi plac maşinile. Îmi place să le testez capacitățile până la limita extremă. Pot să vorbesc despre ele la nesfârşit dacă sunt nevoit. Pălăvrăgeală, pălăvrăgeală, momente de lingușeală, dar nu îmi prieşte o astfel de viață, s-o ia naiba! Oricum, noua muncă are legătură cu transporturile. Controlez service-ul vehiculelor. E o slujbă destul de importantă.

– Ştii, zise Leo, că oricând vei dori să-ți faci o afacere pe care o consideri profitabilă, banii sunt aici, la dispoziția ta. Există fondul discreționar. Sunt pregătit să autorizez orice sumă necesară cu condiția ca detaliile să fie acceptabile și aprobate. Vom angaja un expert pentru asta. Dar banii sunt disponibili, în caz că ai nevoie de ei.

– Mulțumesc, tată, dar nu vreau să te jecmănesc.

– Nu e vorba despre jecmănire, Micky, sunt banii tăi. Tot ceea ce pot să fac este să stabilesc întâlnirea, locul și data. Dar nu sunt banii mei și nu eu ți-i dau. Sunt ai tăi.

– Sunt banii mamei, zise Micky.

– Fondul a fost înființat cu câțiva ani în urmă.

– Nu vreau nici un sfanț, răspunse Micky. Nu vreau să mă ating de ei! Nu aş putea face asta! În circumstanțele astea, nu aş putea. Întâlni privirea tatălui său și se înroși. Continuă ezitant: Nu voiam... nu am vrut să sune așa.

– De ce nu poți să te atingi de ei? îl întrebă Leo. Te-am adoptat. Asta înseamnă că ne-am asumat întreaga responsabilitate în ceea ce te privește, atât financiar, cât și din alte puncte de vedere. Era vorba de un angajament care trebuia să te includă și să îți ofere cele necesare în viață.

– Vreau să mă descurc pe cont propriu, repetă Micky.

– Da. Observ asta... Foarte bine, Micky, dar dacă te vei răzgândi, amintește-ți că banii sunt aici și te așteaptă.

– Mulțumesc, tată. Mă bucur că m-ai înțeles. Sau cel puțin, dacă nu m-ai înțeles, măcar m-ai lăsat să mă descurc de unul singur. Aș fi vrut să pot să îți explic mai bine. Nu vreau să profit, nu pot să fac asta. Of, la naiba cu toate, mi-e atât de greu să vorbesc despre asta.

Se auzi o bătaie în ușă, de fapt, mai mult o bufnitură.

– E Philip, presupun, spuse Leo Argyle. Te rog, deschide-i tu, Micky.

Micky traversă camera și deschise ușa, iar Philip intră manevrându-și scaunul cu rotile. Îi salută pe amândoi cu un rânjet vesel.

– Sunteți ocupat, domnule? îl întrebă pe Leo. Dacă da, spuneți-mi. Nu voi scoate nici o vorbă și nu vă voi întrerupe, o să arunc o privire la rafturile cu cărți.

– Nu, răspunse Leo, nu am treabă în dimineața asta.

– Gwenda nu e aici? îl întrebă Philip.

– A sunat să-mi spună că are o migrenă și că nu va veni azi, zise Leo pe un ton lipsit de expresie.

– Înțeleg, răspunse Philip.

– Ei bine, eu plec s-o caut pe Tina. Poate o conving să mergem la plimbare. Fata asta urăște aerul curat, spuse Micky.

Apoi părăsi încăperea, îndepărtându-se cu pași sprințari.

– Mă înșel sau Micky s-a cam schimbat în ultima vreme? întrebă Philip. Nu mai privește lumea atât de încruntat ca până acum, nu-i așa?

– Se maturizează, îi răspunse Leo. I-a luat destul de mult.

– Ei bine, ciudat moment și-a găsit să-și revină. Nu sunteți de părere că întâlnirea de ieri cu poliția nu a fost chiar încurajatoare?

– E dureros să vezi cazul redeschis, comentă Leo liniștit.

– Ce spuneți, un tip ca Micky are conștiință? întrebă Philip deplasându-se pe lângă rafturi și scoțând de ici, de colo câte o carte.

– E o întrebare ciudată, Philip.

– Nu, nu chiar. Doar îmi puneam întrebări în legătură cu el. E ca și cum n-ai avea ureche muzicală. Unii oameni nu au mustrări de conștiință sau regrete pentru acțiunile lor. Jacko e un exemplu.

– Așa e, cu siguranță, Jacko nu avea, zise Leo.

– Și mă gândeam la Micky. Făcu o pauză, apoi continuă pe un ton neutru: Vă deranjează dacă vă pun o întrebare, domnule? Ce știți cu adevărat despre mediul din care provin ceilalți copii adoptați de familia dumneavoastră?

– De ce te interesează, Philip?

– Sunt doar curios, presupun. Trebuie să ne punem mereu întrebări de genul ăsta, până la urmă e vorba despre ceea ce au moștenit de la părinți.

Leo nu-i răspunse. Philip îl cercetă cu ochii licărind de interes.

– Probabil vă deranjez cu astfel de întrebări, spuse el.

– Ei bine, zise Leo ridicându-se, de ce nu ai pune astfel de întrebări? Faci parte din familie. Există momente când anumite întrebări trebuie puse. Dar copiii care acum reprezintă familia mea nu au fost toți adoptați respectând formalitățile obișnuite. Mary, soția ta, a fost adoptată legal, dar ceilalți au ajuns în sânul familiei într-o manieră mai puțin oficială. Jacko era orfan și ne-a fost încredințat de o bunică în vârstă. Ea a decedat în timpul bombardamentului, iar el a rămas cu noi. A fost o chestie simplă. Micky e un copil nelegitim. Pe mama lui o interesau doar bărbații. A cerut 100 de lire și le-a primit. Nu am știut niciodată ce s-a întâmplat cu mama Tinei. Nu i-a scris niciodată copilului, nu a pretins custodia ei după război și ne-a fost practic imposibil s-o depistăm.

– Și Hester?

– Și Hester, la rândul ei, era un copil nelegitim. Mama ei era o infirmieră tânără irlandeză. Ea s-a căsătorit cu un pușcaș marin american imediat după ce ne-a fost încredințată Hester. Ne-a implorat să păstrăm copilul. Nu voia să îi spună nimic soțului ei despre fetiță. A plecat în Statele Unite împreună cu el la sfârșitul războiului și nu am mai primit vești de la ea.

– Într-un fel, toate aceste povești sunt tragice, constată Philip. Toți acești drăcușori nedoriți.

– Așa e, încuviință Leo. De aceea îi iubea Rachel atât de mult. Voia să îi facă pe toți să se simtă doriți, să le ofere un cămin, să le fie mamă în adevăratul sens al cuvântului.

– A făcut ceea ce trebuia făcut, zise Philip.

– Doar că lucrurile nu au ieșit întocmai cum a sperat ea, continuă. Leo. Spera că legăturile de sânge nu vor conta. Dar contează, înțelegi. De obicei, apare ceva legat de copii, o problemă de temperament, un sentiment ce ne spune că putem să îi cunoaştem şi să îi înţelegem fără prea multe cuvinte. Această legătură nu se creează cu copiii pe care îi adopţi. Nu-ţi dai seama instinctiv ce e în mintea lor. Bineînţeles că îi judeci conform gândurilor şi sentimentelor proprii, dar e bine să înţelegem că acele gânduri şi sentimente pot fi complet diferite de ale lor.

– Presupun că aţi fost conştient de acest lucru dintotdeauna, zise Philip.

– Am avertizat-o pe Rachel în privinţa acestui aspect, dar bineînţeles că nu m-a crezut. Nu voia să creadă. Voia ca ei să fie copiii ei.

– Tina mi s-a părut întotdeauna secretoasă, spuse Philip. Probabil că este vorba despre jumătatea ei întunecată. Cine a fost tatăl ei, ştiţi cumva?

– Cred că era marinar. Probabil indian. Nici mama ei nu ştia sigur, adăugă Leo sec.

– Nu poţi anticipa niciodată cum va reacţiona în legătură cu anumite lucruri, sau ce gândeşte. Vorbeşte atât de puţin. Philip făcu o pauză, apoi întrebă pe neaşteptate: Ce ştie ea despre povestea asta şi nu spune?

Văzu cum mâna cu care Leo răsfoia nişte hârtii se opri brusc. Urmă un moment de linişte, apoi Leo zise:

– De ce aveţi impresia că nu spune tot ce ştie?

– Haideţi, domnule, e destul de evident, nu?

– Mie nu mi se pare ceva evident.

– Știe ceva, continuă Philip. Credeți că e ceva care ar putea să-i facă rău cuiva?

– Părerea mea, Philip, dacă mă scuzi că îți spun așa, ar fi că nu e înțelept să faci speculații în legătură cu astfel de lucruri. Oricine își poate da seama de asta.

– Mă avertizați, domnule?

– Dar chiar asta e treaba ta, Philip?

– Vreți să spuneți că nu sunt polițist?

– Da, asta vreau să spun. Polițiștii trebuie să-și facă datoria. Ei trebuie să investigheze.

– Și nu vreți să cercetați și dumneavoastră unele lucruri?

– Poate mi-e frică de ce aș putea descoperi, zise Leo. Philip își strânse mâinile entuziasmat. Apoi întrebă încet:

– Poate că dumneavoastră știți cine e făptașul. Știți asta, domnule?

– Nu, nu știu.

Concizia răspunsului îl uimi pe Philip.

– Nu, zise Leo, lovind cu mâna în birou. Dintr-odată nu mai era persoana fragilă, retrasă pe care Philip o cunoștea atât de bine. Nu știu cine e făptașul! Ai auzit? Nu știu. Nu am nici cea mai mică idee. Nu... Nu vreau să știu.

CAPITOLUL 17

– Şi ce mai faci, Hester, draga mea? o întrebă Philip, în timp ce-şi împingea scaunul cu rotile de-a lungul pasajului.

Hester stătea aplecată peste fereastră. Tresări şi îşi retrase capul înăuntru.

– O, tu erai? exclamă ea.

– Admiri universul sau plănuieşti o sinucidere? o întrebă Philip.

Ea îl privi sfidător.

– Ce te face să mă întrebi aşa ceva?

– Evident că ţi-a trecut prin cap, răspunse el. Dar, să fiu sincer, Hester, dacă iei în calcul această mişcare, fereastra nu e locul potrivit. Distanţa până la pământ e prea mică. Gândeşte-te cât de neplăcut ar fi să sfârşeşti, să zicem, prin a-ţi rupe o mână şi un picior, în loc să ai parte de trecerea în uitare pe care ţi-o doreşti.

– Micky obişnuia să se coboare pe magnolie de la fereastra asta. Era intrarea şi ieşirea lui secretă din casă. Mama nu a aflat niciodată asta.

– Lucruri pe care nu le ştiu părinţii! S-ar putea scrie o carte pe tema asta! Dar dacă te gândeşti să te sinucizi, Hester, chiar lângă foişor ar fi un loc mai bun de a sări.

– Acolo lângă râu? Da, te-ai putea strivi de pietrele de dedesubt?

– Problema ta, Hester, este că eşti atât de melodramatică. Majoritatea oamenilor se mulţumesc să se aşeze lângă cuptorul pe gaz sau să facă rost de o mulţime de somnifere.

– Mă bucur că eşti aici, zise Hester pe neaşteptate. Nu te deranjează să vorbeşti despre diverse lucruri, nu-i aşa?

– Ei bine, de fapt, nu prea am ce face, îi răspunse Philip. Haide în camera mea să vorbim pe îndelete. Cum ea ezită, el continuă: Mary e la parter, s-a dus să îmi pregătească ea, cu mâinile ei, un mic dejun delicios.

– Mary nu ar înţelege, zise Hester.

– Aşa e, consimţi Philip. Că nu ar înţelege e blând spus. Philip începu să îşi împingă căruciorul, iar Hester îl însoţi. Deschise apoi uşa de la salon ca să intre el. Hester îl urmă.

– Dar tu înţelegi, zise Hester. De ce?

– Ei bine, uneori te gândeşti la astfel de lucruri. Când m-am îmbolnăvit, de exemplu, şi am aflat că voi rămâne probabil schilod pe viaţă...

– Da, spuse Hester, trebuie să fi fost groaznic. Oribil. Şi erai şi pilot, nu-i aşa? Zburai.

– Cu mult deasupra lumii, ca o nălucă pe cer, consimţi Philip.

– Îmi pare nespus de rău, zise Hester. Chiar îmi pare rău. Trebuia să mă fi gândit mai bine, să fi fost mai înţelegătoare cu tine!

– Mulţumesc lui Dumnezeu că nu ai fost. Oricum, faza aceea s-a încheiat. Te poţi obişnui cu orice. Acesta e lucrul pe care tu, Hester, nu îl înţelegi în momentul acesta. Dar o să-ţi dai seama mai târziu. Asta dacă nu faci ceva necugetat şi prostesc. Acum, haide, povesteşte-mi. Care este necazul tău? Presupun că ai avut divergenţe cu iubitul tău, tânărul doctor cel sobru. Acesta e motivul?

– Nu a fost o dispută. A fost mai mult decât atât.

– Toate se rezolvă, zise Philip.

– Nu, nu toate. Asta nu se va putea rezolva niciodată!

– Eşti atât de tranşantă. Pentru tine totul e alb sau negru, nu-i aşa, Hester? Nu există jumătăţi de măsură.

– Nu pot să mă abţin, îi răspunse Hester. Întotdeauna am fost aşa. Tot ceea ce credeam că pot face sau am vrut să fac a fost sortit eşecului. Am vrut să am o viaţă independentă, să fiu cineva, să fac ceva. Totul a fost în van. Nu am fost bună la nimic. De multe ori m-am gândit să mă sinucid. Încă de când aveam paisprezece ani.

Philip o privi cu interes. Apoi îi spuse pe un ton jos, didactic:

– Într-adevăr, mulți tineri între paisprezece și nouăsprezece ani încearcă să se sinucidă. E o perioadă din viață în care lucrurile par ieșite din comun. Elevii se sinucid deoarece se tem că nu vor trece examenele, iar fetele o fac pentru că mamele lor nu le lasă să meargă la cinema cu băieți nepotriviți. E perioada aia în care totul e în alb-negru. Bucurie sau disperare. Depresie sau fericire. Mulți ies din starea asta. Problema ta, Hester, e că ți-a luat mai mult decât altora să depășești momentul.

– Mama a avut întotdeauna dreptate, spuse Hester. În legătură cu toate lucrurile pe care nu m-a lăsat să le fac, deși eu voiam să le încerc. Ea a avut dreptate, iar eu am greșit. Nu am putut suporta chestia asta, pur și simplu nu am putut! Așa că mi-am zis să fiu curajoasă. Trebuia să fiu pe cont propriu. Trebuia să mă pun la încercare. Și totul a ieșit aiurea. Nu am avut niciodată talent actoricesc.

– Bineînțeles că nu ai avut, zise Philip. Nu ai știut niciodată ce este disciplina. Nu poți interpreta, cum se spune în cercurile oamenilor de teatru. Ești prea absorbită de dramatizarea propriei vieți, fata mea. Chiar și acum faci asta.

– Apoi m-am gândit că ar trebui să am o relație amoroasă adevărată, continuă Hester. Nu o idilă adolescentină. Cu un bărbat mai în vârstă. El era însurat și ducea o viață foarte nefericită.

– O situație des întâlnită, de care el a profitat, bănuiesc, zise Philip.

– Mi-am închipuit că va fi, cum să-i spun, o relație pasională. Nu râzi încă de mine?

Ea se opri din vorbit și îl privi pe Philip cu suspiciune.

– Nu, nu râd de tine, Hester, îi răspunse Philip încet. Îmi închipui prin ce iad trebuie să fi trecut.

– Nu a fost o mare pasiune, zise Hester cu amărăciune. A fost doar o aventură naivă. Nimic din ceea ce mi-a spus despre viața lui sau despre soția lui nu a fost adevărat. M-am aruncat disperată în brațele lui. Am fost o gâsculiță jalnică și naivă.

– Câteodată e necesar să înveți unele lucruri din proprie experiență, zise Philip. Știi, nimic din toate astea nu ți-a făcut vreun rău, Hester. Mai degrabă te-au ajutat să te maturizezi. Sau te vor ajuta, dacă le vei lăsa.

– Mama a fost atât de... înțeleaptă în privința întregii chestiuni, zise Hester pe un ton resemnat. A venit și a pus totul în ordine. Mi-a spus că, dacă vreau neapărat să joc teatru, mai bine aş merge la o şcoală de artă dramatică. Dar eu nu îmi doream să joc teatru, îmi dădusem deja seama că nu eram talentată. Așa că am venit acasă. Ce altceva puteam face?

– Probabil că o grămadă de lucruri, îi răspunse Philip. Dar asta a fost mai simplu.

– O, da, continuă Hester cu ardoare. Ce bine înțelegi lucrurile! Vezi, eu sunt foarte slabă. Întotdeauna vreau să fac lucrurile cele mai simple. Iar dacă mă răzvrătesc împotriva acestei alegeri, întotdeauna o fac într-o manieră prostească care nu duce la nimic bun.

– Ești teribil de nesigură pe tine, nu-i așa? o întrebă Philip cu calm.

– Poate pentru simplul fapt că sunt adoptată, zise Hester. Nu am aflat de acest lucru până la 16 ani. Știam că ceilalți erau adoptați și, într-o zi, am întrebat și am aflat că și eu eram adoptată. Vestea m-a făcut să mă simt îngrozitor, să simt că sunt a nimănui.

– Cât de mult dramatizezi, zise Philip.

– Nu a fost mama mea adevărată, zise Hester. Nu a înțeles nici măcar o dată ceea ce simțeam. Doar mă privea înțelegătoare și amabilă și făcea planuri pentru mine. Of! Am urât-o! E groaznic din partea mea, știu asta, dar am urât-o!

– De fapt, știi, majoritatea fetelor trec printr-o perioadă scurtă în care își urăsc mamele. Nu era ceva neobișnuit în cazul tău.

– Am urât-o pentru că a avut dreptate, zise Hester. E îngrozitor când unii oameni au întotdeauna dreptate. Te fac să te simți din ce în ce mai neputincios. Of, Philip, totul e îngrozitor: Ce-o să mă fac? Ce pot face?

– Căsătorește-te cu prietenul tău cel tânăr și așezați-vă la casa voastră. Fii o soție bună. Sau asta nu e suficient pentru tine?

– El nu vrea să ne căsătorim acum, răspunse Hester.

– Ești sigură de asta? Ți-a spus el asta? Sau doar îți închipui.

– Crede că eu am ucis-o pe mama.

– Of! Philip tăcu un minut. Și ai făcut-o? o întrebă apoi. Ea se întoarse cu fața la el.

– De ce mă întrebi asta? De ce?

– M-am gândit că ar fi interesant de știut. În familie, ca să spun așa. Nu pentru a informa autoritățile.

– Dacă aș fi omorât-o, crezi că ți-aș fi spus?

– Ar fi mai înțelept să n-o faci, îi zise Philip.

– El mi-a spus că știe că eu am ucis-o. Mi-a mai zis că, dacă aș recunoaște, dacă m-aș confesa lui, ar fi în regulă, ne-am căsători și ar avea grijă de mine. Acest lucru nu ne-ar afecta.

Philip fluieră.

– Măi, măi, măi! exclamă el.

– La ce bun? întrebă Hester. La ce bun să-i fi spus că nu am ucis-o eu? Oricum nu m-ar fi crezut, nu-i așa?

– Ar fi trebuit să creadă, dacă i-ai fi spus asta.

– Nu am ucis-o eu, zise Hester. Înțelegi? Nu am ucis-o eu. Nu, nu, eu! strigă ea, apoi se opri. Sună neconvingător, adăugă ea.

– Adevărul pare neconvingător de multe ori, o încurajă Philip.

– Nu avem cum să știm, zise Hester. Nimeni nu știe. Fiecare îl bănuiește pe celălalt. Mary mă bănuiește pe mine. Și Kirsten. E atât de bună cu mine, atât de protectoare. Și ea crede că tot eu sunt de vină. Ce șanse am eu? Asta este tot, nu pricepi? Ce șanse am eu? Ar fi mai bine, mult mai bine dacă aș merge la Point și m-aș arunca...

– Pentru Dumnezeu, nu fi prostuță, Hester. Sunt și alte lucruri pe care le poți face.

– Care alte lucruri? Cum ar putea fi altele? Am pierdut totul. Cum aș putea să mai trăiesc, zise ea și se uită la Philip. Crezi că eu sunt nebună, necugetată. Ei, poate eu am ucis-o. Poate că mă roade remuşcarea. Poate că acum nu mai pot uita... uite! Şi-şi puse mâinile teatral la inimă.

– Nu fi idioată, îi zise Philip.

El întinse o mână și o trase spre el. Hester aproape căzu peste scaunul lui. El o sărută.

– Ceea ce îți lipsește ție e un soț, fata mea, zise el. Nu un tip infatuat ca Donald Craig, cu capul plin de psihiatrie şi jargon medical. Tu eşti prostuță, naivă și absolut adorabilă, Hester.

Ușa se deschise. Mary Durrant rămase nemişcată în prag. Hester se grăbi să se îndrepte, iar Philip îi zâmbi sfios soției sale.

– Doar încercam s-o înveselesc pe Hester, Polly, zise el.

– Ah! exclamă Mary.

Intră și puse cu grijă tava pe o măsuță cu rotile pe care o trase apoi lângă el, fără să-i arunce vreo privire lui Hester. Fata îi privi nesigură întâi pe soț, apoi pe soție.

– Ei bine, zise ea, poate că ar fi mai bine să plec... Să plec şi să... Nu-şi termină fraza. Ieși din cameră, trântind ușa după ea.

– Hester e într-o pasă proastă, îi spuse Philip. Se gândea la sinucidere. Încercam s-o conving să se răzgândească, adăugă el.

Mary nu-i răspunse.

El întinse o mână spre ea. Ea se îndepărtă de el.

– Polly, te-am enervat? La culme?

Ea nu îi răspunse.

– Pentru că am sărutat-o, nu-i așa? Haide, Polly, nu-mi purta pică pentru un sărut nevinovat. Era atât de drăguță și de prostuță... și eu am simțit dintr-odată... ei bine, am simțit că ar fi fost nostim să mă comport din nou ca un tinerel și să flirtez. Haide, Polly, sărută-mă! Sărută-mă și să ne împăcăm.

Mary Durrant îi răspunse:

– Se răcește supa...

Ea ieși pe ușa dormitorului și o trânti în urma ei.

CAPITOLUL 18

– Domnule, jos este o domnişoară care vrea să vă vadă.

– O domnişoară?

Calgary păru surprins. Nu-şi dădea seama cine putea să-l viziteze. Se uita la hârtiile împrăştiate de pe birou şi se încruntă. Vocea portarului se auzi din nou, de data asta mai discret.

– O domnişoară adevărată, domnule, una foarte drăguţă.

– Ei bine, condu-o sus.

Calgary nu se putu abţine să nu zâmbească uşor. Tonul confidenţial al portarului îl amuză. Se întrebă mirat cine putea să dorească să-l vadă. Rămase foarte uluit când deschise uşa şi-i apăru în faţă Hester Argyle.

– Dumneavoastră eraţi!

Exclamaţia trăda surpriza totală.

– Intraţi, intraţi, o invită el, apoi închise uşa.

În mod ciudat, tânăra îi făcu aproape aceeaşi impresie ca prima dată când o întâlnise. Felul în care era îmbrăcată nu ţinea cont de moda de la

Londra. Nu purta pălărie, părul ei negru îi cădea în dezordine pe față. Paltonul greu de tweed lăsa să se întrevadă pe dedesubt fusta de culoare verde-închis și jerseul. Arăta de parcă s-ar fi întors într-un suflet dintr-o plimbare lungă.

– Vă rog, îi zise Hester, vă rog, trebuie să mă ajutați.

– Să vă ajut? Era surprins. Cum să vă ajut? Bineînțeles că vă voi ajuta, dacă voi putea.

– Nu știam ce să fac, continuă ea. Nu știam la cine să apelez. Dar cineva trebuie să mă ajute. Nu mai pot continua, dumneavoastră sunteți acea persoană. Dumneavoastră ați început totul.

– Aveți vreo problemă? Una gravă?

– Toți am dat de necaz, zise ea. Dar se pare că cineva e mai egoist, nu-i așa? Vreau să spun, eu mă gândesc doar la mine.

– Stai jos, draga mea, îi zise el cu blândețe.

El luă hârtiile de pe un fotoliu și o rugă să ia loc. Apoi, se îndreptă spre un dulap din colț.

– Trebuie să beți un pahar de vin, zise el. Un pahar de cherry. E bine așa?

– Dacă doriți. Nu contează.

– E o zi umedă și rece. Aveți nevoie de ceva.

Se întoarse cu o carafă și un pahar. Hester stătea pe fotoliu într-o poziție grațioasă și în același timp ciudată care-l înduioșă la maximum.

– Nu vă faceți griji, zise el calm, în timp ce-i turna în pahar. Știți că lucrurile nu sunt niciodată atât de rele pe cum par a fi.

– Așa se spune, dar niciodată nu e adevărat, zise Hester. Uneori sunt mai grave decât par. Sorbi din paharul de vin, apoi continuă pe un ton acuzator: Totul era bine până când ați venit dumneavoastră. Destul de bine. Apoi... apoi a început totul.

– Nu pretind că nu știu despre ce vorbiți, zise Arthur Calgary. M-ați surprins când mi-ați spus asta prima dată, dar acum am înțeles mai bine ce trebuie să fi însemnat informația mea pentru dumneavoastră.

– Atât timp cât am crezut că Jacko era făptașul... zise Hester și se opri brusc.

– Știu, Hester, știu. Dar trebuie să treceți peste asta. V-ați bucurat de o siguranță falsă. Nu era ceva autentic, era doar un lucru de fațadă, un fel de decor. Ceva ce imita siguranța, dar nu a fost și nu va putea fi numit siguranță.

– Vreți să spuneți, nu-i așa, că trebuie să avem curaj, și că nu e bine să te repezi asupra unui lucru doar pentru că e fals și facil? Rămase tăcută câteva clipe, apoi continuă: Ați avut curaj! Îmi dau seama de asta. Să veniți și să ne spuneți chiar dumneavoastră. Neștiind ce vom simți, cum vom reacționa. A fost un gest curajos. Admir curajul, pentru că, vedeți dumneavoastră, eu nu sunt prea curajoasă.

– Spuneți-mi, zise Calgary cu calm, spuneți-mi care e problema acum. E ceva deosebit, nu-i așa?

– Am avut un vis, răspunse ea. În legătură cu cineva, un tânăr, un doctor...

– Înțeleg, zise Calgary. Sunteți prieteni, sau poate mai mult decât atât?

– Credeam că suntem mai mult decât simpli prieteni... Așa credea și el. Dar vedeți, acum că au apărut toate astea...

– Da? întrebă Calgary.

– El crede că eu am făcut-o, zise ea. Sau poate că nu crede că eu am făcut-o, dar nici nu este sigur că nu am făcut-o. Nu poate fi sigur. El crede – și eu știu cum gândește el – că eu aș fi persoana cea mai în măsură s-o fi făcut. Poate că așa e. Probabil că fiecare credem asta despre celălalt. Și mi-am spus că cineva trebuie să ne ajute să ieșim din situația dezastruoasă în care ne aflăm, așa că am venit la dumneavoastră, datorită visului pe care l-am avut. Vedeți dumneavoastră, mă pierdusem și nu-l găseam pe Don. Mă lăsase acolo și mă aflam în fața unui fel de prăpastie, un abis. Da, acesta e cuvântul – abis. Sună atât de profund, nu-i așa? Atât de profund, de imens. Și dumneavoastră vă aflați pe malul opus și îmi întindeați ambele mâini, spunându-mi că vreți să mă ajutați. Hester trase puternic aer în piept și continuă: Așa că am venit la dumneavoastră. Am fugit și am venit aici pentru că trebuie să ne ajutați. Dacă nu ne veți ajuta, nu știu ce se va întâmpla. Trebuie neapărat să ne ajutați. Dumneavoastră ne-ați adus asta pe cap. Probabil că veți spune că nu are nimic de-a face cu dumneavoastră. Că odată ce ne-ați spus – ne-ați spus adevărul despre ceea ce s-a întâmplat – nu mai e treaba dumneavoastră. Veți spune...

– Nu! o întrerupse Calgary. Nu voi spune nimic de genul ăsta. E treaba mea, Hester. Sunt de acord. Odată ce ai început un lucru, trebuie să te ții de el. Simt asta la fel de acut ca și voi.

– Of!

Sângele dădu năvală în obrajii lui Hester, ce se aprinseră ca focul. Subit, așa cum se întâmpla întotdeauna în cazul ei, ea se făcu mai frumoasă.

– Deci nu sunt singură. E cineva lângă mine.

– Da, draga mea, este cineva alături de tine, chiar dacă prezența nu contează prea mult. Nu am făcut prea mare diferență până acum, dar mă străduiesc și niciodată nu am renunțat la a încerca să ajut, zise el și își trase scaunul lângă ea. Acum spuneți-mi totul, zise el. Chiar așa rău a fost?

– E unul dintre noi, să știți, îi răspunse Hester. Toată lumea știe asta. Domnul Marshall a venit și cu toții am susținut că trebuie să fi fost cineva din exterior, dar el știa că nu era așa. Este vorba despre unul dintre noi.

– Și tânărul tău... cum îl cheamă?

– Don. Donald Craig. E doctor.

– Don crede că sunteți vinovată?

– Se teme că eu aș fi de vină, zise Hester. Fata își roti mâinile într-un gest dramatic. Apoi îl privi. Probabil, că și dumneavoastră credeți același lucru?

– O, nu, zise Calgary. Nu, nu, eu știu că sunteți nevinovată.

– O spuneți ca și cum ați fi foarte sigur de asta.

– Păi sunt foarte sigur.

– De ce? Cum puteți fi atât de sigur?

– Datorită cuvintelor pe care mi le-ați spus în momentul în care am părăsit casa, după ce v-am spus totul. Vă amintiți? Ceea ce mi-ați spus despre nevinovăție. Nu puteați spune asta, nu puteați avea acele trăiri, decât dacă erați nevinovată.

– Of, strigă Hester. Of, ce ușurare! Să știu că cineva crede asta!

– Acum, zise Calgary, putem să discutăm cu calm, nu?

– Da, îi răspunse ea. Mă simt... Mă simt altfel acum.

– Așa, ca să fiu eu împăcat, având în vedere că dumneavoastră știți care este părerea mea despre caz, de ce ar crede cineva că dumneavoastră v-ați ucis mama adoptivă?

– Aş fi putut s-o fac, zise Hester. De multe ori m-am gândit la asta. Câteodată te simţi plin de furie. Te simţi atât de inutil, atât de... atât de neajutorat. Mama era întotdeauna aşa de calmă şi... şi le ştia pe toate şi avea dreptate în legătură cu orice. Uneori îmi ziceam: „Of! Aş vrea s-o ucid". Ea îl privi, înţelegeţi? Nu aţi simţit niciodată asta când eraţi tânăr?

Ultimele ei cuvinte îl şocară pe Calgary, la fel cum se întâmplase şi când Micky îi spusese în hotelul din Drymouth că arăta mai bătrân. Când fusese el tânăr? Oare lui Hester i se părea că trecuse atât de mult timp? Îşi aminti că, odată, când avea nouă ani, vorbea cu un alt băieţel în grădina şcolii private, întrebându-se care ar fi fost cea mai bună metodă de a scăpa de domnul Warborough, învăţătorul lor. Îşi mai aminti de neputinţa de a-şi stăpâni mânia care-l copleşea atunci când domnul Warborough era foarte sarcastic. Astfel, era de părere el, trebuie să se fi simţit şi Hester. Oricum, el şi tânărul... cum l-o fi chemând?... Porch, da, Porch era numele băiatului – cu toate că el şi tânărul Porch discutau şi-şi făceau planuri, nu acţionaseră în nici un fel pentru a-l omorî pe domnul Warborough.

– Ştiţi, îi zise lui Hester, ar fi trebuit să fi trecut de mult peste acest gen de sentimente. Eu le pot înţelege, bineînţeles.

– Doar mama avea acest efect asupra mea, îi răspunse ea. Încep să realizez că era doar vina mea. Simt că, dacă ar mai fi trăit puțin... să fi trăit până deveneam mai matură, mai așezată, am fi fost prietene. Că aș fi fost bucuroasă pentru ajutorul și pentru sfaturile ei. Dar așa cum era, nu o puteam suporta; pentru că mă făcea să mă simt atât de inutilă și de idioată. Tot ceea ce făceam era rău și puteam să văd de una singură că lucrurile pe care le-am făcut erau prostești. Că le-am făcut doar pentru a mă răzvrăti, din dorința de a-mi exprima personalitatea. Și nu eram oricine. Eram fluidă. Da, acesta este cuvântul. Termenul potrivit. Fluidă. Nu aveam aceeași formă pentru mult timp. Încercam mereu alte și alte forme, forme ale altor oameni pe care îi admiram. Vedeți, eu credeam că, dacă fugeam și ajungeam pe scenă și aveam o aventură cu cineva...

– Atunci v-ați fi regăsit sau măcar v-ați fi simțit ca și cum ați fi fost cineva?

– Da, zise Hester. Exact acela era sentimentul. Și bineînțeles că acum îmi dau seama că doar mă comportam ca un copil prostuț. Nici nu aveți idee cât de mult mi-aș dori, domnule doctor Calgary, ca mama să mai fie în viață. Pentru că e atât de nedrept, nedrept pentru ea, vreau să zic. A făcut atâtea și ne-a dat atâtea. Noi nu i-am dat nimic înapoi. Și acum e prea târziu. Făcu o pauză. De aceea, am hotărât să renunț la a mai fi atât de copilăroasă și prostuță. Și dumneavoastră mă veți ajuta, nu-i așa?

– V-am spus deja că voi face tot ce este posibil pentru a vă ajuta.

Ea îi oferi un zâmbet scurt și atrăgător.

– Spuneți-mi exact ce se întâmplă, zise el.

– Ceea, ce era previzibil, zise Hester. Ne privim unul pe altul și ne întrebăm, fără a avea vreun răspuns. Tata se uita la Gwenda și crede că poate fi ea ucigașa. Ea îl privea pe el și avea dubii. Nu cred că se vor mai căsători. Totul s-a dus pe apa sâmbetei. Tina crede că Micky e implicat. Nu știu care o fi motivul, pentru că el nu era acolo în seara cu pricina. Kirsten crede că eu am făcut-o și vrea să mă protejeze. Mary, sora mea mai mare, pe care nu ați întâlnit-o, crede că a făcut-o Kirsten.

– Și dumneavoastră cine credeți că a făcut-o, Hester?

– Eu? Hester păru uimită.

– Da, dumneavoastră, zise Calgary. Cred că realizați că e important să știți asta.

Hester își deschise brațele.

– Nu știu, recunoscu ea. Chiar nu știu. Sunt conștientă că e un răspuns îngrozitor, dar mi-e frică de toată lumea. E ca și cum în spatele fiecărei fețe e o mască. O mască sinistră necunoscută mie. Nu știu cu siguranță când tata este el însuși, iar

Kirsten îmi tot repetă că nu ar trebui să am încredere în nimeni, nici măcar în ea. Mă uit la Mary și am impresia că nu știu nimic despre ea. Și Gwenda... întotdeauna am plăcut-o pe Gwenda. Eram bucuroasă că tatăl meu o va lua de soție. Dar acum nu mai sunt la fel de sigură. O percep ca pe o persoană diferită, nemiloasă și răzbunătoare. Nu mai recunosc pe nici unul. Mă chinuie un sentiment îngrozitor de nefericire.

– Da, zise Calgary, pot să-mi dau seama de asta foarte bine.

– E atâta nefericire, încât nu pot să mă abțin să nu mă gândesc că poate este vorba și despre nefericirea criminalului. Care poate fi mai rea decât oricare. Credeți că e posibil?

– Bănuiesc că e posibil, dar mă îndoiesc de asta... bineînțeles, eu nu sunt expert... dar mă îndoiesc de faptul că un ucigaș este vreodată foarte nefericit.

– Păi de ce nu ar fi? Cred că e cea mai proastă situație în care te-ai putea afla, să știi că ai ucis pe cineva.

– Da, zise Calgary, e un lucru îngrozitor și de aceea cred că un ucigaș trebuie să facă parte dintr-una din cele două categorii de oameni. Ori să fie o persoană care să nu considere că e îngrozitor să ucidă pe cineva, acel tip de persoană care şi-ar spune: „Ei bine, bineînțeles că e păcat că a trebuit să fac asta, dar a fost un lucru necesar pentru binele meu. Până la urmă, nu e vina mea. A fost necesar s-o fac, altfel..."

– Da? Şi care e celălalt tip de ucigaş?

– Doar încerc să ghicesc, înțelegi asta. Nu ştiu sigur, dar cred că, dacă ați fi făcut parte din a doua categorie, nu ați fi fost în stare să trăiți cu nefericirea provocată de fapta comisă. Ați avea opțiunea să mărturisiți fapta sau să vă construiți o poveste doar pentru dumneavoastră, una care să prezinte faptele aşa cum s-au desfăşurat. Ați da vina pe altcineva, spunând că „Nu ar fi trebuit să fac un astfel de lucru dacă nu s-ar fi întâmplat asta şi asta! Nu sunt un criminal în adevăratul sens al cuvântului pentru că nu am intenționat să fac asta. S-a întâmplat pur și simplu, deci a fost mâna sorții, și nu vina mea, înțelegeți măcar puțin din ceea ce vă spun?

– Da, îi răspunse ea, și mi se pare foarte interesant ceea ce spuneți. Ea își închise ochii pe jumătate. Încerc doar să gândesc.

– Da, Hester, gândiți. Gândiți cât puteți de limpede, pentru că, dacă voi fi vreodată în stare să vă ajut, trebuie să văd lucrurile filtrate prin mintea dumneavoastră.

– Micky o ura pe mama, continuă Hester încetişor. Întotdeauna a urât-o... Şi nu ştiu care a fost motivul. Cred că Tina a iubit-o. Gwenda nu a plăcut-o. Kirsten i-a fost întotdeauna loială mamei, deşi nu a fost tot timpul de acord cu ceea ce făcea mama. Tata... şi făcu o pauză îndelungată.

– Da? o presă Calgary.

– Tata a cunoscut succesul din nou, zise Hester. După ce a murit mama, el s-a schimbat. Nu mai era atât de... cum să îl descriu... distant. Era mult mai uman, mai viu. Dar acum s-a întors într-un fel de loc întunecat din sufletul său, un loc în care nimeni nu are acces. Sincer, nici nu ştiu ce a simţit pentru mama. Presupun că o iubea atunci când s-au căsătorit. Nu s-au certat niciodată, dar nu am idee ce a simţit pentru ea. Of – şi ridică mâinile din nou – nu putem şti niciodată ce simte o persoană pentru alta, nu-i aşa? Ce se ascunde în spatele mimicii, în spatele cuvintelor frumoase? Pot fi devastaţi de ură, dragoste sau disperare şi ceilalţi să nu aibă habar! E terifiant. Oh, doctore Calgary, e îngrozitor!

El o apucă de ambele mâini.

– Nu mai sunteţi un copil, zise el. Doar copiii sunt înspăimântaţi. Sunteţi matură, Hester. Sunteţi o femeie. Apoi el îi dădu drumul la mâini şi continuă pe un ton impasibil:

– Aveţi unde să staţi în Londra?

Hester se uită uşor uluită.

– Presupun că da. Nu ştiu. Mama se caza de obicei la Curtis.

– E un hotel foarte frumos şi liniştit. În locul dumneavoastră, aş merge şi aş rezerva o cameră acolo.

– Voi face tot ce-mi spuneți, răspunse Hester.

– Aşa vă vreau. Cât e ora? întrebă şi se uită la ceas. Ah, e deja aproape şapte. Ar trebui să mergeți să vă rezervați camera şi, pe la opt fără un sfert, voi veni şi eu să vă scot la cină. Vă convine aşa?

– Mi se pare o idee minunată, răspunse Hester. Chiar vorbiți serios?

– Da, zise Calgary. Chiar vorbesc serios.

– Dar după aceea? Ce va urma? Nu pot să stau la Curtis pentru totdeauna, nu?

– Orizontul dumneavoastră va fi întotdeauna legat de infinit, îi zise Calgary.

– Râdeți de mine? îl întrebă ea nesigură.

– Doar puțin, îi răspunse el şi zâmbi.

Expresia i se schimbă încet şi în final zâmbi şi ea la rândul ei.

– Presupun că iar am dramatizat, zise ea.

– Cred că a devenit un obicei la dumneavoastră, răspunse Calgary.

– Acesta este motivul pentru care am crezut că m-aş descurca pe scenă. Dar nu a fost aşa. Nu am fost în stare de nimic. Of, am fost o actriță jalnică!

– Să fiu sincer, cred că puteți avea parte de toată drama de care aveți nevoie în viața de zi cu zi. Acum o să vă conduc la un taxi ca să mergeți la hotel. O să vă spălați pe față și o să vă pieptănați părul, continuă el. Aveți vreun bagaj?

– Da. Am un fel de geantă de noapte.

– Bun. Și îi zâmbi. Nu vă faceți griji, Hester, repetă el. Vom găsi noi o soluție.

CAPITOLUL 19

– Vreau să-ți vorbesc, Kirsty, zise Philip.

– Da, bineînțeles, Philip.

Kirsten Lindstrom se opri din ceea ce făcea. Abia adusese niște rufe de la spălat și voia să le pună în dulapul de haine.

– Vreau să vorbim despre toate cele întâmplate, zise Philip. Nu te deranjează, nu?

– Deja s-a vorbit prea mult despre asta, îi răspunse Kirsten. Asta e părerea mea.

– Dar la fel de bine ar fi să ajungem la o concluzie între noi, nu? Știi ce se petrece în prezent, nu?

– Lucrurile merg rău din toate punctele de vedere, zise Kirsten.

– Crezi că Leo și Gwenda se vor mai căsători acum?

– De ce nu?

– Din câteva motive, zise Philip. În primul rând, poate pentru că Leo Argyle e un tip inteligent și își dă seama că o căsătorie cu Gwenda le-ar da polițiștilor un motiv de suspiciune. Motivul perfect al crimei. În al doilea rând, pentru că Leo suspectează că Gwenda e ucigașa. Și fiind un om sensibil, nu prea i-ar conveni ca a doua soție să fie ucigașa primeia. Ce zici de asta? adăugă el.

– Nimic, zise Kirsten, ce aș putea spune?

– Ești evazivă, nu-i așa, Kirsty? Nu te înțeleg. Pe cine acoperi, Kirsten?

– Nu „acopăr" pe nimeni. Sunt de părere că ar trebui să vorbim mai puțin și că lumea nu ar trebui să stea în casa asta. Nu face bine nimănui. Cred că tu, Philip, ar trebui să-ți iei soția și să plecați acasă la voi.

– Aha, așa crezi tu că ar trebui? De ce ar trebui să fac asta?

– Pui întrebări, îi răspunse Kirsten. Încerci să afli lucruri. Soția ta nu vrea să faci asta. Ea e mai înțeleaptă decât tine. S-ar putea să afli ceva ce nu-ți doreai să afli sau ceva despre care ea nu voia să afli. Ar trebui să mergi acasă, Philip. Ar trebui să faci asta repede.

– Nu vreau să merg acasă. Philip vorbi ca un băiețel irascibil.

– Așa spun și copiii, îi răspunse Kirsten. Spun că nu vor să facă asta, nu vor să facă cealaltă, dar cei care știu mai multe despre viață, care văd mai bine ce se petrece, trebuie să se convingă să facă ceea ce nu vor să facă.

– Și asta e ideea ta despre autoconvingere? întrebă Philip. Să îmi dai ordine?

– Nu, nu îți ordon nimic. Doar te sfătuiesc. Ea oftă. Tuturor le-aș da același sfat. Micky ar trebui să se întoarcă la lucru, din moment ce Tina s-a întors la bibliotecă. Mă bucur că Hester a plecat. Cred că e undeva unde nu i se amintește de asta încontinuu.

– Da, zise Philip. Aici sunt de acord cu tine. Ai dreptate în legătură cu Hester. Dar cum rămâne cu tine, Kirsten? N-ar fi cazul să pleci și tu?

– Ba da, îi răspunse ea cu un oftat. Ar fi cazul.

– Și de ce nu o faci?

– N-ai înțelege. E prea târziu s-o fac, oricum.

Philip o privi îngândurat. Apoi îi zise:

– Sunt atâtea variațiuni aici, variațiuni pe aceeași temă. Leo crede că Gwenda a făcut-o, Gwenda crede că Leo e făptașul. Tina știe ceva, ceea ce o face să bănuiască pe cineva. Micky știe cine e făptașul, dar nu îi pasă. Mary crede că Hester a făcut-o. Philip făcu o pauză și apoi continuă: Dar adevărul e, Kirsty, că acestea sunt doar variațiuni pe o temă, așa cum am spus-o. Noi știm foarte bine cine a făcut-o, nu-i așa, Kirsty? Noi doi știm.

Ea îi aruncă o privire scurtă și îngrozită.

– Așa cum mă așteptam, exultă Philip.

– Ce vrei să spui? îl întrebă Kirsten. Ce vrei să spui cu asta? Eu nu știu exact cine a făcut-o. Dar tu știi. Nu doar că bănuiești cine e făptașul, dar chiar îi cunoști identitatea. Am dreptate, nu-i așa?

Kirsten se îndreptă spre ușă. O deschise, apoi se întoarse și zise:

– Nu e politicos ceea ce urmează să spun, dar o spun. Philip, ești un prost. Ce încerci să faci e periculos. Nu percepi decât un tip de pericol. Ai fost pilot. Ai sfidat moartea când te aflai acolo, pe cer. Nu realizezi că, dacă te apropii prea mult de adevăr, vei fi într-un pericol la fel de mare precum pericolele înfruntate în timpul războiului?

– Dar tu, Kirsty? Din moment ce știi adevărul, nu ești la rândul tău în pericol?

– Eu pot să-mi port de grijă, îi răspunse Kirsten furioasă. Pot să fiu propriul meu paznic. Dar tu, Philip, ești neajutorat în scaunul tău cu rotile. Gândește-te la asta! În plus, continuă ea, eu nu îmi expun ideile. Mă mulțumesc să las lucrurile să curgă de la sine, pentru că eu cred că e mai bine pentru fiecare. Dacă toată lumea ar pleca și și-ar vedea de treaba lor, atunci nu ar fi nici o problemă. Dacă mă întreabă cineva, am și eu un punct de vedere. Încă mai cred că Jacko e vinovatul.

– Jacko? întrebă Philip surprins.

– De ce nu? Jacko era isteț. El ar fi putut plănui un lucru asigurându-se că nu va suporta consecințele. Făcea asta de multe ori când era mic. Până la urmă, trebuia să-şi inventeze un alibi. Nu este acesta un lucru care se întâmplă zilnic?

– Alibiul acesta nu putea să-l inventeze. Doctorul Calgary...

– Doctorul Calgary în sus, doctorul Calgary în jos, zise Kirsten nerăbdătoare, pentru că toată lumea îl cunoaşte, pentru că are un nume faimos; vorbiţi despre doctorul Calgary ca şi cum aţi vorbi despre Dumnezeu! Dar ascultaţi la mine! Când ai o comoţie, cum a avut el, lucrurile ar putea să se fi întâmplat altfel decât cum ţi le aminteşti. Ar fi posibil ca ziua, timpul şi locul să fi fost altele!

Philip o privi, lăsându-şi capul într-o parte.

– Asta e versiunea ta? Şi pe asta o vei susţine în continuare? E o încercare demnă de laudă. Dar nici tu nu crezi ceea ce spui, nu-i aşa, Kirsty?

– Te-am avertizat. Nu pot face mai mult, îi răspunse ea. Se întoarse, îşi băgă iar capul pe uşă şi zise pe un ton impasibil: Spune-i lui Mary că am pus rufele curate în al doilea dulap.

Philip zâmbi puţin dezamăgit, apoi zâmbetul îi pieri...

Se simţea tot mai entuziast. Avea sentimentul că va ajunge acolo unde voia să ajungă. Experimentul lui legat de Kirsten avusese un rezultat satisfăcător, dar se îndoia că ar fi putut să scoată mai mult de la ea. Bunăvoinţa ei faţă de el îl irită. Doar pentru că era invalid nu însemna că era vulnerabil, așa cum susținea ea. Și el, la rândul lui, putea să-și poarte de grijă – și, pentru Dumnezeu, nu era el vegheat încontinuu? Mary abia dacă se îndepărta de el pentru o clipă.

Trase o foaie de hârtie spre el și începu să scrie. Notițe sumare, nume, semne de întrebare. Un loc vulnerabil pentru cercetare...

Dintr-odată dădu din cap și scrise: „Tina..."

Se gândi la asta...

Apoi luă o altă foaie de hârtie.

Când își făcu apariția Mary, abia își ridică ochii spre ea.

– Ce faci, Philip?

– Scriu o scrisoare.

– Lui Hester?

– Hester? Nu. Nici nu am idee unde stă. Kirsty a primit adineauri o carte poștală de la ea pe care scria în partea de sus „Londra". Atâta tot.

El rânji.

– Bag de seamă că ești cam geloasă, Polly. Am dreptate? Ochii ei albaștri și reci îi întâlniră pe ai lui.

– Poate.

El se simți puțin deranjat.

– Cui îi scrii? Ea făcu un pas mai aproape.

– Procurorului general, zise Philip voios, cu toate că pe dinăuntru simți o mânie rece. Nu putea să scrie o scrisoare fără să fie interogat?

Apoi îi zări fața și se mai domoli.

– E doar o glumă, Polly. Îi scriu Tinei.

– Tinei? De ce?

– Tina e următoarea mea țintă. Unde mergi, Polly?

– La baie, zise Mary în timp ce se îndreptă spre ieșire. Philip râse. La baie, exact ca și în noaptea crimei... Râse din nou când își aduse aminte de conversația pe tema asta.

II

– Haide, fiule, zise superintendentul Huish încurajându-l. Hai să te auzim.

Tânărul Cyril Green trase adânc aer în piept. Înainte de a începe să spună ceva, interveni mama lui.

– Ați putea spune, domnule Huish, că nu am băgat prea multe de seamă la momentul respectiv. Știți prea bine cum sunt copiii. Se gândesc și vorbesc întruna despre nave cosmice și alte lucruri. Apoi vin acasă și zic: „Mamă, am văzut satelitul Sputnik, a coborât de pe cer". Ei bine, vreau să spun că, înainte de asta, vorbea despre farfurii zburătoare. Întotdeauna își găsește un subiect. E vina rușilor că le tot bagă în cap lucruri de genul acesta.

Superintendentul Huish oftă și se gândi cât de ușor i-ar fi dacă mamele nu ar insista să își însoțească fiii și să vorbească în numele lor.

– Haide, Cyril, zise el, ai mers acasă și i-ai spus mamei tale – corect, nu-i așa? – că ai văzut satelitul rusesc Sputnik... sau ce o fi fost?

– Nu știam prea multe pe atunci, zise Cyril. Eram doar un copil. S-a întâmplat cu doi ani în urmă. Bineînțeles că acum știu mai bine.

– Mașinile-buburuză abia apăruseră, interveni mama lui. Nu exista nici una prin împrejurimi și, în mod firesc, atunci când a văzut una – și încă una de un roșu-aprins –, el nu și-a dat seama că era doar o mașină ca oricare alta. Iar când a auzit în dimineața următoare că doamna Argyle a fost ucisă, Cyril mi-a spus: „Mamă, rușii au făcut-o, au coborât cu satelitul lor și au ucis-o". Nu vorbi prostii", i-am răspuns. Apoi, mai târziu în aceeași zi, am auzit că propriul ei fiu a fost arestat, fiind suspectat că ar fi ucis-o.

Superintendentul Huish i se adresă cu răbdare încă o dată lui Cyril.

– Din câte înțeleg, era seară, nu? Cam ce oră era, îți amintești?

– Tocmai îmi băusem ceaiul, răspunse Cyril, respirând greu în efortul de a-și aminti. Mama era plecată la institut, așa că am ieșit iar cu băieții și ne-am distrat puțin pe drumul cel nou.

– Aş vrea să ştiu ce făceai acolo, interveni mama lui.

P.C. Good fusese cel care îl găsise pe acest martor. El ştia prea bine ce făceau Cyril şi băieţii pe drum. Dispariţia crizantemelor fusese raportată cu mânie de către câţiva proprietari de acolo, iar el era conştient de faptul că oamenii dubioşi din sat încurajaseră pe ascuns tânăra generaţie să îi aprovizioneze cu flori pe care le duceau apoi la piaţă. Good ştia că acesta nu era momentul să intre în detalii legate de cazurile de delincvenţă din trecut. El zise pe un ton apăsat:

– Băieţii sunt băieţi, doamnă Green, se distrează şi ei.

– Da, zise Cyril, aşa este, ne distram şi noi. Şi acolo am văzut-o. Coo, am zis eu, ce este asta? Bineînţeles că acum ştiu. Nu mai sunt băiatul prostuţ de atunci. Era o maşină-buburuză, de culoare roşie.

– La ce oră se întâmpla asta? întrebă superintendentul Huish răbdător.

– Ei bine, aşa cum am spus, luasem ceaiul şi am ieşit să ne distrăm; trebuie să fi fost aproape de ora şapte, pentru că am auzit clopotele bătând ora exactă şi m-am gândit că mama va ajunge acasă şi se va enerva dacă nu mă va găsi. Aşa că m-am dus acasă. I-am spus atunci că am crezut că văd satelitul rusesc cum cobora. Mama mi-a spus că mint, dar nu minţeam. Doar că, bineînţeles, acum ştiu adevărul. Vedeţi, eram doar un copil pe atunci.

Superintendentul Huish înţelese. După câteva întrebări suplimentare o lăsă pe doamna Green să plece împreună cu odrasla ei. P.C. Good mai rămase, afişând o expresie de mulţumire tipică unui poliţist începător care dăduse dovadă de inteligenţă şi spera că toate astea îi vor aduce un beneficiu.

– Tocmai mi-a picat fisa, zise Good, în legătură cu ceea ce voia să spună băiatul despre ruşi că îi făceau doamnei Argyle. Şi m-am gândit: „Ei bine, asta trebuie să însemne ceva“.

– Într-adevăr, înseamnă ceva, zise superintendentul. Domnişoara Tina Argyle are o buburuză roşie şi se pare că va trebui să îi mai pun nişte întrebări.

III

– Eraţi acolo în noaptea respectivă, domnişoară Argyle?

Tina îl privi pe superintendent. Îşi ţinea mâinile în poală, iar ochii ei negri nu trădau nici o emoţie.

– A trecut atâta vreme, zise ea, şi chiar nu îmi mai pot aminti.

– Maşina dumneavoastră a fost văzută acolo, continuă Huish.

– Chiar aşa?

– Haideți acum, domnișoară Argyle. Când v-am întrebat despre ce ați făcut în noaptea aceea, ne-ați spus că ați plecat acasă și nu ați mai ieșit. V-ați pregătit cina și ați ascultat muzică la gramofon. Acum, toate astea nu se mai verifică. Cu puțin înainte de ora șapte, mașina dumneavoastră a fost văzută pe șosea foarte aproape de Sunny Point. Ce făceați în acel loc?

Ea nu-i răspunse.

Huish așteptă câteva momente, apoi continuă:

– Ați intrat în casă, domnișoară Argyle?

– Nu, răspunse Tina.

– Dar ați fost acolo.

– Dumneavoastră spuneți asta.

– Nu este vorba doar despre ceea ce spun eu. Avem probe care confirmă acest lucru.

Tina oftă.

– Da, zise ea. Am fost cu mașina în zonă în seara respectivă.

– Și susțineți că nu ați intrat?

– Nu, nu am intrat în casă.

– Atunci ce ați făcut?

– Am condus din nou spre Redmyn. Apoi, după cum v-am mai spus, mi-am pregătit cina și am dat drumul la gramofon.

– De ce ați mers până acolo, dacă nu intenționați să intrați?

– M-am răzgândit pe drum, zise Tina.

– Ce v-a determinat să vă răzgândiţi, domnişoară Argyle?

– Când am ajuns acolo, nu am mai vrut să intru.

– Fiindcă aţi văzut sau aţi auzit ceva? Ea nu-i răspunse.

– Ascultaţi, domnişoară Argyle. Era noaptea în care mama dumneavoastră a fost ucisă. A fost omorâtă în seara aceea între şapte şi şapte şi jumătate. Aţi fost acolo, maşina dumneavoastră era acolo cu puţin timp înainte de şapte. Cât timp a fost acolo nu ştim. Ştiţi, e posibil să fi rămas acolo ceva vreme. E posibil ca dumneavoastră să fi intrat în casă, doar aveţi cheie, bănuiesc..

– Da, am cheie, răspunse ea.

– Poate că aţi intrat în casă. E posibil să fi intrat în camera mamei dumneavoastră şi s-o fi găsit acolo, moartă. Poate că...

Tina îşi ridică privirea.

– Ori poate că am ucis-o eu? Asta doriţi să spuneţi, domnule Huish?

– Ar fi una dintre posibilităţi, zise el, dar cred că e mult mai probabil, domnişoară Argyle, ca altcineva s-o fi făcut. Dacă e aşa, cred că ştiţi sau aveţi o idee clară în legătură cu cine a făcut-o.

– Nu am intrat în casă, repetă Tina.

– În cazul acesta, trebuie să fi văzut sau auzit ceva. Aţi văzut pe cineva intrând sau părăsind casa. Cineva despre care probabil nu se ştia că fusese acolo. Este vorba despre fratele dumneavoastră, Michael, domnişoară Argyle?

– Nu am văzut pe nimeni, zise Tina.

– Dar aţi auzit ceva, zise Huish cu viclenie. Ce aţi auzit, domnişoară?

– Vă repet, zise ea, pur şi simplu m-am răzgândit.

– Mă iertaţi, domnişoară, dar nu pot să cred asta. De ce aţi bate drumul din Redmyn pentru a vă vizita familia şi v-aţi întoarce fără a-i întâlni? Ceva v-a făcut să vă răzgândiţi. Ceva care are legătură cu ce aţi văzut sau auzit, zise şi se aplecă. Eu cred că dumneavoastră ştiţi cine v-a ucis mama.

Ea clătină din cap foarte încet.

– Ştiţi ceva, insistă Huish. Ceva ce nu puteţi spune. Dar gândiţi-vă, domnişoară Argyle, gândiţi-vă bine. Vă daţi seama prin ce vă condamnaţi familia să treacă? Vă doriţi ca toţi să rămână suspecţi, pentru că asta o să se întâmple dacă nu spuneţi adevărul. Oricine v-a ucis mamă nu merită să fie protejat. Pentru că asta se întâmplă, nu-i aşa? Acoperiţi pe cineva.

Ochii ei negri şi lipsiţi de strălucire îi întâlniră pe ai lui.

– Nu ştiu nimic, zise Tina. Nu am auzit şi nu am văzut nimic. Pur şi simplu m-am răzgândit.

CAPITOLUL 20

I

Calgary și Huish se priviră. După părerea lui, Calgary îl avea în față pe unul dintre cei mai depresivi și mohorâți bărbați pe care îi văzuse. Părea atât de deziluzionat, încât se simți tentat să presupună că, de fapt, cariera superintendentului Huish consta într-o serie lungă de eșecuri. Fusese surprins să descopere mai târziu, cu altă ocazie, că Huish avea o carieră profesională de succes. Huish vedea un bărbat slab, încărunțit prematur, cu umerii puțin încovoiați, un ten sensibil și un zâmbet surprinzător de plăcut.

– Mă tem că nu știți cine sunt, începu Calgary.

– O, știm totul despre dumneavoastră, doctore Calgary, zise Huish. Reprezentați elementul surpriză care a dat peste cap cazul Argyle.

Un zâmbet neașteptat îi apăru pe buze.

– Atunci nu cred că mă vedeți cu ochi buni, zise Calgary.

– Nu e vorba despre asta, zise superintendentul Huish. Părea un caz simplu și nimeni nu ar putea fi acuzat pentru că a crezut asta. Dar lucruri de acest gen se întâmplă. Ele ne pun la încercare, după cum obișnuia mama mea să spună. Noi nu purtăm pică, doctore Calgary. În fond, noi apărăm Dreptatea, nu-i așa?

– Asta am crezut întotdeauna și voi continua să cred. „Nu-i vom refuza nici unui om dreptul la justiție“, murmură Calgary.

– Magna Carta, zise superintendentul Huish.

– Da, un citat pe care domnișoara Tina Argyle mi l-a amintit, spuse Calgary.

Sprâncenele superintendentului Huish se arcuiră.

– Da? Sunt surprins. Ar trebui să vă spun că tânăra domnișoară nu s-a arătat prea dispusă să ajute rotițele justiției să se învârtă.

– Ce vă face să spuneți asta? întrebă Calgary.

– Să fiu sincer, pentru că ascunde informații. Nu există nici un dubiu în această privință.

– De ce? întrebă Calgary.

– Ei bine, e o problemă de familie, explică Huish. Familiile rămân unite. Dar de ce voiați să mă vedeți? continuă el.

– Aș dori informații, zise Calgary.

– Despre cazul Argyle?

– Da. Bănuiesc că o să credeți că-mi bag nasul unde nu-mi fierbe oala, că e o problemă care nu mă privește...

– Ei bine, este și treaba dumneavoastră într-un fel, nu-i așa?

– Aha, deci și dumneavoastră considerați că este. Da. Mă simt responsabil. Responsabil pentru că am creat probleme.

– Nu poți face omletă fără să spargi niște ouă, așa spun francezii, zise Huish.

– Vreau să știu câteva lucruri, zise Calgary.

– Cum ar fi?

– Aș vrea să aflu mult mai multe despre Jacko Argyle.

– Despre Jacko Argyle. Ei bine, nu m-am așteptat să spuneți asta.

– Știu că a avut cazier, zise Calgary. Ceea ce vreau e să aflu câteva detalii legate de acest aspect.

– Ei bine, e destul de simplu, zise Huish. A fost eliberat pe cauțiune de două ori. Cu altă ocazie, fiind învinuit de delapidare, l-a salvat faptul că a putut pune la timp banii la loc.

– De fapt, e tipul delincventului novice? întrebă Calgary.

– Cam așa ceva, domnule, îi răspunse Huish. Nu era tipul criminalului, după cum ne-ați demonstrat, dar putea comite multe alte infracțiuni. Însă cam atât. Nu avea nici inteligența, nici tupeul necesar pentru a pune la cale o mare înșelătorie. Era doar un infractor mediocru. Șterpelea bani din sertare, lingușea femeile pentru ei.

– Și era bun la asta, zise Calgary. Mă refer la lingușeli.

– Și era o afacere sigură, zise superintendentul Huish. Femeile îi cădeau la picioare foarte ușor. De obicei, le viza pe cele de vârstă mijlocie sau chiar mai trecute. V-ați mira cât de naive pot fi femeile. Iar el își juca foarte bine rolul. Le făcea să creadă că era îndrăgostit nebunește de ele. Nu există nimic din ceea ce o femeie nu ar crede, dacă ea vrea să creadă.

– Și apoi? întrebă Calgary.

Huish ridică din umeri.

– Ei bine, mai devreme sau mai târziu, ajungeau să fie deziluzionate. Dar ele nu te pot da în judecată pentru asta. N-ar fi plăcut să se afle că au fost amăgite. Da, e o treabă destul de sigură.

– A fost vreodată vorba despre șantaj? întrebă Calgary.

– Nu, din câte știu eu, nu, răspunse Huish. Dar nu aș exclude complet faptul că ar fi fost în stare și de șantaj. Nu șantaj pe față, aș zice. Poate doar o aluzie sau două. Scrisori. Scrisori prostești. Lucruri despre care doamnele nu ar fi vrut să le afle soții lor. Astfel reușea să facă o femeie să păstreze secretul.

– Înțeleg, zise Calgary.

– Asta este tot ceea ce voiați să știți? îl întrebă Huish.

– Mai există un membru al familiei Argyle pe care nu l-am cunoscut. Cea mai mare dintre surori.

– A, doamna Durrant.

– Am trecut pe la casa dumneaei, dar totul era închis. Mi s-a spus că a plecat împreună cu soțul ei.

– Se află la Sunny Point.

– Încă se mai află acolo?

– Da. El a dorit să mai stea. Din câte am înțeles, domnul Durrant se joacă puțin de-a detectivul, adăugă Huish.

– Este invalid, nu-i așa?

– Da, de la poliomielită i se trage. Nu prea are cum să-și petreacă timpul, sărmanul. De aceea a luat toată povestea asta legată de crimă foarte în serios. Are impresia că a găsit o pistă.

– Și a găsit? întrebă Calgary.

Huish ridică din umeri.

– E posibil, zise el. Știți, s-ar putea să fie cea mai bună șansă pe care o avem. Cunoaște familia foarte bine și este un om cu o intuiție și o inteligență dezvoltate.

– Credeți că va reuși ceva?

– Tot ce se poate, zise Huish, dar nu ne va spune dacă va afla ceva. Va rămâne totul în familie.

– Dumneavoastră știți cine e vinovatul, domnule superintendent?

– N-ar trebui să mă întrebați astfel de lucruri, doctore Calgary.

– Asta înseamnă că știți?

– Poți să crezi că știi, zise Huish încet, dar, dacă nu există probe, nu prea se poate face nimic, nu-i așa?

– Și nu prea pare posibil să obțineți probele dorite?

– O, suntem foarte răbdători, zise Huish. Vom căuta în continuare.

– Și ce se va întâmpla cu ei dacă nu reușiți? întrebă Calgary, aplecându-se în față. V-ați gândit la asta?

Huish se uită la el.

– Asta vă preocupă, nu-i așa, domnule?

– Trebuie să afle, zise Calgary. Orice s-ar întâmpla, ei trebuie să afle.

– Nu credeți că ei știu? Calgary scutură din cap.

– Nu, zise el încet, și în asta constă tragedia.

II

– O, exclamă Maureen Clegg, dumneavoastră din nou!

– Îmi pare foarte, foarte rău că vă deranjez, se scuză Calgary.

– Ei, dar nu mă deranjați deloc. Intrați. E ziua mea liberă.

Calgary știa deja acest lucru și tocmai de asta se afla acolo.

– Joe se întoarce într-un minut, îi zise Maureen. Nu am mai văzut scris nimic în ziare despre Jacko. Vreau să spun de când a fost grațiat și au apărut câteva rânduri despre hotărârea parlamentului, precizându-se că era foarte clar că nu el a comis crima. Dar nu au mai apărut informații despre ceea ce face poliția sau cine e autorul. Nu pot afla cine e?

– Dumneavoastră nu aveți nici o idee?

– Ei bine, nu prea, zise Maureen. Totuși, nu aș fi surprinsă dacă ar fi vorba despre celălalt frate. E foarte ciudat și capricios. Joe îl vede câteodată ducând oamenii cu mașina prin zonă. Știți, el lucrează la Bence Group. E destul de arătos, dar teribil de capricios, părerea mea. Joe a auzit un zvon că vrea să plece în Persia sau așa ceva și cred că asta nu e de bine, zic eu, nu?

– Nu văd de ce ar fi un lucru rău, doamnă Clegg.

– Ei bine, e unul dintre locurile în care poliția nu poate să ajungă la tine, nu-i așa?

– Credeți că intenționează să fugă?

– Poate că simte că trebuie să facă asta.

– Presupun că gura lumii e slobodă, zise Arthur Calgary.

– Circulă o mulțime de zvonuri, zise Maureen. Se spune și că soțul și secretara au fost complici. Dar dacă el ar fi comis crima, cred că mai degrabă ar fi otrăvit-o. Cam așa se întâmplă de obicei, nu?

– Ei bine, dumneavoastră vedeți mai multe filme decât mine, doamnă Clegg.

– Nu prea mă uit, zise ea. Dacă muncești acolo, te saturi de filme, vă dați seama. Hei, uite-l pe Joe!

Joe Clegg se arătă nu prea plăcut surprins să îl vadă pe Calgary. Schimbară câteva cuvinte, apoi Calgary le explică scopul vizitei sale.

– Mă întrebam, zise el, dacă ați putea să îmi dați un nume și o adresă.

Își notă cu atenție informațiile în agendă.

III

Femeia avea în jur de cincizeci de ani, era voinică și greoaie și, probabil, nu fusese niciodată cu adevărat frumoasă. Totuși, avea niște ochi căprui, frumoși și amabili.

– Ei, serios, doctorul Calgary... Era nedumerită și supărată. Păi, nu știu...

Calgary se aplecă în față, încercând să-i risipească reticența, s-o consoleze, s-o asigure de simpatia sa.

– A trecut atâta timp, zise ea. E... chiar nu vreau să mi se amintească de... de acele lucruri.

– Înțeleg asta, zise Calgary, și nu e ca și cum aș face totul public. Vă asigur de asta.

– Și totuși, afirmați că vreți să scrieți o carte despre asta?

– E doar o carte menită să ilustreze un anumit tip de caracter, zise Calgary. E interesant, știți, din punct de vedere medical sau psihologic. Fără nume. Doar domnul A, doamna B. Pseudonime de tipul acesta.

– Dumneavoastră ați fost în Antarctica, nu-i așa? întrebă ea dintr-odată.

El fu luat prin surprindere de repeziciunea cu care schimbase subiectul.

– Da, îi răspunse el, da, am fost cu expediția Hayes-Bentley. Culoarea îi reveni în obraji. Părea mai tânără. Pentru un moment parcă puteai să întrezărești ceva din fata care fusese cândva.

– Obișnuiam să citesc despre asta... Întotdeauna am fost fascinată de tot ce are de-a face cu polii. Norvegianul acela, Amundsen, el a ajuns acolo prima dată, nu-i așa? Sunt de părere că polii sunt mult mai interesanți decât Everestul sau sateliții, mersul pe Lună sau orice altceva de genul ăsta.

Profită de această ocazie și începu să-i povestească despre expediție. I se părea ciudat că interesul ei romantic se lega de expedițiile polare.

– E minunat să auzi aceste lucruri de la cineva care a fost acolo, îi zise ea, lăsând să-i scape un oftat. Vreți să știți totul... totul despre Jackie?

– Da.

– Nu îmi veți menționa numele sau ceva de genul, nu?

– Bineînțeles că nu. V-am mai spus. Dumneavoastră știți cum sunt lucrurile astea. Doamna M, doamna Y. Chestii de genul ăsta.

– Da. Da, am citit cărți din astea și presupun că era, precum ați spus, pat... pato...

– Patologic, zise el.

– Da, Jackie era, cu siguranță, un caz patologic. Putea să fie atât de cumsecade, zise ea. Era minunat. Spunea lucruri pe care le credeai în întregime.

– Probabil că vorbea serios, zise Calgary.

– Sunt destul de în vârstă pentru a-ți fi mamă, obișnuiam să îi spun, iar el îmi zicea că nu-l interesează fetele. Crude, așa spunea că sunt fetele. Obișnuia să spună că îl atrăgeau femeile experimentate și mature.

– Era îndrăgostit la nebunie de dumneavoastră? întrebă Calgary.

– El așa spunea. Și părea să fie... Buzele îi tremurau. Presupun că umbla doar după banii mei.

– Nu neapărat, zise Calgary, mascând adevărul pe cât posibil. Putea la fel de bine să fie atras cu adevărat de dumneavoastră. Doar că... nu se putea abţine să fie necinstit.

Chipul ei marcat de trecerea timpului se lumină puţin.

– Da, zise ea, frumos din partea dumneavoastră să credeţi asta. Ei, asta era. Obişnuiam să ne facem planuri; cum vom merge împreună în Franţa sau Italia, dacă i-ar fi ieşit socotelile. Îmi spunea că avea nevoie doar de puţin capital.

Era abordarea clasică, gândi Calgary şi se întrebă câte femei nefericite trebuie să îi fi căzut în plasă.

– Nu ştiu ce m-a apucat, zise ea. Am făcut totul pentru el... totul.

– Sunt sigur de asta, zise Calgary.

– Şi aş îndrăzni să spun că nu am fost singura în această situaţie, zise ea cu amărăciune.

Calgary se ridică.

– A fost un gest deosebit din partea dumneavoastră să îmi povestiţi toate acestea, zise el.

– E mort acum... Dar nu îl voi uita niciodată. Nici faţa lui de maimuţă! Arăta atât de trist, şi dintr-odată râdea. Of, avea şarm! Nu era în totalitate un om rău. Sunt sigură!

Femeia îl privi nostalgică.

Dar Calgary nu o putu consola.

CAPITOLUL 21

Nimic nu-i prezise lui Philip Durrant că ziua aceea avea să fie diferită de oricare alta.

Nu avea habar că ziua aceea îi va decide viitorul, o dată pentru totdeauna.

Se trezi vesel și sănătos. Soarele palid de toamnă strălucea la fereastră. Kirsten îi aduse un mesaj telefonic care îl înveseli și mai mult.

– Tina vine la ceai, îi spuse el lui Mary când aceasta îi aduse micul dejun.

– Da? Oh, da, desigur, e după-amiaza ei liberă, nu-i așa? Mary părea absentă.

– Ce s-a întâmplat, Polly?

– Nimic.

Femeia îi descoji vârful oului. Imediat el se enervă.

– Încă mai pot să-mi folosesc mâinile, Polly.

– Oh, m-am gândit să te scutesc de efort.

– Câți ani crezi că am? Șase?

Ea păru puțin surprinsă. Apoi spuse brusc:

– Hester vine azi acasă.

– Vine? întrebă el. Era prea preocupat să se gândească la felul cum avea s-o abordeze pe Tina. Apoi observă expresia de pe fața soției lui. Pentru numele lui Dumnezeu, Polly, crezi că am făcut o pasiune pentru fată?

Ea își întoarse capul într-o parte.

– Spui mereu că e minunată.

– Așa și este. Dacă îți place o siluetă frumoasă și oarecum nepământeană. Adăugă sec: Dar nu prea am stofă de seducător, nu-i așa?

– S-ar putea să-ți dorești să fi avut.

– Nu fi ridicolă, Polly. Nu am știu niciodată că ai această tendință de a fi geloasă.

– Nu știi nimic despre mine.

Dădu să o contrazică, dar se abținu. Oarecum șocat, își dădu seama că poate nu știa prea multe despre Mary.

– Te vreau pentru mine – să fii doar al meu. Mi-aș dori să nu mai existe nimeni pe lume decât tu și cu mine, continuă ea.

– Am rămâne fără subiecte de discuție, Polly.

Vorbi natural, dar se simți inconfortabil. Strălucirea dimineții păru brusc să pălească.

– Hai să mergem acasă, Philip, te rog, hai să mergem acasă.

– Vom merge foarte curând, dar nu încă. Lucrurile încep să se clarifice. Ți-am mai spus, Tina vine aici în această după-amiază. Și continuă, în speranța că o va face să se gândească la altceva: Am mari așteptări de la Tina.

– În ce sens?

– Tina știe ceva.

– Despre crimă, vrei să spui?

– Da.

– Dar cum ar putea? Nici măcar nu a fost aici în acea noapte.

– Mă întreb acum. Știi, mă gândesc că poate a fost. E curios cum unele amănunte ciudate ajung să te ajute. Servitoarea aceea, doamna Narracott – cea înaltă, mi-a spus ceva.

– Ce ți-a zis?

– O bârfă locală. Doamna Nu-știu-cum sau Ernie al doamnei celeilalte... nu... Cyril, a trebuit să meargă cu mama lui la poliție. În legătură cu ceva ce a văzut în noaptea în care doamna Argyle a murit.

– Ce a văzut?

– Aici doamna Narracott a fost destul de vagă. Nu o întrebase încă pe doamna Nu-știu-cum. Dar am putea ghici, nu-i așa, Polly? Cyril nu a fost în casă, așa că probabil a văzut ceva afară. Asta ne oferă două posibilități. L-a văzut pe Micky sau a văzut-o pe Tina. Eu aș zice că Tina a venit aici în seara crimei.

– Ar fi menționat asta.

– Nu neapărat. Se vede de la o poştă că Tina ştie ceva ce nu spune. Să presupunem că a venit în seara aceea. Poate a intrat în casă şi a găsit-o pe mama ta moartă.

– Şi a plecat fără să spună nimic? Prostii.

– Se poate să fi avut motive. Se poate ca ea să fi văzut sau să fi auzit ceva care s-o facă să creadă că ştie cine e vinovatul.

– Nu l-a plăcut niciodată foarte mult pe Jacko. Sunt sigură că nu ar fi vrut să-l protejeze.

– Atunci, poate că nu-l suspecta pe Jacko... Dar mai târziu, când Jacko a fost arestat, s-a gândit că se înşelase. Cum deja spusese că nu fusese acolo, trebuia să-şi susțină afirmațiile. Dar acum situația e, desigur, diferită.

Mary interveni nerăbdătoare:

– Îți imaginezi lucruri, Philip. Inventezi o grămadă de chestii care nu pot fi adevărate.

– E foarte posibil să fie adevărate. O să încerc s-o fac pe Tina să-mi spună ce ştie.

– Nu cred că ştie ceva. Chiar crezi că ştie cine este făptaşul?

– Nu aş merge atât de departe. Cred că fie a auzit, fie a văzut ceva. Vreau să aflu ce anume.

– Tina n-o să-ți spună dacă nu vrea.

– N-o s-o facă, ai dreptate. Şi se pricepe de minune să țină secrete. E şi greu de citit. Nu lasă să se întrevadă niciodată nimic. Dar nu ştie să mintă prea bine, nu ca tine, bunăoară... Metoda mea va fi să ghicesc. Să-mi exprim părerile sub formă de întrebare. Să mi se răspundă cu da sau nu. Știi ce se va întâmpla atunci? Unul din trei lucruri. Ori va spune da - și atunci asta e. Ori va spune nu - și cum nu este o bună mincinoasă, îmi voi da seama dacă răspunsul ei este sau nu sincer. Ori va refuza să răspundă și-și va pune masca indiferenței - și asta, Polly, va fi la fel de clar ca un da. Hai, trebuie să recunoști că am șanse cu tehnica asta a mea.

- Oh, renunță, Phil! Dă-i pace! Totul se va sfârși, povestea va fi uitată.

- Nu. Acest lucru trebuie lămurit. Altfel, Hester se va arunca de la fereastră, iar Kirsty va avea o cădere nervoasă. Leo se transformă deja într-un fel de stalactită. Cât despre sărmana Gwenda, e pe punctul de a accepta un post în Rhodesia.

- Ce importanță are ce se întâmplă cu ei?

- Vrei să spui că nu contează nimeni în afară de noi. Privirea lui era severă și furioasă. O sperie pe Mary. Nu-și văzuse soțul așa până acum. Ea îl înfruntă sfidător.

- De ce să-mi pese de alți oameni?

- Nu ți-a păsat niciodată, nu-i așa?

Exasperat, Philip oftă adânc. Își împinse deoparte tava cu micul dejun.

- Ia asta de aici. Nu mai vreau.

- Dar Philip...

Făcu un gest de nerăbdare. Mary luă tava și ieși din cameră. Philip își împinse căruciorul la masa de scris. Cu stiloul în mână, se uită pe fereastră. Simți o ciudată greutate pe suflet. Fusese atât de plin de viață cu puțin timp înainte. În momentul acela se simțea neliniștit și îngrijorat.

Încercă să-și revină. Umplu repede două foi de hârtie. Apoi reflectă.

Era plauzibil. Era posibil. Dar nu era pe deplin satisfăcut. Era pe drumul cel bun? Nu putea fi sigur. Motivul. Motivul e cel care lipsea... al naibii să fie. Pe undeva, ceva îi scăpase.

Suspină nerăbdător. Abia aștepta să sosească Tina. Dacă ar lămuri odată toate astea. Între ei. Asta era tot ce trebuia făcut. Odată ce aflau... aveau să fie liberi. Eliberați din această atmosferă apăsătoare de suspiciune și deznădejde. Puteau cu toții – cu excepția unuia – să-și continue viețile. El și Mary se vor întoarce acasă...

Încetă să se mai gândească. Îi pieri entuziasmul.

Se confrunta cu propria problemă. *Nu voia să meargă acasă...*

Se gândea la ordinea perfectă, la cretoanele strălucitoare, cu alămurile sclipitoare. O cușcă bine îngrijită, curată, strălucitoare! Iar el în cușcă, legat de scaunul de invalid, înconjurat de atenția și dragostea soției sale.

Soția sa... Când se gândea la ea, i se părea că vede două persoane. Una – fata cu care se căsătorise, blondă, cu ochi albaștri, blândă, rezervată. Aceasta era fata pe care o iubea, cea pe care o necăjea în timp ce ea se uita la el nedumerită. Aceea era Polly a lui. Dar mai era o Mary – cea dură ca oțelul, pătimașă, dar incapabilă de afecțiune –, o Mary pentru care nu conta decât propria persoană. Chiar și el conta doar pentru că era al ei.

Îi veni în minte un vers al unui poet francez – cum era oare? *Venus tout entière à sa proie attache...*[1]

Iar pe această Mary, el nu o iubea. În spatele ochilor albaștri ai acestei Mary se afla o străină – o persoană pe care nu o cunoștea...

Apoi râse de unul singur. Devenea nervos și furios ca toți din casă. Își amintea ce îi povestea soacra despre soția lui. Despre fetița dulce și blondă din New York. Despre momentul în care copila și-a pus brațele în jurul gâtului doamnei Argyle și a plâns: „Vreau să stau cu tine. Nu vreau să te părăsesc niciodată".

Aceea era o dovadă de afecțiune, nu-i așa? Și totuși... cât de neobișnuit pentru Mary. Se putea schimba cineva atât de mult în trecerea de la copilă la femeie? Cât de greu, aproape imposibil îi

---

[1] „E Venus ce mă-nfruntă și prada ei și-o cere", vers din *Fedra*, de Jean Racine (n.red.)

era lui Mary să-și arate afecțiunea, să-și declare sentimentele?

Și totuși, în momentul acela... gândurile i se opriră. Sau era de fapt foarte simplu? Nu afecțiune, doar judecată. Un mijloc de a-și atinge scopul. Un spectacol de afecțiune realizat la comandă. De ce era oare în stare Mary pentru a primi ceea ce-și dorea?

De aproape orice, gândi el, și era șocat că gândea chiar el asta.

Își aruncă nervos creionul jos, ieși din salon și se duse în dormitorul de alături. De pe măsuța de toaletă luă o perie și își dădu pe spate părul care îi acoperea fruntea. Propria față i se păru ciudată.

Cine sunt și încotro mă îndrept? Gânduri care nu îi mai trecuseră prin minte până atunci...

Își apropie căruciorul de fereastră și se uită afară. Jos, una dintre servitoare stătea lângă geamul de la bucătărie și vorbea cu cineva din casă. Vocile lor, cu accentul local ajungeau în zbor la el... Cu ochii larg deschiși, rămase ca în transă. Un zgomot din camera alăturată îl trezi din visare. Își duse căruciorul până la ușa ce făcea legătura între camere. Gwenda Vaughan stătea lângă măsuța de scris. Se întoarse spre el și fu surprins de cât de obosit părea chipul ei în soarele dimineții.

– Bună, Gwenda.

– Bună, Philip. Leo s-a gândit că s-ar putea să-ți placă *Illustrated London News*.

– Oh, mulțumesc.

– Este o cameră frumoasă, constată Gwenda uitându-se în jur. Nu cred că am intrat aici până acum.

– Ca apartamentul regal, nu-i așa? Departe de toți. Ideal pentru invalizi și cupluri în luna de miere.

Își dori un pic cam târziu să nu fi rostit ultimele cuvinte. Fața Gwendei tremură.

– Trebuie să-mi continui treaba, bâigui ea.

– Secretara perfectă.

– Nici pe departe în zilele astea. Fac greșeli.

– De parcă nu am face cu toții... Când vă căsătoriți tu și Leo? adăugă el în mod intenționat.

– Probabil că niciodată.

– Asta ar fi o mare greșeală.

– Leo crede că ar isca o mulțime de comentarii nefavorabile... din partea poliției!

Vocea ei era aspră.

– La naiba cu toate, Gwenda, cineva trebuie să-și asume riscuri!

– Sunt dispusă să-mi asum riscuri, nu m-a deranjat niciodată. Sunt dispusă să pariez pe fericire. Dar Leo...

– Da? Ce-i cu Leo?

– Leo, zise Gwenda, va muri probabil tot așa cum a trăit – soțul lui Rachel Argyle.

Furia și răutatea din ochii ei îl uimiră.

– E ca și cum ar fi în viață, continuă Gwenda. E aici – în casă – tot timpul...

CAPITOLUL 22

I

Tina își parcă mașina pe iarbă, lângă zidul bisericii. Scoase cu grijă florile din ambalaj, apoi intră pe porțile cimitirului și o luă pe aleea principală. Nu îi plăcea noul cimitir. Își dorea ca doamna Argyle să fi fost înmormântată în vechiul cimitir, cel care înconjura biserica. Acolo domnea o pace eternă, cu toți arborii de tisă și pietrele acoperite de mușchi.

În acest cimitir, atât de nou, totul era aranjat, cu aleea principală și alte alei înguste ce se desprindeau, totul arăta la fel ca produsele de serie din supermarket.

Mormântul doamnei Argyle era bine îngrijit. Placa de marmură era încadrată de bucăți de granit și avea în spate o cruce. Tina se aplecă să citească epitaful, ținând în mână buchetul de garoafe.

„În amintirea iubitei noastre Rachel Louise Argyle." Dedesubt se afla un verset:

„Feciorii ei vin și o fericesc".[1]

---

[1] Biblia, Pildele lui Solomon 31:28 (n.red.)

Auzi pași în spatele ei și întoarse capul speriată.

– Micky!

– Ți-am văzut mașina. Te-am urmărit. Oricum, și eu veneam aici.

– Veneai aici? De ce?

– N-aș putea spune. Poate ca să îmi iau rămas-bun.

– De la ea?

El dădu din cap.

– Da. Am acceptat postul despre care ți-am spus, cel de la compania de petrol. Voi pleca peste trei săptămâni.

– Și ai venit aici să îți iei rămas-bun de la mama întâi?

– Da. Poate să îi mulțumesc și să îi spun că îmi pare rău.

– Pentru ce îți pare rău, Micky?

– Nu îmi pare rău pentru că aș fi ucis-o, dacă asta încerci să sugerezi. Te-ai gândit că eu aș fi putut să o omor, Tina?

– Nu eram sigură.

– Nici acum nu poți fi, nu-i așa? Prin urmare, nu are rost să îți spun că nu am ucis-o eu.

– De ce îți pare rău?

– A făcut o mulțime de lucruri pentru mine, zise încet Micky. Și nu am fost niciodată măcar puțin recunoscător. I-am luat în nume de rău fiecare lucru pe care l-a făcut. Nu i-am adresat niciodată vorbe bune, nu am privit-o cu dragoste. Acum mi-aş fi dorit s-o fi făcut, atâta tot.

– Când ai încetat s-o urăşti? După ce a murit?

– Da. Presupun că da.

– Nu o urai pe ea, nu-i aşa?

– Nu... nu. Aveai dreptate în această privinţă. O uram pe adevărata mea mamă. Pentru că o iubeam. Pentru că o iubeam şi ea nu a dat doi bani pe mine.

– Şi acum nu mai eşti supărat pe ea?

– Nu. Îmi închipui că nu avea ce face. Până la urmă, eşti ceea ce te-ai născut. Ea era genul de fiinţă fericită şi lipsită de griji. Îi plăceau bărbaţii şi băutura şi era bună cu copiii ei atunci când simţea ea nevoia să fie. Nu ar fi permis nimănui să-i rănească. În fine, nu i-a păsat de mine! În toţi aceşti ani, am refuzat să accept ideea. Acum am acceptat-o. El întinse o mână. Dă-mi, te rog, o garoafă, Tina.

O luă, se aplecă şi o aşeză pe mormânt sub epitaf.

– Uite, mamă, zise el. Ţi-am fost un fiu nerecunoscător, iar tu nu ai fost o mamă foarte înţeleaptă în ceea ce mă priveşte. Dar ştiu că mi-ai vrut binele.

O privi pe Tina.

– Crezi că mi-am cerut destul de bine iertare?

– Cred că e suficient, zise Tina.

Ea se aplecă și puse și ea buchetul de garoafe.

– Vii des aici să pui flori?

– Vin o dată pe an, îi răspunse Tina.

– Micuța Tina, zise Micky.

Se întoarseră amândoi și o luară pe alee.

– Nu am ucis-o eu, Tina, zise Micky. Jur că nu am făcut-o. Vreau să mă crezi.

– Eram acolo în seara aceea, zise Tina.

El se întoarse spre ea.

– Erai acolo? Vrei să spui că erai la Sunny Point?

– Da. Mă gândeam să îmi schimb slujba. Voiam să mă consult cu mama și cu tata în această privință.

– Ei bine, zise Micky, continuă.

Când ea se opri din povestit, el o apucă de braț și o scutură.

– Continuă, Tina, zise el. Trebuie să îmi spui.

– Nu am mai spus nimănui până acum, zise Tina.

– Continuă, o îndemnă Micky din nou.

– Am condus până acolo. Nu am mers cu mașina până la poartă. Știi că este o porțiune la mijlocul drumului unde poți întoarce mai ușor.

Micky aprobă din cap.

– Am coborât din mașină și am mers pe jos spre casă. Mă simțeam nesigură pe mine. Știam cât de dificil poate fi să vorbești cu mama. Vreau să spun că ea avea întotdeauna ideile ei preconcepute.

Voiam să le explic cât mai clar cu putință. Și așa am mers spre casă, apoi m-am întors spre mașină și iar spre casă. Meditam la ceea ce aveam să spun.

– La ce oră se întâmpla asta? o întrebă Micky.

– Nu știu, îi răspunse ea. Acum nu îmi mai amintesc. Eu... timpul nu prea contează pentru mine.

– Nu, dragă, zise Micky. Întotdeauna ai aerul acela de parcă ai avea tot timpul din lume.

– Treceam pe sub copaci, continuă Tina, și mergeam foarte încet...

– Ca o pisicuță ce ești, zise Micky cu afecțiune.

– Când i-am auzit.

– Pe cine ai auzit?

– Două persoane vorbind în șoaptă.

– Așa, și? Ce spuneau? Lui Micky i se încordară toți mușchii corpului.

– Ziceau... unul din ei zicea: „Între șapte și șapte jumătate. Ăsta e intervalul. Ține minte și nu face prostii. Între șapte și șapte jumătate". Cealaltă persoană șopti la rândul ei: „Da, poți să ai încredere în mine". Cel dintâi: „Și după asta, dragă, totul va fi minunat".

După un moment de tăcere, Micky întrebă:

– Ei bine, de ce ai ascuns asta?

– Pentru că nu știam, zise Tina. Nu știam cine erau cei doi.

– Sunt sigur! Erau bărbați, era și o femeie...?

– Nu știu, zise Tina. Nu pricepi, atunci când două persoane vorbesc în șoaptă, nu le distingi vocea. E doar... o șoaptă. Eu cred că erau un bărbat și o femeie...

– Din cauza a ceea ce-și spuneau?

– Da. Dar nu știam cine sunt.

– Și ai crezut că era vorba despre tata și Gwenda, nu? o întrebă Micky.

– E posibil, nu-i așa? Putea să însemne că Gwenda trebuia să părăsească locuința și să se întoarcă în acel interval sau poate că ea îi spunea tatei să vină între orele șapte și șapte și jumătate.

– Dacă ar fi fost ei doi, nu ai fi vrut să îi dai pe mâna poliției. Despre asta e vorba?

– Dacă aș fi fost sigură, zise Tina. Dar nu sunt. Putea să fie altcineva. Putea să fie... Hester împreună cu cineva? Chiar și Mary putea să fie, dar fără Philip. Nu, Philip nu, bineînțeles.

– Când spuneai Hester și încă cineva, la cine te refereai?

– Nu știu.

– Nu l-ai văzut... pe bărbat, la el mă refer?

– Nu, îi răspunse Tina. Nu l-am văzut.

– Tina, eu cred că tu minți. Era un bărbat, nu?

– M-am întors spre mașină, zise ea, și apoi am văzut pe cineva care venea din cealaltă parte a şoselei, păşind foarte repede. Era doar o umbră în întuneric. Şi apoi mi s-a părut... mi s-a părut că aud o maşină cum porneşte la capătul drumului.

– Ai crezut că sunt eu... zise Micky.

– Nu ştiam, zise Tina. Puteai să fii tu. Avea înălţimea ta. Ajunseră la maşina Tinei.

– Haide, Tina, urcă în mașină, îi zise Micky. Vin cu tine. Mergem la Sunny Point.

– Dar, Micky...

– Nu are rost să îți spun că nu eram eu, nu? Ce ai vrea să îți mai spun? Haide, condu spre Sunny Point.

– Ce ai de gând să faci, Micky?

– De ce ai impresia că urmează să fac ceva? Nu mergeai la Sunny Point oricum?

– Ba da, îi răspunse ea. Am o scrisoare de la Philip.

Fata porni maşina. Micky stătea alături, foarte tensionat.

– Ai vorbit cu Philip? Ce a avut de spus?

– M-a rugat să merg pe la el. Vrea să mă vadă. Ştie că e ziua mea liberă.

– Aha. Nu ți-a spus de ce vrea să te vadă?

– Zicea că vrea să-mi pună o întrebare și că spera ca eu să îi pot da răspunsul. Spunea că nu trebuia să îi zic nimic... îmi va spune el. Trebuia să spun doar da sau nu. Spunea că orice i-aş spune va rămâne între noi.

– Deci, are ceva în gând, nu-i aşa? zise Micky. Interesant!

Sunny Point nu era departe. Când ajunseră acolo, Micky îi spuse:

– Intră tu, Tina. Eu mă voi plimba puţin prin grădină și voi reflecta. Du-te. Ai o întâlnire la care trebuie să ajungi.

– Sper că nu... nu...

Micky râse.

– Să mă sinucid? Haide, Tina, mă cunoşti mai bine de atât.

– Uneori, zise Tina, am impresia că nu poţi cunoaşte pe nimeni.

Ea se întoarse și intră încet în casă. Micky o urmări cu privirea, cu capul aplecat și cu mâinile în buzunare. Se încruntă. Apoi ocoli colțul casei și se uită în sus îngândurat. Toate amintirile din copilărie îl asaltau. Acolo se află o magnolie bătrână. Obişnuia să se caţere pe ea și să intre pe fereastra de la etaj.

Mai era și peticul de pământ despre care spunea că e grădina lui. Nu că i-ar fi plăcut vreodată să lucreze în grădină. Prefera întotdeauna să dezasambleze jucăriile mecanice.

„Drăcuşor distrugător", îşi zise el cu un vag amuzament. Ei bine, nu se schimbase prea mult.

II

În casă, Tina se întâlni cu Mary pe hol. Mary se miră când o văzu.

– Tina! Vii de la Redmyn?

– Da, zise ea. Nu știai că urma să vin?

– Am uitat, zise Mary. Cred că mi-a spus Philip. Merg la bucătărie, să văd dacă i s-a pregătit cafeaua cu lapte. Lui Philip îi place să-și încheie seara cu o cafea. Kirsten tocmai i-o duce sus. Îi place cafeaua mai mult decât ceaiul. Zice că ceaiul îi provoacă indigestie.

– De ce îl tratezi ca pe un invalid, Mary? întrebă Tina. Nu e chiar invalid.

Mary o străfulgera cu privirea.

– Când vei avea un soț, Tina, vei ști mai bine cum trebuie tratat, răspunse Mary.

– Îmi pare rău, zise Tina.

– Doar dacă am putea să scăpăm din casa asta, zise Mary. Lui Philip îi face atât de rău statul aici. Și Hester se întoarce azi, adăugă ea.

– Hester? Tina păru surprinsă. Se întoarce? De ce?

– De unde să știu eu? A sunat aseară și ne-a spus. Nu știu cu ce tren va veni. Presupun că va veni cu expresul, ca de obicei. Cineva va trebui să meargă s-o aştepte în Drymouth.

Mary dispăru pe holul ce ducea la bucătărie. Tina ezită un moment, apoi urcă scările. La etaj, prima uşă din dreapta se deschise şi Hester îşi făcu apariţia. Păru uimită când o văzu pe Tina.

– Hester! Am auzit că te vei întoarce, dar nu mi-am dat seama că ai şi venit.

– M-a adus doctorul Calgary, îi spuse ea. Am urcat direct în camera mea... Nu cred că ştie cineva că am sosit.

– Doctorul Calgary mai e aici?

– Nu. Doar m-a lăsat şi a plecat la Drymouth. Voia să vadă pe cineva acolo.

– Mary nu ştia că ai ajuns.

– Mary nu ştie niciodată nimic, îi zise Hester. Ea şi Philip se izolează de tot ceea ce se petrece în jur. Presupun că tata e cu Gwenda în bibliotecă. Totul pare să fie la fel ca de obicei.

– De ce nu ar fi?

– Nu ştiu, zise Hester vag. Doar că aveam impresia că totul se va schimba.

Se despărţi de sora ei şi coborî scările. Tina trecu de bibliotecă şi merse de-a lungul holului către camera din capăt, care era ocupată de familia Durrant. Kirsten Lindstrom, care stătea în pragul uşii lui Philip cu o tavă în mână, îşi întoarse capul repede.

– Vai, Tina, m-ai făcut să tresar, zise ea. Tocmai îi duceam lui Philip o cafea și niște biscuiți. Ridică mâna și bătu în ușă.

Tina se apropie.

Kirsten deschise ușa și intră. Se afla cu un pas în fața Tinei, care nu putea să vadă nimic de silueta înaltă și osoasă a lui Kirsten, dar îi auzi icnetul de groază. Brațele i se muiară și scăpă tava. Ceașca și farfuriile se izbiră de apărătoarea de la șemineu.

– O, nu, țipă Kirsten, o, nu!

– Philip? strigă Tina.

Ea trecu de Kirsten și se duse spre birou, unde se afla scaunul lui Philip Durrant. Presupunea că Philip scria. Un pix zăcea aproape de mâna sa dreaptă, iar capul îi era căzut în față. La baza craniului, se vedea ceva ce semăna cu o monedă mică de culoare roșie care-i pătase gulerul alb.

– A fost ucis, zise Kirsten. A fost omorât... înjunghiat. Acolo, la baza creierului. O mică înțepătură care i-a fost fatală.

– L-am avertizat. Am făcut tot ce am putut. Dar era ca un copil... îi plăcea să se joace cu lucruri periculoase, nu realiza ce se putea întâmpla.

Parcă ar fi un vis urât, gândi Tina. Ea stătea lângă cotul lui Philip uitându-se la el, în timp ce Kirsten îi ridică mâna moale și-i verifică pulsul. Nici urmă de puls. Ce dorise s-o întrebe? Orice-ar fi fost, acum nu mai putea. Fără să fie propriu-zis conștientă de asta, mintea Tinei înregistra diferite detalii. Philip stătea la birou și scria, da. Pixul se afla acolo, dar nu era nici o foaie de hârtie. Nimic scris. Cine îl ucisese luase cu el ce scrisese.

– Trebuie să le spunem și celorlalți, zise ea încet.

– Da, da, trebuie să coborâm la ei. Trebuie să-i spunem și tatălui tău.

Kirsten o luă de mijloc pe Tina și amândouă se îndreptară spre ușă. Ochii fetei se opriră asupra tăvii și a veselei sparte.

– Lasă-le, zise Kirsten. Se poate face curățenie mai târziu. Tina se împiedică, iar brațul lui Kirsten o susținu.

– Ai grijă. Să nu cazi.

În timp ce străbăteau coridorul, se deschise ușa de la bibliotecă. Leo și Gwenda ieșiră.

– Philip a fost ucis, spuse Tina cu vocea ei limpede, înjunghiat.

Parcă trăiesc un vis, se gândi Tina. Exclamațiile tatălui ei și ale Gwendei trecură pe lângă ea, în timp ce se îndreptau spre locul în care zăcea Philip... Spre Philip care acum era mort. Kirsten o lăsă acolo și se grăbi spre parter.

– Trebuie să îi spui și lui Mary. Trebuie să îi spunem cu grijă. Sărmana Mary! Va fi un șoc teribil pentru ea.

Tina o urmă agale. Mai mult ca niciodată se simțea amețită, buimacă, copleșită de o durere ciudată. Încotro se îndrepta? Nu știa. Nimic nu era adevărat. Ajunsese la ușa de la intrare și ieși. Atunci îl zări pe Micky venind de după colțul clădirii. Automat, ca și cum doar pașii ar fi condus-o în tot acest timp, merse direct la el.

– Micky! exclamă ea. Of, Micky!

El își deschise brațele.

– E în regulă, zise Micky. Sunt aici.

Tina se prăbuși ușor în brațele lui, apoi alunecă la pământ, exact când Hester ieși fugind din casă.

– A leșinat! strigă neajutorat Micky. N-am mai văzut-o leșinând niciodată.

– E din cauza șocului, zise Hester.

– Ce vrei să spui... Ce șoc?

– Philip a fost ucis, zise Hester. Nu știai?

– De unde să știu? Când? Cum?

– Adineauri.

Tânărul se holbă la ea. Apoi o luă pe Tina pe brațe și, urmat de Hester, o duse în salonul doamnei Argyle și o întinse pe canapea.

– Sună-l pe doctorul Craig, zise el.

– Uite-i mașina, zise Hester, uitându-se pe fereastră. Tata l-a sunat în legătură cu Philip. Eu... și se uită roată. Eu nu vreau să-l întâlnesc.

Ea ieși în grabă din încăpere și urcă scările. Donald Craig coborî din mașină și intră pe ușa din față care era deschisă. Kirsten ieși din bucătărie pentru a-l întâmpina.

– Bună ziua, domnişoară Lindstrom. Ce se întâmplă? Domnul Argyle mi-a zis că Philip Durrant a fost ucis. *Ucis?*

– E adevărat, zise Kirsten.

– A sunat la poliție?

– Nu ştiu.

– Există vreo şansă să fie vorba doar despre o rană? întrebă Don. Se întoarse să-şi ia trusa din maşină.

– Nu, zise Kirsten. Vocea ei era monotonă şi obosită. E mort. Sunt foarte sigură de acest lucru. A fost înjunghiat... aici. Femeia îşi duse mâna la gât pentru a-i indica locul.

Micky ieşi pe hol.

– Bună, Don, mai bine te-ai ocupa de Tina, zise el. A leşinat.

– Tina? O, da, ea e cea... cea din Redmyn, nu-i aşa? Unde e?

– Aici, înăuntru.

– O să mă uit să văd ce are înainte să urc la etaj. În drum spre cameră, îi spuse lui Kirsten peste umăr:

– Să îi menţineţi corpul cald, să îi aduceţi ceai fierbinte sau cafea de îndată ce îşi revine. Dar deja ştiaţi asta...

Kirsten aprobă din cap.

– Kirsty! Mary Durrant venea încet dinspre bucătărie. Kirsten merse la ea. Micky o privi neajutorat.

– Nu e adevărat! Vocea lui Mary era puternică şi aspră. Nu e adevărat! E o minciună pe care aţi inventat-o. Era în regulă adineauri când am venit de la el. Era foarte bine. Scria. I-am spus să nu scrie. I-am spus să nu o facă. Ce l-a împins s-o facă? De ce trebuia să fie atât de încăpățânat? De ce nu a vrut să plecăm din casa asta atunci când am vrut eu?

Kirsten făcu tot ce îi stătu în putere să o liniștească. Donald Craig ieși cu pași mari din salon.

– Cine a spus că fata a leșinat? întrebă el. Micky se holbă la el.

– Dar a leșinat, zise el.

– Unde se afla în momentul în care a leșinat?

– Era împreună cu mine... Ieșise din casă și venea spre mine. Apoi... s-a prăbușit brusc.

– S-a prăbușit, ziceți? Da, s-a prăbușit de-a binelea, zise Donald Craig sumbru.

Se duse repede la telefon.

– Trebuie să chem urgent o ambulanță, zise el.

– O ambulanță?

De data asta, și Micky, și Kirsten se holbară la el. Mary părea să nu fi auzit.

– Da, le răspunse Donald, formând numărul nervos. Fata nu a leșinat. A fost înjunghiată. Înțelegeți? Înjunghiată în spate. Trebuie s-o ducem la spital imediat.

CAPITOLUL 23

I

În camera sa de hotel, Arthur Calgary își recitea notițele. Din când în când, legăna din cap.

Da... era pe drumul cel bun. La început făcuse greșeala de a se concentra asupra doamnei Argyle. În nouă cazuri din zece, aceasta ar fi fost în regulă! Dar ăsta era al zecelea caz.

De la bun început simțise prezența unui factor necunoscut. Dacă ar fi putut identifica și izola acest factor, cazul ar fi rezolvat. În timp ce-l căuta, fusese obsedat de femeia moartă. Dar abia acum își dădea seama că ea nu era atât de importantă. Într-un fel, putea fi oricine în locul victimei.

Își schimbase punctul de vedere – se întoarse la momentul când începuse totul. Se întoarse la Jacko. Nu la tânărul Jacko, acuzat de o crimă pe care nu o comisese, ci la Jacko omul. Era Jacko, așa cum spune doctrina calvinistă, „un vas ce se îndrepta spre distrugere“?

I se acordaseră toate șansele în viață, nu-i așa? În orice caz, în opinia doctorului MacMaster era unul dintre oamenii născuți parcă pentru a o lua pe o cale greșită. Nici un mediu nu l-ar fi ajutat sau salvat. Era oare adevărat?

Leo Argyle vorbise despre el cu indulgență și milă. Cum îl descrisese? „Un neadaptat." Acceptase abordarea psihologiei moderne. Un infirm, nu un criminal. Ce îi spusese Hester? Menționase fără menajamente că Jacko fusese întotdeauna îngrozitor!

O declarație simplă și copilărească. Iar Kirsten Lindstrom ce spusese? Că Jacko fusese întotdeauna afurisit! Da, fusese atât de vehementă! Iar Tina declarase: „Nu l-am plăcut și nici nu am avut încredere în el niciodată". Așadar, toți erau în general de acord. Doar văduva lui Jacko fusese mai exactă în detalii. Maureen Clegg vorbea doar din punctul ei de vedere, își irosise viața cu Jacko. Fusese cucerită de șarmul lui și regreta acest lucru. Acum, recăsătorită, împărtășea punctele de vedere ale soțului său. Îi explicase lui Calgary toate metodele dubioase ale lui Jacko de a face rost de bani. Bani...

În mintea obosită a lui Arthur Calgary acest cuvânt părea că dansează pe perete, scris în litere uriașe. Bani! Bani! Bani! Ca un laitmotiv într-o operă, gândi el. Banii doamnei Argyle! Bani puși în cont!

Bani puşi ca venit anual! Restul averii lăsat soţului ei! Banii luaţi de la bancă! Banii din sertarul biroului! Hester care se grăbise spre maşină fără un ban în poşetă, împrumutând două lire de la Kirsten Lindstrom. Banii găsiţi asupra lui Jacko, bani pe care el jura că mama lui îi dăduse.

Totul devenea un tipar – un tipar care se învârtea în jurul banilor. Şi, bineînţeles, în acest tipar factorul necunoscut devenea evident.

Se uită la ceas. Îi promisese lui Hester că o s-o sune la o anumită oră. Luă telefonul şi ceru să i se facă legătura. Imediat auzi vocea clară, oarecum copilăroasă.

– Hester, e totul în regulă?

– Oh, da, sunt bine.

Îi luă un moment sau două până îşi dădu seama de semnificaţia răspunsului ei. După care întrebă repede:

– Ce s-a întâmplat?

– Philip a fost ucis.

– Philip? Philip Durrant?

Lui Calgary nu-i venea să creadă.

– Da. Şi Tina... dar măcar ea nu a murit. E la spital.

– Povesteşte-mi! zise el pe un ton imperativ.

Ea îi povesti. O descusu şi o interogă până obţinu toate detaliile. După care zise aspru:

– Rezistă, Hester, vin acolo. O să ajung la tine – se uită la ceas – în cel mult o oră. Trebuie să mă întâlnesc cu superintendentul Huish mai întâi.

II

– Ce doriți de fapt să știți, doctore Calgary? întrebă Huish, dar înainte ca acesta să răspundă, telefonul de pe birou sună și superintendentul răspunse.

– Da. Da, la telefon. Un moment. Trase spre el o foaie de hârtie și un pix. Da. Continuați. Da. Începu să scrie. Cum? Cum se scrie ultimul cuvânt? Oh, înțeleg. Da, nu pare să aibă prea mult sens până acum, nu-i așa? Corect. Asta e tot? Bine. Mulțumesc. Închise telefonul. Era de la spital, explică el.

– Tina? întrebă Calgary.

Superintendentul aprobă din cap.

– Și-a recăpătat cunoștința pentru câteva clipe.

– A spus ceva? întrebă Calgary.

– Nu prea înțeleg de ce v-aș spune, doctore Calgary.

– Vă rog, pentru că eu cred că vă pot ajuta.

Huish se uită gânditor la el.

– Ați pus prea mult la inimă totul, nu-i așa, doctore Calgary?

– Da, aşa e. M-am considerat responsabil pentru redeschiderea cazului. Mă simt responsabil chiar şi pentru aceste două tragedii. Va supravieţui fata?

– Ei, aşa cred, zise Huish. Lama cuţitului a ratat inima, dar starea ei nu e încă stabilă. Clătină din cap. Asta e întotdeauna problema, explică el. Oamenii nu vor să creadă că un criminal nu se simte în siguranţă. Sună ciudat, dar aşa e. Ştiau că există un criminal printre ei. Trebuia să-mi fi spus ceea ce ştiau. Singurul lucru bun pe care îl poţi face dacă eşti în preajma unui criminal este să spui imediat poliţiei tot ce ştii. Ei n-au făcut asta. Au avut reţineri faţă de mine. Philip Durrant a fost un tip de treabă, inteligent; dar a luat totul ca pe un joc. A început să-şi bage nasul întinzând tot felul de capcane. Şi a descoperit ceva sau aşa a crezut. Mai e cineva care a crezut acelaşi lucru. Rezultatul: primesc un telefon prin care sunt anunţat că el e mort, înjunghiat în ceafă. Asta se întâmplă dacă te joci cu focul şi nu-ţi dai seama de pericol.

Se opri şi-şi drese glasul.

– Şi fata? întrebă Calgary.

– Fata ştia ceva, zise Huish. Ceva ce nu voia să spună. După părerea mea, era îndrăgostită de individ.

– Vorbiţi despre Micky?

Huish încuviință din cap.

– Da. Aș putea spune că și lui Micky îi era dragă, într-un fel. Dar a-ți fi cineva drag nu înseamnă nimic, dacă ți-e frică de acea persoană. Ceea ce știa era probabil mai grav decât își imagina ea. Din cauza asta, după ce l-a găsit pe Durrant mort, s-a grăbit să-i sară în brațe, iar el a profitat de asta înfigându-i un cuțit în piept.

– Astea sunt mai degrabă speculații, nu-i așa, domnule Huish?

– Nu numai, doctore Calgary. Cuțitul era în buzunarul lui.

– Arma crimei?

– Da, avea sânge pe el. Îl vom testa, dar, cu siguranță, va fi sângele ei. Al ei și al lui Philip Durrant!

– Dar... e imposibil.

– Cine spune asta?

– Hester. Am sunat-o și mi-a povestit totul.

– V-a povestit, nu-i așa? Faptele sunt foarte simple. Mary Durrant a coborât în bucătărie, lăsându-și soțul în viață la patru fără zece minute, oră la care în casă se aflau Leo Argyle și Gwenda Vaughan, în bibliotecă, Hester Argyle, în dormitorul ei de la primul etaj, și Kirsten Lindstrom, în bucătărie. Imediat după ora patru, Micky și Tina au ajuns cu mașina. Micky a mers în grădină, iar Tina a urcat la etaj, în spatele lui Kirsten Lindstrom care tocmai îi ducea lui Philip cafea și biscuiți. Tina s-a oprit să stea de vorbă cu Hester, după care a însoțit-o din nou pe domnișoara Lindstrom și împreună l-au găsit pe Philip mort.

– Și în tot acest timp Micky a fost în grădină. Cu siguranță, e un alibi bun.

– Ce nu știți, doctore Calgary, este că lângă casă există un arbore mare de magnolie. Copiii obișnuiau să se cațăre în el, mai ales Micky. Era una dintre modalitățile lui de a intra și de a ieși din casă. S-ar fi putut urca în acel copac, apoi să intre în camera lui Durrant, să-l înjunghie și să iasă iar afară. Oh, ar fi fost nevoie de sincronizare perfectă, dar este uimitor câte poți face când ești plin de curaj. Iar el era disperat. Trebuia, sub orice formă, să împiedice întâlnirea dintre Tina și Durrant. Pentru a fi sigur, trebuia să-i omoare pe amândoi.

Calgary rămase pe gânduri câteva momente.

– Tocmai ați spus că Tina și-a recăpătat cunoștința. Nu a reușit să spună clar cine a înjunghiat-o?

– Nu a fost foarte coerentă. De fapt mă îndoiesc că ar fi fost conștientă în adevăratul sens al cuvântului, zise Huish aruncându-i un zâmbet obosit. În regulă, doctore Calgary, vă voi spune exact ce a spus. În primul rând, a zis un nume: Micky....

– Şi astfel l-a acuzat pe el, zise Calgary.

– Aşa se pare, zise Huish încuviinţând din cap. În rest, nimic din ce a spus nu prea are sens. Pare un pic fantastic.

– Ce a spus?

Huish se uită la hârtia din faţa lui.

– „Micky“, după care a făcut o pauză. Apoi „ceaşca era goală“ şi apoi „porumbelul de pe catarg“. Se uită la Calgary. Înţelegeţi ceva din toate astea?

– Nu. Calgary clătină din cap şi repetă absent: porumbiţa de pe catarg… E foarte ciudat să spui asta.

– N-a fost vorba despre nici un catarg şi despre nici o porumbiţă din câte ştiu eu, zise Huish. Dar înseamnă ceva pentru ea, ceva din mintea ei. Dar nu poate avea nici o legătură cu crima. Dumnezeu ştie pe ce tărâmuri ale fanteziei pluteşte ea acum.

Calgary rămase tăcut câteva momente. Stătea pe scaun şi reanaliza totul.

– L-aţi arestat pe Micky?

– L-am reţinut. Va fi acuzat în mai puţin de douăzeci şi patru de ore.

Huish se uită curios la Calgary.

– Să înţeleg că acest flăcău, Micky, nu a fost răspunsul dumneavoastră la problemă.

– Nu, răspunse Calgary. Nu, Micky nu era răspunsul meu. Chiar şi acum – nu ştiu. Se ridică.

Încă mai cred că am dreptate, dar știu că nu am destule informații ca să mă credeți. Trebuie să mă întorc acolo. Trebuie să mă întâlnesc din nou cu toți.

– În acest caz, aveți grijă de dumneavoastră, doctore Calgary. Totuși, care e bănuiala dumneavoastră?

– Ar însemna ceva dacă v-aș spune că eu cred că aceasta a fost o crimă pasională?

Huish ridică din sprâncene.

– Există multe pasiuni, doctore Calgary. Ura, zgârcenia, lăcomia, frica, toate sunt pasiuni.

– Când spun crimă pasională, mă refer exact la ceea ce înțelege toată lumea prin acest termen.

– Dacă vă referiți la Gwenda Vaughan și Leo Argyle, zise Huish, să știți că la ei ne-am gândit și noi tot timpul, dar pur și simplu ceva nu se leagă.

– E mai complicat de atât.

CAPITOLUL 24

Arthur Calgary ajunse la Sunny Point, pe înserat, exact ca atunci când venise prima dată aici. Viper's Point, gândi el în timp ce suna la ușă.

Evenimentele păreau să se repete. Hester fu cea care deschise ușa. Pe fața ei era aceeași expresie sfidătoare, același aer tragic, deznădăjduit. În spatele ei, pe hol, văzu ca și data trecută figura suspicioasă și vigilentă a lui Kirsten Lindstrom. Istoria se repeta.

Apoi tiparul se schimbă. Suspiciunea și deznădejdea dispărură de pe fața lui Hester. Se transformară într-un zâmbet cald și primitor.

– Oh, zise ea. Oh, mă bucur atât de mult că ați venit!

El îi luă mâinile într-ale lui.

– Aș dori să-l văd pe tatăl dumneavoastră, Hester. Este sus, în bibliotecă?

– Da. Da, e acolo cu Gwenda.

Kirsten Lindstrom se apropie de ei.

– De ce ați venit iar aici? i se adresă ea pe un ton acuzator. Nu vă dați seama câte probleme ne-ați făcut? Uitați ce ni s-a întâmplat. Viața lui Hester ruinată, viața domnului Argyle ruinată, și doi morți. Doi! Philip Durrant și Tina. Și totul din cauza dumneavoastră – numai a dumneavoastră!

– Tina nu e moartă încă, răspunse Calgary, și trebuie să fac ceva ce nu poate rămâne neterminat.

– Ce trebuie să faceți? îi blocă Kirsten accesul pe scări.

– Trebuie să termin ce am început.

Foarte blând, îi puse mâna pe umăr și o împinse deoparte. Urcă scările, iar Hester îl urmă. Privi peste umăr și-i zise lui Kirsten:

– Veniți și dumneavoastră, domnișoară Lindstrom, aș vrea să fiți toți de față.

În bibliotecă, Leo Argyle stătea pe un scaun la birou. Gwenda Vaughan era în genunchi în fața focului privind tăciunii. Ridicară privirea puțin surprinși.

– Îmi cer scuze că dau buzna, zise Calgary, dar am venit, așa cum le spuneam și lor, să termin ceea ce am început. Se uită de jur împrejur la cei prezenți. Doamna Durrant este în casă? Mi-ar plăcea să fie și dumneaei de față.

– S-a întins puțin, cred, răspunse Leo. Ea... face față foarte greu situației.

– Totuși, aș dori să fie prezentă. Se uită la Kirsten.

– Ați putea merge s-o chemați.

– S-ar putea să nu vrea să vină, zise Kirsten ursuză.

– Spuneți-i că sunt lucruri pe care poate ar dori să le știe despre moartea soțului dumneaei.

– Oh, du-te, Kirsty! o îndemnă Hester. Nu fi atât de suspicioasă și atât de protectoare cu noi toți. Nu știu ce are doctorul Calgary să ne spună, dar ar trebui să fim toți de față.

– Cum doriți, răspunse Kirsten și ieși din cameră.

– Luați loc, zise Leo arătându-i un scaun de cealaltă parte a șemineului, pe care Calgary se și așeză.

– Trebuie să mă iertați, urmă Leo, când spun că în acest moment îmi doresc să nu fi venit deloc aici, doctore Calgary.

– E nedrept, interveni Hester cu înverșunare. E nedrept să spui asta!

– Știu cum vă simțiți, răspunse Calgary, cred că și eu aș fi simțit la fel dacă aș fi fost în situația dumneavoastră. Poate că, pentru o scurtă perioadă, chiar v-am împărtășit punctul de vedere, dar dacă stau să reflectez, tot nu văd ce altceva aș fi putut face.

Kirsten reveni în cameră și anunță:

– Vine și Mary.

Așteptară în tăcere până ce Mary Durrant intră în încăpere. Calgary se uită la ea cu interes, având în vedere că era pentru prima dată când o vedea. Părea calmă și liniștită, îngrijit îmbrăcată, perfect coafată. Dar fața îi era ca o mască inexpresivă și avea un aer de somnambulă.

Leo făcu prezentările. Ea își înclină ușor capul.

– Mă bucur că ați venit, doamnă Durrant, începu Calgary. Mă gândeam că poate ați dori să auziți ceea ce am de spus.

– Cum doriți, răspunse Mary. Dar nimic din ce spuneți dumneavoastră sau oricine altcineva nu-l va aduce pe Philip înapoi.

Se îndepărtă puțin de ei și ocupă un loc lângă fereastră. Calgary se uită în jurul lui.

– Pentru început, dați-mi voie să spun că atunci când am venit prima dată aici, când v-am spus că pot să îi reabilitez numele lui Jacko, modul în care ați primit vestea m-a șocat. Dar acum înțeleg. Lucrul care m-a afectat cel mai mult a fost ceea ce mi-a spus această copilă de aici – se uită la Hester – înainte de plecare. Mi-a spus că nu dreptatea contează, ci că era important ceea ce avea să se întâmple cu nevinovații. Este o frază în ultima traducere a Cărții lui Iov care descrie această situație. „Deznădejdea celor fără de vină." Ați suferit toți de pe urma veștilor mele. Cei nevinovați nu ar trebui să sufere, nu ar avea voie să sufere, și datorită suferinței celor nevinovați sunt azi aici să vă spun ceea ce am de spus.

Se opri câteva momente, dar nimeni nu interveni. Cu vocea lui calmă şi pedantă, Arthur Calgary continuă:

– Când am venit prima dată aici, nu a fost pentru a vă aduce – aşa cum am crezut eu – veşti minunate. Aţi acceptat cu toţii vinovăţia lui Jacko. Eraţi toţi, dacă pot să spun asta, mulţumiţi cu verdictul. Era cea mai bună soluţie posibilă în cazul morţii doamnei Argyle.

– Nu sunteţi puţin prea dur când spuneţi asta? întrebă Leo.

– Nu, zise Calgary, este doar adevărul. Jacko era varianta care vă mulţumea pe toţi, din moment ce nu se punea problema intruziunii vreunei persoane din afară care să fi comis crima, dar şi pentru că lui Jacko i-aţi fi găsit motivele necesare. A fost un ghinionist, un invalid mintal, iresponsabil pentru acţiunile sale, o problemă sau un delincvent! Putem folosi orice expresie utilizată în zilele noastre pentru a evita vinovăţia. Aţi spus, domnule Argyle, că dumneavoastră nu îl acuzaţi. Aţi spus că nici mama lui, victima, nu l-ar fi acuzat. Se uită la Kirsten Lindstrom.

– Dar dumneavoastră l-aţi acuzat. Aţi spus cât se poate de clar că era un nemernic. Acesta e termenul folosit. „Jacko a fost un nemernic!“, aşa aţi spus.

– Poate, răspunse Kirsten Lindstrom. Poate – da, poate am spus asta. Era adevărat.

– Da, era adevărat. A fost un nemernic. Dacă nu ar fi fost un ticălos, nimic din toate astea nu s-ar fi întâmplat. Totuși, știți foarte bine că dovezile mele i-au spălat numele.

– Nu putem să ne luăm tot timpul după dovezi, răspunse Kirsten. Ați suferit o comoție. Știu foarte bine ce poate face o comoție oamenilor. Își amintesc lucrurile, dar nu foarte clar, le văd ca prin ceață.

– Deci, aceasta e în continuare soluția dumneavoastră. Credeți în continuare că Jacko a comis crima și că a reușit cumva să-și construiască un alibi? Am dreptate?

– Nu cunosc detaliile. Da, ceva asemănător. Susțin în continuare că el e vinovat. Toată suferința de aici și morțile – da, aceste morți îngrozitoare –, toate sunt din vina lui. Toate sunt din cauza lui Jacko.

– Dar, Kirsten, i-ai fost întotdeauna devotată lui Jacko, strigă Hester.

– Poate, da, poate. Dar tot cred că a fost un ticălos.

– Aici cred că aveți dreptate, zise Calgary, dar în rest, greșiți. Cu sau fără comoție, memoria mea este perfectă. În noaptea morții doamnei Argyle l-am luat pe Jacko în mașină la ora menționată.

Nu există nici o posibilitate – și repet aceste cuvinte – nu există nici o posibilitate prin care Jacko Argyle să-și fi omorât mama în acea noapte. Alibiul lui e valid.

Leo se mișcă neliniștit în scaun. Calgary continuă:

– Vi se pare că repet la nesfârșit aceleași lucruri? Nu chiar. Mai sunt câteva aspecte de luat în seamă. Unul dintre ele este legat de declarația pe care o am de la superintendentul Huish, declarație conform căreia Jacko a fost arogant și sigur pe el atunci când a spus că are alibi. Avea totul pregătit, ora, locul, ca și cum ar fi știut că va avea nevoie de ele. Asta se adaugă la ceea ce a spus despre el doctorul MacMaster, care are o îndelungă experiență cu cazuri de delincvenți în devenire. A spus că nu a fost surprins de faptul că Jacko avea sământa crimei sădită în inimă, dar a fost surprins de faptul că a dus-o la capăt. A spus că s-ar fi așteptat ca Jacko să fie vinovat doar de faptul că a semănat ideea comiterii crimei în mintea altcuiva. Așa am ajuns la situația să mă întreb dacă Jacko a știut că avea să aibă loc o crimă în acea noapte. A știut că va avea nevoie de un alibi și a încercat în mod deliberat să-și creeze unul? Dacă da, altcineva a ucis-o pe doamna Argyle, dar Jacko știa că așa se va întâmpla, ceea ce-l face complice la crimă.

I se adresă lui Kirsten Lindstrom:

– Sunteți de acord cu mine, nu-i așa? Încă mai credeți asta sau încercați să vă convingeți? Sunteți convinsă că Jacko a omorât-o, nu dumneavoastră... Știți că ați făcut-o la ordinele lui, fiind sub influența lui. Așadar, doriți ca toată vina să fie a lui!

– Eu? se miră Kirsten Lindstrom. Eu? Ce vreți să spuneți?

– Încerc să spun, reluă Calgary, că există o singură persoană în această casă care ar fi putut fi complicele lui Jacko Argyle. Iar această persoană sunteți dumneavoastră, domnișoară Lindstrom. Jacko era cunoscut pentru că reușea să inspire pasiuni în inimile femeilor de vârstă mijlocie. S-a folosit în mod conștient de acest talent. Avea putere de convingere. Se aplecă înainte. A făcut dragoste cu dumneavoastră, nu-i așa? întrebă el blând. V-a făcut să credeți că îi păsa de dumneavoastră, că voia să vă ia de soție, că după ce toate astea se vor fi terminat și va avea mai mult control asupra banilor mamei lui, vă veți căsători și veți pleca undeva. Am dreptate, nu-i așa?

Kirsten se holba la el. Nu spunea nimic. Era ca și cum ar fi fost paralizată.

– A făcut toate astea cu cruzime, fără milă și în mod conștient, continuă Arthur Calgary. A venit aici în seara aceea după bani, speriat că putea ajunge la închisoare. Doamna Argyle a refuzat să-i dea bani. Când a fost refuzat de ea, a apelat la dumneavoastră.

– Credeți, întrebă Kirsten Lindstrom, credeți că aș fi luat banii doamnei Argyle pentru el, în loc să îi dau din banii mei?

– Nu, zise Calgary, i-ați fi dat din ai dumneavoastră, dacă ați fi avut. Dar nu cred că aveați... Primeați o sumă frumușică din renta pe care doamna Argyle v-o asigurase, dar cred că el vă luase deja banii aceia. Așadar, el era disperat în seara aceea și, când doamna Argyle a urcat la soțul ei care se afla în bibliotecă, dumneavoastră ați ieșit din casă, unde el vă aștepta și v-a spus ce aveați de făcut. În primă instanță trebuia să îi dați lui banii, iar apoi, înainte să se descopere hoția, doamna Argyle trebuia ucisă. Pentru că ea nu v-ar fi acoperit dacă ar fi aflat că ați furat banii. El v-a spus că avea să fie ușor. Trebuia doar să trageți sertarele ca să pară că fusese mâna unui hoț și să o loviți în ceafă. V-a spus că nu va simți nici o durere... El și-ar fi găsit un alibi, astfel încât dumneavoastră puteați face lucrurile cu atenție în intervalul strict dintre orele șapte și șapte și jumătate.

– Nu e adevărat, zise Kirsten. Și începu să tremure. Sunteți nebun dacă afirmați aceste lucruri. Și totuși, nu exista urmă de indignare în vocea ei. În mod ciudat, vocea ei părea mecanică și ostenită.

Chiar dacă ceea ce spuneți ar fi adevărat, zise ea, credeți că l-aș fi lăsat să fie acuzat de crimă?

– O, da, zise Calgary. Până la urmă, vă spusese că va avea un alibi. Probabil v-ați așteptat să fie arestat și apoi să-și probeze nevinovăția. Asta făcea parte din plan.

– Dar din moment ce nu și-a putut proba nevinovăția? întrebă Kirsten. Nu l-aș fi salvat atunci?

– Probabil că ați fi făcut-o, zise Calgary, probabil că da, doar că în dimineața imediat următoare crimei, soția lui Jacko a apărut aici. Nu știați că era căsătorit. Fata v-a repetat de două sau de trei ori că era soția lui și tot nu v-a venit să credeți. În acel moment, cerul s-a prăbușit pe dumneavoastră. L-ați văzut pe Jacko așa cum era el – crud, uneltitor, fără pic de afecțiune pentru dumneavoastră. V-ați dat seama de ceea ce v-a convins să faceți.

Dintr-odată, Kirsten Lindstrom începu să vorbească. Cuvintele i se învălmășeau, făcând-o să pară incoerentă.

– L-am iubit... L-am iubit din tot sufletul. Eram o fată bătrână, o proastă și naivă care l-a iubit la nebunie. M-a făcut să mă gândesc la asta... m-a făcut să îl cred. Îmi spunea că niciodată nu i-a păsat de fete. Zicea... nu pot să vă spun tot ce îmi spunea. L-am iubit. Vă spun că l-am iubit. Apoi, gâsculița aceea a venit aici, acea ființă comună.

Mi-am dat seama că totul era o ticăloșie, ticăloșie... Ticăloșia lui, nu a mea.

– În seara în care am venit aici, zise Calgary, erați speriată, nu-i așa? Vă era frică de ceea ce urma să se întâmple. Vă era frică de ceilalți. De Hester, pe care o iubeați, de Leo, de care erați atașată. Probabil că ați văzut puțin din ceea ce avea să le provoace fapta dumneavoastră. Dar, în primul rând, vă era frică de dumneavoastră. Și acum vedeți unde v-a dus frica. Acum mai aveți două victime pe conștiință.

– Vreți să spuneți că eu i-am ucis pe Tina și pe Philip?

– Bineînțeles că dumneavoastră, zise Calgary. Tina și-a recăpătat cunoștința.

Umerii lui Kirsten se lăsară de disperare.

– Deci, v-a spus că am înjunghiat-o. Nici nu cred că și-a dat seama. Eram furioasă, bineînțeles. Eram nebună pe atunci, nebună de groază. Se apropia atât de mult, atât de mult.

– Vreți să știți ce ne-a spus Tina când și-a recăpătat cunoștința? zise Calgary. Ne-a spus: „Ceașca era goală". Știam ce voia să spună prin asta. Vă prefăceați că îi duceți o ceașcă de cafea lui Philip Durant, dar, de fapt, deja îl omorâserăți și ieșeați din cameră când ați auzit-o pe Tina venind într-acolo. Așa că v-ați întors și v-ați prefăcut că duceați tava înăuntru. Mai târziu, deși se afla în pragul pierderii cunoştinţei, aproape de a muri, dintr-odată, şi-a dat seama că acea ceaşcă care se izbise de podea era goală, pentru că nu lăsase nici o pată de cafea.

– Dar Kirsten nu a avut cum s-o înjunghie, ţipă Hester. Tina a coborât scările împreună cu Micky. Era teafără.

– Draga mea copilă, îi zise Calgary, există cazuri de oameni care au fost înjunghiaţi şi au putut să îşi continue drumul încă o stradă fără să îşi dea seama ce li s-a întâmplat! În starea de şoc în care se afla, Tina putea realiza cu greu ce i se întâmplase. Este vorba despre o înţepătură ca de ac şi de o durere abia sesizabilă, poate. O privi din nou pe Kirsten.

– Mai târziu, zise el, aţi strecurat cuţitul în buzunarul lui Micky. Asta a fost cea mai josnică faptă dintre toate.

Mâinile lui Kirsten se ridicară în semn de implorare.

– Nu m-am putut abţine, nu m-am putut abţine... Totul devenise atât de evident... Toţi începuseră să bănuiască. Philip şi Tina începură să îşi dea seama... Cred că Tina m-a auzit vorbind cu Jacko afară în seara aceea. Toţi începeau să îşi dea seama... Voiam să fiu în siguranţă. Voiam... nimeni nu poate fi în siguranţă.

Îşi lăsă mâinile jos.

– Nu intenționam să o ucid pe Tina. Cât despre Philip... Mary Durant se ridică. Traversă camera încet, dar hotărât.

– Tu l-ai ucis pe Philip? întrebă ea. Tu l-ai ucis pe Philip!

Dintr-odată, se năpusti ca o tigroaică asupra celeilalte femei. Gwenda, fiind mai ageră, sări la picioarele ei și i le cuprinse cu brațele. Calgary i se alătură și împreună o desprinseră pe Mary de gâtul lui Kirsten.

– Tu... tu?! țipă Mary Durrant.

Kirsten Lindstrom se uită la ea.

– Ce treabă avea el cu asta? întrebă ea. De ce trebuia să-și bage nasul și să pună întrebări? El nu a fost niciodată amenințat. Nu a fost niciodată o chestie de viață și de moarte pentru el. Era doar... o distracție.

Ea se întoarse și păși încet spre ușă. Fără a-i mai privi, ieși afară.

– Oprește-o! țipă Hester. O, trebuie s-o oprim!

– Las-o să plece, Hester, îi zise Leo.

– Dar... se va sinucide.

– Mă îndoiesc de asta, zise Calgary.

– Ne-a fost prietenă loială, atâta vreme, zise Leo. Loială, devotată... și acum asta!

– Credeți că se va preda? întrebă Gwenda.

– E mai probabil să meargă la cea mai apropiată gară și să ia un tren spre Londra. Dar nu va putea să scape, bineînțeles. Va fi dată în urmărire și găsită, zise Calgary.

– Draga noastră Kirsten, zise Leo din nou. Vocea îi tremura. A fost atât de loială și de bună cu noi toți.

Gwenda îl apucă de braț și îl scutură.

– Cum poți face asta, Leo, cum poți? Gândește-te la tot ce ne-a făcut, la cum ne-a făcut să suferim!

– Știu, zise Leo, dar și ea a suferit. Cred că suferința ei se resimțea în casa aceasta.

– Și din partea ei, puteam continua să suferim pentru totdeauna, zise Gwenda! Dacă n-ar fi fost doctorul Calgary. Ea se întoarse spre el plină de recunoștință.

– Până la urmă, zise el, am făcut ceva util, deși e cam târziu.

– Prea târziu, zise Mary amarnic. Prea târziu! O, de ce nu am știut, de ce nu ne-am dat seama? Se întoarse acuzator către Hester. Credeam că tu erai vinovata. Întotdeauna am crezut asta.

– El nu a crezut, zise Hester, și îl privi pe Calgary.

– Mai bine aș fi murit, zise Mary Durrant încetișor.

– Draga mea copilă, zise Leo, cât de mult mi-aș dori să te pot ajuta.

– Nimeni nu mă poate ajuta, zise ea. E doar vina lui Philip, pentru că a vrut să rămână și să se bage în povestea asta. A ajuns să fie ucis. Ea se uită de jur împrejur la ceilalți. Nici unul dintre voi nu pricepe.

Apoi ieși din cameră. Calgary și Hester o luară după ea. În drumul spre ieșire, Calgary se uită în spate și văzu brațul lui Leo cuprinzând-o pe Gwenda de umeri.

– Știți, ea m-a avertizat, zise Hester. Ochii ei se deschiseră larg și înfricoșați. Mi-a spus chiar de la început să nu am încredere în ea, că ar trebui să îmi fie la fel de frică de ea ca și de ceilalți.

– Uită toate astea, draga mea, zise Calgary. Asta trebuie să faci acum. Să uiți. Toți sunteți liberi începând de acum. Cei nevinovați nu se mai află în umbra suspiciunii.

– Și Tina? Se va face bine? Nu va muri, nu?

– Nu cred că va muri, îi răspunse el. E îndrăgostită de Micky, nu-i așa?

– Presupun că da, zise Hester, cu o voce ce trăda surprinderea. Nu m-am gândit niciodată la asta. Ei au fost dintotdeauna frate și soră, bineînțeles. Dar nu sunt frați adevărați. Apropo, Hester, ai vreo idee în legătură cu ce a vrut să zică Tina cu „porumbița de pe catarg"?

– Porumbița pe catarg? Hester se încruntă. Așteptați un moment. Îmi sună cunoscut. Porumbița de pe catarg, în timp ce navigam, jelea, jelea și jelea. Asta să fie?

– S-ar putea, zise Calgary.

– E un cântec, zise Hester. Un fel de cântec de leagăn. Kirsten obişnuia să ni-l cânte. Îmi amintesc doar fragmente din el. „Iubirea mea stătea de-a dreapta mea“ şi ceva, ceva, ceva. „O, dragă fecioară, eu nu am loc şi nici origini, Nici casă pe mare sau pe uscat, Doar în inima ta.“

– Înţeleg, zise Calgary. Da, da, înţeleg...

– Poate se vor căsători, zise Hester, când Tina se va face bine şi va putea pleca în Kuwait cu el. Tina şi-a dorit întotdeauna să locuiască undeva unde este tot timpul cald. Este foarte cald în Golful Persic, nu?

– Mult prea cald, aş putea zice, îi răspunse Calgary.

– Nimic nu e prea cald pentru Tina, încercă să îl convingă Hester.

– Şi tu vei fi fericită din acest moment, draga mea, îi spuse Calgary luându-i mâna într-a lui. El făcu un efort şi zâmbi.

– Te vei căsători cu tânărul tău doctor, vă veţi aşeza la casa voastră şi vei scăpa de aceste imagini terifiante şi de sentimentele groaznice de disperare.

– Să mă căsătoresc cu Don? îl întrebă ea surprinsă. Bineînţeles că nu o să fac asta.

– Dar îl iubeşti.

– Nu, de fapt nu prea cred că îl iubesc... Credeam doar că simt asta. Dar el nu a crezut în mine. El nu a știut că sunt nevinovată. Trebuia să știe asta.

Ea îl privi pe Calgary.

– Tu ai știut! Cred că am să mă căsătoresc cu tine.

– Dar, Hester, sunt cu mulți ani mai în vârstă decât tine. Nu ai cum...

– Asta doar dacă mă vrei, îi zise Hester cu o îndoială subită.

– O, normal că te vreau! îi răspunse acesta.

TOP 10 ROMANE AGATHA CHRISTIE

Într-o scrisoare din 1972 către un admirator din Japonia, Agatha Christie mărturisește care sunt romanele ei preferate, oferind și câte o scurtă explicație.

1. Zece negri mititei

Mi-a plăcut tehnica aceasta complicată care mi-a pus mintea la lucru și cred că m-am descurcat mulțumitor.

2. Asasinarea lui Roger Ackroyd

Un (roman) preferat, în general, și, de asemenea, prima oară când naratorul reușește să fie un ticălos.

3. O moarte anunțată

Mi-am închipuit personaje interesante despre care să merite să scriu, iar la sfârșitul cărții mi se părea că le cunosc.

4. Crima din Orient Express

Păi, fiindcă a fost o idee nouă despre o conspirație.

5. 13 probleme

O culegere bună de povestiri.

6. Către zero

Mi s-a părut interesantă ideea ca niște oameni din locuri diferite să se apropie de crimă, în loc să încep cu crima și să dezvolt de aici.

7. Noapte nesfârșită

Preferatul meu în momentul de față.

8. Casa strâmbă

Am găsit interesant de explorat cazul acestei familii.

9. Vinovat fără vină

O idee care mi-a venit cu ceva vreme înainte de a începe să lucrez la carte.

10. Mâna ascunsă

Pe care am recitit-o mai târziu și mi-a plăcut la fel de mult.

În colecția *Agatha Christie* au apărut:

Adversarul secret

A treia fată

Asasinarea lui Roger Ackroyd

Ceasurile

Ceasul rău pe strada Hickory

Cei cinci purceluși

Cei patru mari

Crăciunul lui Poirot

Crima din Orient Express

Crimă la vicariat

Cu cărțile pe față

După înmormântare

Elefanții nu uită niciodată

Întâlnire cu moartea

Jocuri de oglinzi

La Hotelul Bertram

Moarte printre nori

Oglinda spartă

O supradoză de moarte

Petrecerea de Halloween

Primele cazuri ale lui Poirot

Râul sub soare

Tabloul

Tragedie în trei acte

Trenul din Paddington

Ucigașul ABC

Un buzunar plin cu secară

buzz
În colecția BOOKS au apărut:

Celeste Ng, *Tot ce nu ți-am spus*
L.S. Hilton, *Maestra*
Jonathan Dee, *Privilegiații*
Emma Healey, *Elizabeth a dispărut*
Peter Swanson, *Cei care merită să moară*
Fiona Barton, *Văduva*
Carla Guelfenbein, *Cu tine în depărtare*
Carla Guelfenbein, *Restul e tăcere*
Austin Wright, *Tony și Susan*
Martin Suter, *Maestrul bucătar*
J.P. Delaney, *Fata dinainte*
Patricia Highsmith, *Carol*
Alexandra Oliva, *Supraviețuitoarea*
Charles Belfoure, *Arhitectul parizian*
Ottessa Moshfegh, *Eileen*
Elan Mastai, *Omul care a cucerit timpul*
Carla Guelfenbein, *Femeia vieții mele*
L.S. Hilton, *Domina*
Susanna Tamaro, *Mergi unde te poartă inima*
Agatha Christie, *Crima din Orient Express*
Sana Krasikov, *Patrioții*
Celeste Ng, *Mici focuri pretutindeni*
Darcey Bell, *O mică favoare*
Fiona Barton, *Copilul*
Michel Faber, *Cartea Lucrurilor Noi și Ciudate*
Maria Semple, *Unde ai dispărut, Bernadette?*
Tim Johnston, *Coborârea*
Susanna Tamaro, *Ascultă glasul meu*
Matthew FitzSimmons, *Dispariția*
A.J. Finn, *Femeia de la fereastră*
Jonas Bonnier, *Jaf cu elicopterul*
Aimee Molloy, *O mamă perfectă*
Greer Hendricks, Sarah Pekkanen, *Soția dintre noi*
Agatha Christie, *Casa strâmbă*
Agatha Christie, *Vinovat fără vină*
Agatha Christie, *Zece negri mititei*